KB081475

히포크라테스 우울

HIPOKURATESU NO YUUTSU
by Shichiri Nakayama

Original Japanese edition published by SHODENSHA Publishing Co., Ltd.

This Korean edition is published by arrangement with SHODENSHA Publishing Co., Ltd., Tokyo in care of Tuttle-Mori Agency, Inc., Tokyo through ENTERS KOREA CO., LTD., Seoul.

히포크라테스 우울

나카야마 시치리 장편소설 | 이연승 옮김

차례

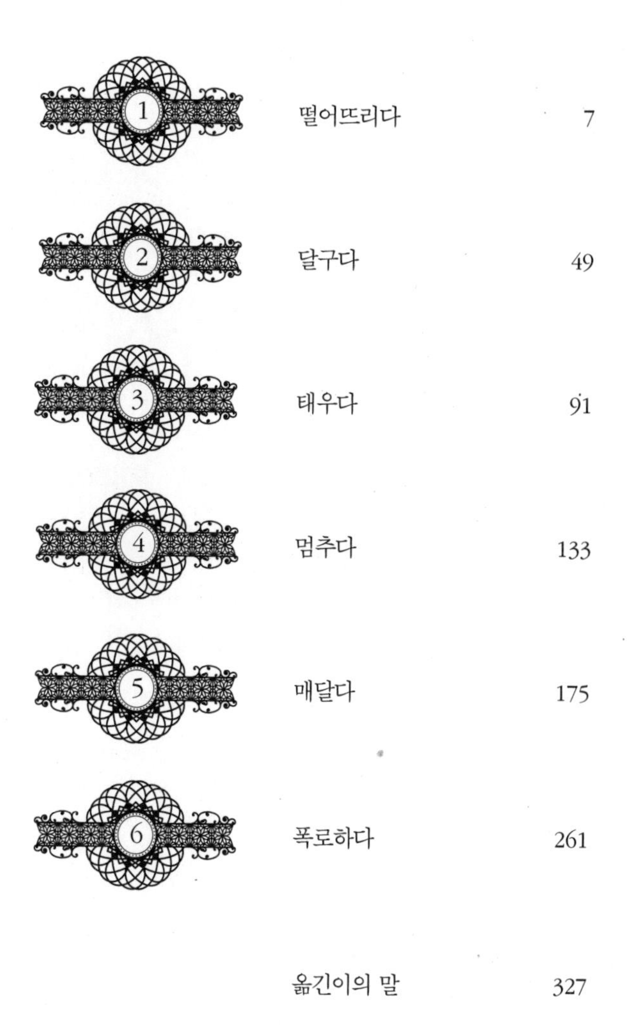

• 본문 괄호 안의 설명은 옮긴이가 달았습니다.

떨어뜨리다

1

"여러분! 아유의 봄 콘서트에 와줘서 고마워요!"

오프닝 곡을 마친 사쿠라 아유미가 무대 위에서 관객을 향해 외쳤다.

"아! 유!"

"아! 유!"

사이타마 슈퍼 아레나를 가득 메운 관객이 아유미에게 호응하자 무대 바닥이 들썩였다. 이 들썩이는 정도가 고스란히 가수의 인기를 나타낸다.

"오늘은 제가 데뷔한 지 꼭 3년이 되는 날이에요!"

"와아!"

"축하해요!"

"3년 전 데뷔 콘서트 때는 관객이 열다섯 분이었어요. 그런데 지금은 이렇게 많이 와 주셔서, 아유는 세계 최고로 행복하답니다!"

스타디움의 3만 6500석 중 90퍼센트를 채웠으니 오늘 콘서트는 3만 2천여 명을 동원한 것으로 추정된다.

데뷔 3년째에 이런 관객 수를 기록하는 것은 이례적이다. 일본에서는 연간 2천여 명의 아이돌이 데뷔하며, 그중 대부분이 2년 안에 자취를 감춘다. 다시 말해 3년 만에 콘서트장에 이렇게 많은 팬을 모았다는 건 사쿠라 아유미가 아이돌 생존 경쟁에서 승리했으며, 앞으로도 당분간은 인기를 유지하리라는 것을 의미한다. 이 콘서트는 아유미와 소속사, 팬들이 그것을 서로 확인하는 장소이기도 했다.

그룹 아이돌 전성시대인 만큼, 1인 아이돌은 데뷔 때부터 열세에 몰린다. 어지간한 개성이 없는 한 그대로 묻히는 상황에서 건투하고 있는 사쿠라 아유미에게는 연예부 기자들도 경의를 표할 정도였다. 외모가 탁월하거나 가창력이 뛰어난 편은 아니다. 그러나 드라마 속 단역과 예능 프로그램의 곁다리 역할까지 열심히 수행하며 대중 호감도를 높였다. 요즘은 현장에서 발을 헛디뎌 넘어지는 식의 살짝 나사 빠진 모습마저 호감의 또 다른 요인이 되었다.

CD 판매량이 급감한 지 오래다. 인터넷 음원 판매와 유튜브가

위세를 떨치는 가운데 CD 출하량은 계속해서 떨어져, 얼마 전에는 한 세기를 풍미했던 왕년의 디바마저 CD 판매량이 채 4천 장에 이르지 못하는 현실에 업계 전체가 술렁이기도 했다.

그런 상황에서 아유미는 CD 판매량으로도 업계에 공헌했다. 사인회 악수권이라는 특전이 있었다고는 해도 발매 첫 주에 2만 장을 팔아치우는 아이돌은 드물다. 그녀는 가창력을 떠나 판매 능력만으로도 그 자신의 존재 가치를 증명했다.

"맑은지 흐린지 분간하기 힘든 날씨지만, 아유는 오늘도 기분이 좋아요!"

"와아!"

"아유 때문에 완전 맑아요!"

"아하하, 여러분의 마음속 고민을 전부 날려 보낼 수 있도록 노래할게요! 여러분, 함께해요!"

"따라 갈게요!"

"자, 두 번째 곡 갑니다. 「트라이앵글」!"

분위기가 단숨에 달아올랐다. 「트라이앵글」은 아유미의 이름을 세상에 널리 알린 히트곡이자 콘서트장의 단골 곡이었다.

베이스 기타 연주가 시작되고 드럼 소리가 막 울려 퍼진 순간, 무대 옆 축포가 은빛 종이테이프를 발사했다.

"와아아!"

200여 장의 테이프가 조명을 반사하며 콘서트장을 환하게 밝혔다.

아유미가 무대 앞으로 뛰어나오기 시작했다. 늘 무대 끝 아슬아슬한 곳까지 가서 관객과 호흡하며 노래 부르고 춤추는 게 그녀의 무대 스타일이었다.

그런데 그때, 아무도 예상하지 못한 일이 일어났다.

몇 발짝 달려가는가 싶던 아유미가 몸을 크게 휘청이며 앞으로 고꾸라졌다. 그러더니 그대로 무대 끝까지 데굴데굴 굴러간 몸이 허공에 솟구쳤다.

아유미는 무대 의상을 펄럭이면서 15미터 아래로 떨어졌다. 그 모습은 제일 앞 열에 있는 관객의 눈에 마치 슬로모션처럼 들어왔다.

빠직하고 뼈가 부러지는 소리가 아유미의 헤드셋 마이크를 타고 울렸다. 연주가 멈춰 버린 정적 속에서 마이크의 쉿소리만이 관객의 귀를 자극했다.

콘서트장 안에 비명이 울려 퍼진 건 그 직후였다.

아유미는 무대 바로 아래 발판 근처에 있었다. 팔다리가 평소라면 불가능한 방향으로 꺾여 있다. 사태를 파악한 경비원과 스태프들이 뒤늦게 달려왔다.

그러나 이미 늦었다.

아유미는 즉사했다.

*

벚꽃 잎이 흩날리는 계절이 되면 캠퍼스에도 새로운 얼굴들이 눈에 띈다. 하나같이 기대와 불안이 뒤섞인 표정을 짓고 있는 건 어느 대학이든 마찬가지일 것이다.

쓰가노 마코토는 '나도 저럴 때가 있었지' 하고 살짝 겸연쩍은 기분을 맛보며 학교에 들어섰다.

오늘 4월 1일은 마코토가 정식으로 우라와 의대 법의학 교실 조교 발령을 받은 날이다. 이전처럼 인원 조정 때문에 갑자기 투입된 외부인이 아닌, 정식 교직원이다. 미쓰자키 교수, 캐시 조교수와 함께 중책을 맡는 첫날이다.

아직 몇 달 되지 않았지만 법의학 교실에서 얻은 것들은 매우 많았다. 비단 지식만이 아니다. 장래 의술을 생업으로 삼을 이에게 필요한 마음가짐을 배웠다. 이제 법의학 교실의 정식 구성원이 됐으니, 마코토는 앞으로 저 무뚝뚝한 노교수에게서 지식을 더욱더 흡수하겠노라고 마음을 다졌다.

교실 문 앞에 서서 산뜻하게 심호흡을 한 번 했다. '이렇게 새로운 첫걸음을 떼는구나' 하고 문을 연 순간, 예상 밖 인물이 시야에 들어왔다.

"여어, 마코토 선생."

고테가와가 따분하다는 표정으로 마코토를 향해 손을 들었다.

사이타마 현경 형사부 수사 1과의 고테가와 가즈야 형사. 이곳 법의학 교실이 사이타마 현에서 나온 변사체 사법해부를 도맡다 보니 뻔질나게 우라와 의대를 드나드는 것이다. 무뚝뚝하고 지기 싫어하는 성질을 온몸으로 발산하는 탓에 새로운 첫걸음을 내딛는 기념일에는 그다지 만나고 싶지 않은 상대였다.

마코토의 생각이 표정에 드러난 듯했다. 고테가와는 이맛살을 찌푸리고 마코토를 흘겨봤다.

"민폐라는 듯한 얼굴인데."

"민폐라는 듯이 아니라 민폐 그 자체예요."

마코토는 딱 잘라 말했다. 이 남자에게는 에두른 빈정거림이나 완곡한 표현은 먹히지 않는다.

"고테가와 형사님이 이곳에 오실 때마다 부검 횟수가 늘어요. 부검 횟수가 늘면 법의학 교실, 넓게 보면 우라와 의대 전체의 예산이 줄고요."

농담이나 그냥 하는 말이 아닌 엄연한 사실이다. 사법해부 한 건에 드는 비용은 약 25만 엔. 그에 반해 경찰에서 나오는 액수는 사법해부 사례금, 사법해부 감정서 작성료, 시신 해부 외부 위탁 검사료를 다 더해도 경비를 충족하지 못할 때가 많다. 즉 해부를 열심히 할수록 적자가 발생하고, 그 적자는 고스란히 법의학 교실의 경비로 지출되는 것이다.

"의술은 산술이 아닌 인술仁術이라는 옛말이 있지 않습니까, 마코토?"

교실 안쪽에서 말을 걸어온 이는 캐시 펜들턴 조교수였다. 컬

럼비아 의대에서 법의학에 눈을 뜬 뒤 그 분야의 권위자인 미쓰자키 교수만을 믿고 바다를 건너온 괴짜다. 이따금 일본인도 잘 쓰지 않는 옛말이나 속담을 꺼내 주위를 혼란에 빠뜨리곤 한다.

"하지만 캐시 교수님."

"대학 예산이라는 건 학생들과 우리의 지식 습득을 위한 겁니다. 그걸 고려하면 현경의 부검 요청은 일거양득 아닐까요? 그리고 고테가와 형사님은 지금 부검을 요청하러 온 게 아닙니다."

"그럼 무슨 용건으로……."

"'커렉터'에 대해 물으러 왔어. 캐시 교수님과 미쓰자키 교수님이라면 뭔가 알고 계시지 않을까 하고."

"'커렉터'요? 그게 뭐예요?"

"어제 사이타마 현경 홈페이지 게시판에 글이 하나 올라왔어. 그냥 장난으로 쓴 글 같아서 담당자가 금방 삭제하긴 했는데, 이런 내용이었지."

고테가와는 B5 용지에 인쇄해 온 글을 내밀었다.

"전에도 비슷한 글이 올라온 적 있다고 해. 현경 홈페이지 게시판은 일반에 공개돼 현민이 민원이나 불만사항을 자유롭게 적을 수 있도록 돼 있는데……."

인쇄된 글은 매우 간결했다.

모든 죽음에 부검이 이뤄지지 않는다는 건 나에게 잘된 일이다. 사이타마 현경은 앞으로 현에서 발생한 자연사, 사고사에 모종의 음모가 있는지 의심하는 게 좋을 것이다. 내 이름은 '커렉터CORRECTOR', 즉 교정자다.

언뜻 읽기만 해서는 무슨 뜻인지 알기 어렵다. 내용에서 선의나 악의도 느껴지지 않았다.

확실한 건 글을 쓴 사람이 일본의 부검 현황을 알고 있다는 점이다. 도쿄로만 한정해도 재작년에 발생한 변사체가 대략 2만 1천 구다. 그중 부검되는 시신은 고작 3800구 정도라 전체의 20퍼센트에도 미치지 못한다. 감찰의監察醫 제도가 있는 도쿄가 이 정도니 다른 지자체의 상황은 알 만하다.

"신종 사회 풍자 같은 걸까요?"

마코토는 소박하게 물어봤다.

"단순한 사회 풍자나 불만으로 봤으면 굳이 이런 곳까지 오지도 않았어."

쌀쌀맞은 말투는 여전했다.

"이런 곳이라뇨."

"아, 어휘력이 달려서 실수했군. 아무튼 미쓰자키 교수님이나 캐시 교수님이라면 뭔가 의견이 있지 않을까 싶어서."

"왜죠?"

"한 해 나오는 변사체에 비해 사법해부 횟수가 적은 건 경찰과 법의학자들은 다 아는 사실이지만 세간에 널리 퍼진 건 아니야. 혹시 SNS 같은 데에 이런 불만을 쓸 법한 사람으로 짚이는 사람이 있을까 해서."

"잠깐만요, 형사님."

이야기가 뒤로 갈수록 마코토의 타고난 반발심이 고개를 들었다.

"혹시 저희 선생님들을 의심하시는 건가요? 미쓰자키 교수님이나 캐시 교수님이 부검에 할당된 인원과 예산이 적은 걸 익명으로 고발하려고 했다?"

"그럴 리 없잖아."

"하지만."

"이봐, 마코토 선생. 시신의 배를 가르는 걸 세끼 밥보다 좋아하는 두 분이 경찰서 게시판에 그런 글을 적을 만큼 지금 상황에 불만을 품고 있겠어?"

"그럼 설마 저를 의심해서."

"그것도 땡. 마코토 선생이라면 그런 성가신 짓을 하기 전에 곧장 나한테 덤벼들었겠지."

일리가 있다.

"그런데 형사님이 굳이 이런 글까지 하나하나 신경 써야 하나요? 제가 보기에는 현장에서 뛰는 부검의가 불만을 적어 놓은 정도 같은데……."

우라와 의대가 부검 요청을 많이 받는 편이기는 해도 사이타마 현에서 나오는 모든 시신을 담당하지는 않는다. 다른 의대로 가거나 가끔은 개업의에게 돌아갈 때도 있다. 마코토가 보기에 외부 위탁 집도의가 그런 상황에 불만과 위기의식을 품고 글을 쓴 느낌이었다.

"마코토. 고테가와 형사는 그렇게 생각하지 않는 것 같습니다."

캐시가 두 사람에 사이에 끼어들었다.

"고테가와 형사님은 이 글에서 데인저러스dangerous한 무언가를 캐치한 겁니다. 그중 하나가 바로 이 '커렉터'라는 이름이겠지요."

"'커렉터'……. 교정자라고 했네요."

"교정자를 자칭한 걸 보면 자신의 손으로 오류를 바로잡겠다, 그러기 위해 일단 사인이 불분명한 변사체가 줄어들게 하겠다, 라는 의미로도 읽을 수 있겠군요. 어떻습니까, 고테가와 형사님?"

마코토는 흠칫했다.

그건 마치 범행 성명문과 비슷하지 않은가.

캐시의 물음에 고테가와는 머리를 긁적이며 쓴웃음을 지었다.

"전례가 없는 건 아닙니다. 물론 장난삼아 이런 글을 올리는 녀석들도 많고요. 다만…… 이 글은 '교정자'처럼 왠지 낯선 단어를 쓴 게 영 마음에 들지 않습니다. 뭐랄까, 특유의 냄새가 난달까요."

"냄새요? 뭐예요, 개도 아니고."

마코토가 짐짓 농치듯 말했지만 고테가와는 반응하지 않았다.

"이런 범행 성명문을 미리 냈던 흉악범을 상대한 적이 몇 번 있어. 하나같이 끔찍한 사건이었고 희생자가 여럿 나왔지. 사회 불안도 조장됐어. 이 글 내용으로 보건대 그 녀석들과 비슷한 냄새가 난다는 거야."

단숨에 여유가 사라졌다.

평소 가벼워 보이는 그의 얼굴이 어느새 형사의 얼굴로 바뀌어 있었다.

"사이타마 현경에서는 어떻게 보고 있나요?"

"나랑 약 한 사람을 제외하면 그냥 장난으로 치부하고 있지."

'약 한 명'이라는 건 아마 소문으로만 들은 고테가와의 상사를 지칭할 것이다.

"하지만 고테가와 형사님. 미안하지만 저는 이런 익명 고발을 할 인물로 짚이는 사람이 없습니다. 저의 필드는 이 교실뿐이고 미쓰자키 교수님처럼 인맥이 넓은 것도 아닙니다."

"미쓰자키 교수님도 교실 밖에 잘 나가지 않으시죠. 뼛속까지 소독약 냄새가 밴 분이니까요."

"노. 교수님은 누가 뭐래도 내 모국에까지 명성을 떨치는 분입니다. 고테가와 형사님의 상상 이상으로 폭넓고 깊은 네트워크를 가지고 있습니다."

그제야 마코토는 교실의 터줏대감이 자리에 없다는 것을 깨달았다.

"그러고 보니 교수님은요?"

"신임 내과 교수가 부임한 이후 첫 번째 교수 회의입니다. 조금 전 저에게 온갖 시트shit한 말을 내뱉고 가셨습니다."

마코토는 그 모습이 눈에 그려져 왠지 캐시가 짠해졌다.

"그럼 교수님이 돌아오실 때까지 기다릴 수밖에 없겠군요."

마코토가 형사님은 그렇게 한가하시나요, 하고 면박하려는 참에 고테가와의 가슴 언저리에서 전자음이 울렸다.

고테가와는 휴대전화를 꺼내 귀에 갖다 댔다.

"네. 고테가와…… 아뇨, 농땡이라뇨. 미쓰자키 교수님을 기다리고 있습니다. 교수님이라면 커렉터로 짚이는 인물이 있을 거라 하신 분이 반장님…… 네, 맞습니다. 회의인가 뭔가로 아직 안 오셔서…… 네? 사쿠라 아유미요? 게시판? 그게 정말입니까? ……알겠습니다. 제가 직접 전하겠습니다."

통화를 마친 고테가와의 표정이 더욱 굳어졌다. 휴대전화 화면을 쿡쿡 누르며 뭔가를 열심히 찾아보고 있다.

"호랑이도 제 말 하면 온다더니……."

무슨 일인지 묻기도 전에 고테가와가 먼저 마코토를 돌아보며 말했다.

"조금 전 말한 현경 게시판에 커렉터 자식이 또 나타났어."

"사쿠라 아유미라면 어제 무대에서 굴러떨어져서 사망했다는……. 하지만 뉴스에서 사고사라고 하던데요."

고테가와는 말없이 휴대전화 화면을 내밀었다.

> 어제 사망한 사쿠라 아유미는 머리부터 떨어져 목뼈 손상과 두개골 골절, 내장 파열을 일으켰다. 우라와니시 경찰서는 추락사로 결론 내렸다. 그러나 정말 사고사였을까? 커렉터는 교정을 원한다.

"뉴스에서 봤는데, 그 높이에서 떨어지면 이 정도 손상은 당연하지 않을까요? 미심쩍은 부분은 없는 것 같은데."

"우라와니시 경찰서가 발표한 건 추락사라는 사실뿐이고, 손상 부위에 대해서는 언급이 없었던 모양이야."

"하지만 머리부터 떨어졌다면 대체로 이 세 부위는 손상이 일어나요."

"머리부터 떨어지는 모습을 목격한 건 콘서트장에 있었던 관객들뿐이야. 자신을 커렉터로 지칭하는 이자가 사쿠라 아유미의 팬이라고?"

"콘서트장에서 목격한 누군가가 장난삼아 커렉터의 이름을 댈 수도 있죠."

마코토는 대화를 나누면서도 자신이 가설을 위한 가설을 세우고 있음을 희미하게 눈치챘다. 두려운 가능성을 되도록 언급하지 않으려는 것이다.

"커렉터가 처음 쓴 글은 곧장 삭제됐다고 했잖아. 그 잠깐 동안 글을 본 사람이 우연히 사쿠라 아유미의 콘서트장에 갔다고? 또 사쿠라 아유미의 팬이 장난삼아 그녀의 죽음을 살인으로 둔갑시키려 한다? 틀렸어, 마코토 선생. 이건 단순히 우연으로 치부하기엔 조건이 너무 완벽해."

고테가와는 자세를 가다듬고 캐시를 바라봤다.

"조금 전 사이타마 현경은 사쿠라 아유미의 추락사 건을 우라와니시 경찰서와 합동 수사하기로 결정했습니다. 이 건은 우라와 의대 법의학 교실로 검안 요청이 들어올 겁니다."

역시 그런 거였나.

수렁에 발을 밀어 넣은 느낌은, 그러나 얼마 안 돼 사라졌다.

마코토는 아이돌에 별로 관심이 없지만 그래도 사쿠라 아유미의 이름은 알고 있다. 순진무구한 미소와 무슨 일이든 열심히 하는 자세가 인상적인 열여섯 살 소녀. 그녀에게는 여성 팬도 많았다.

단순한 사고사라면 가여울 따름이지만, 살인이라면 예삿일로 끝날 수 없다. '능력과 판단에 따라 환자의 이익만을 생각한다.' 교실 입구에 걸린 「히포크라테스 선서」 문구가 떠올랐다. 감춰진 사인을 밝혀내 죽은 자가 마지막으로 하려던 말을 전하는 것이 우리의 임무다.

정식 검안 요청이 내려오자 캐시의 움직임이 빨라졌다.

"마코토. 미쓰자키 교수님은 시간 맞춰 오실 것 같지 않습니다. 메시지를 남겨 두고 우리가 먼저 검안하러 갑시다. 고테가와 형사님. 시신은 지금 어디 있습니까?"

"아직 우라와니시 경찰서에 안치돼 있을 겁니다. 저와 함께 가시겠습니까?"

"오브 코스of course. 그리고 시신 운반용 차가 필요할지 모르니 알고 계십시오."

그렇게 말하고 캐시는 가장 먼저 교실을 뛰어나갔다. 고테가와와 마코토는 시선을 교환한 뒤 곧바로 그녀를 뒤쫓았다.

2

우라와니시 경찰서에 도착한 세 사람은 영안실 앞에서 낯익은 얼굴과 맞닥뜨렸다.

신경질적으로 보이는 갸름한 얼굴에 속꺼풀이 인상적인 눈. 얇은 입술은 세 사람의 모습을 발견한 순간 포물선을 그렸다.

"역시 여러분이 와 주셨군요."

사이타마 현경 검시관 스미 히로유키다. 마코토가 속한 법의학 교실 일원들과는 작년에 시내에서 발생한 사건으로 안면을 텄다. 스미가 단순 사고사로 검시한 건이었는데 미쓰자키의 부검 결과 그렇지 않다는 게 판명됐다.

보통은 자존심에 상처를 입고 분개하겠지만 이 검시관은 속좁게 굴지 않고 외려 미쓰자키의 식견에 경의를 표하는 모습이 인상적이었다.

"근데 정작 미쓰자키 교수님 모습은 보이지 않네요."

"교수님은 회의 중간에 빠져나오기 힘드신 것 같습니다. 혹시 사쿠라 아유미의 검시 담당이 스미 검시관님이었습니까?"

"운이 나쁘다고 해야 할까요. 평범한 사고사로 판단했지만 커렉터인가 뭔가 하는 이상한 놈 때문에 재검시를 명받았습니다. 이번에 또 미쓰자키 교수님께 실수를 지적당하면 망신살이 이만저만 아니겠어요."

걱정하면서도 왠지 여유가 느껴지는 모습이다.

"아무튼 현경이 우라와 의대에 정식 검안 요청을 한 모양이군요. 지금 바로 보시겠습니까?"

이견이 없는 마코토와 캐시가 고개를 끄덕이자, 스미는 영안실 문을 열었다.

"아직 화장을 하지 않아서 다행이죠. 원래라면 오늘 오전 중에 부모가 시신을 거둘 예정이었는데 커렉터의 글이 나와 본부에서 스톱 사인이 떨어졌습니다."

영안실 안에 들어선 순간 미끈한 냉기가 온몸을 휘감았다. 냉기에는 부패취와 소독약 냄새가 섞여 있었다.

스미는 스테인리스 보관고에서 시신을 꺼냈다. 시신을 받침대로 옮기고 봉투를 열자 시큼한 냄새가 단숨에 퍼졌다.

젊은 층의 열광적 인기를 받던 아이돌도 죽은 뒤에는 그저 살덩이에 불과하다는 사실이 허무하게 다가왔다.

사토 아유미의 몸은 연약하기 그지없었다. 열여섯이라는 어린 나이를 고려하더라도 군살 하나 보이지 않는 것은 일상의 가혹한 훈련으로 얻은 성과일까, 아니면 타고난 걸까. 다만 높은 곳에서 굴러떨어진 탓인지 몸이 부자연스럽게 뒤틀려 있다.

"겉보기에 목뼈 손상과 두개골 골절은 확실해 보입니다. 두 분은 어떻게 보십니까?"

스미의 질문에 마코토와 캐시는 가볍게 고개를 끄덕였다.

마코토는 시신의 머리를 조금씩 앞뒤로 움직여 보았다. 포유

류의 목뼈는 대부분 일곱 대의 뼈로 구성돼 있고, 복잡한 구조 덕에 광범위하게 움직일 수 있다.

"어제 오후 1시 지나 사망했으니 이미 24시간이 흘렀습니다. 따라서 사후 경직은 아래턱 부위에서 완화가 시작되고 있습니다."

굳이 설명을 들을 것도 없었다. 경직이 풀어지는 것을 고려해도 머리가 이리 쉽게 흔들리는 것은 목뼈 몇 대가 부러졌기 때문이다. 측두부가 움푹 파인 것을 보건대 두개골 골절도 쉽게 추측할 수 있다. 스미의 판단은 틀리지 않았다. 법의학에 정통하지 않은 수사원도 아마 같은 견해일 것이다.

"사망자가 무대에서 떨어지는 모습은 총 여덟 대의 카메라가 포착했다고 합니다."

"여덟 대……. 혹시 관객의 휴대전화도 포함되나요?"

"휴대폰으로 찍은 건 사고 직후 이미 여러 인터넷 동영상 사이트에 업로드됐다는군요. 제가 말하는 건 DVD 제작사가 찍은 걸 뜻합니다. 영상이 선명하고 흔들림도 없어서 우라와니시 경찰서가 증거로 채택했습니다. 아무튼 그 영상에서 사쿠라 아유미가 무대에서 누군가에게 밀려 떨어진 것 같은 장면은 나오지 않습니다. 그녀는 무대 앞쪽으로 달려가다가 뭔가에 걸린 것처럼 넘어진 뒤 그대로 끝까지 굴러가 추락했습니다."

이야기를 듣던 고테가와가 언짢은 표정을 지었다.

"그런 상황이라면 사고사가 분명하겠네요."

"그러니 우라와니시 서에도 그렇게 보고했죠."

스미는 언뜻 화를 참는 것처럼 보였다. 마코토는 그럴 만하다고 생각했다. 누가 봐도 명백한 사고사를 고작 한 건의 익명 글로 재검시하는 건 면이 서지 않는 일이다.

괜히 끼어들었다가 허탕 칠 수 있다. 마코토는 그 생각에 동의를 구하려 캐시를 바라봤지만, 뜻밖에도 그녀는 시신을 샅샅이 관찰하는 중이었다.

"캐시 교수님?"

"마코토는 이 시신에서 뭘 발견했습니까?"

"아직 아무것도……."

그러자 캐시의 눈빛이 날카로워졌다.

"항상 눈앞에 있는 것만 보려고 해서는 안 됩니다. 눈앞에 없는 것을 찾는 것도 중요합니다."

무슨 뜻인지 생각하고 있는데 옆에서 스미가 끼어들었다.

"오. 조교수님은 역시 알아채신 듯하군요."

"검시관님도 알고 있었습니까? 그렇다면 왜 사고사로 판정했습니까?"

"미심쩍은 부분이 있다고 해도 다른 모든 상황이 사고사를 암시하니까요. 그리고 이런 사례가 드물기는 해도 아예 없는 것도 아니어서."

"저, 두 분, 무슨 말씀이신지……."

"마코토. 팔입니다, 팔."

"팔요?"

"그렇습니다. 높은 곳에서 떨어질 때 인간은 반사적으로 머리를 감쌉니다. 그러나 자살일 경우에는 반대로 그런 행동을 하지 않습니다."

뒤늦게 깨달았다.

머리를 감쌌다면 당연히 팔부터 충격을 받으므로 외상과 골절 등이 생길 것이다.

서둘러 시신의 양팔을 확인했다. 그러나 골절 흔적은커녕 표면에 긁힌 자국 하나 없었다.

다시 말해 자살이 아닌데도 손으로 머리를 감싸려 하지 않은 것이다.

"추락 도중 기절하면 감싸지 못할 때도 있지만 그건 대체로 고층 빌딩에서 떨어지는 경우입니다. 무대에서 지상까지는 15미터 정도밖에 되지 않았다죠. 그런 높이에서 기절했을 리는 없습니다."

"스미 검시관님."

이번에는 고테가와가 입을 열었다.

"그 미심쩍은 부분도 검시 보고서에 포함됐겠죠?"

"물론 포함했지."

"그런데도 우라와니시에서 사법해부로 돌리지 않은 이유는…… 역시 돈 문제인가요?"

"적어도 직무 태만보다는 예산 부족이라는 이유가 그럴싸하지 않겠나."

고테가와가 젠장, 하고 나직이 중얼거렸다. 우라와니시 경찰서를 향한 것일까, 아니면 사법해부 예산이 만성적으로 부족한 현실에 대한 것일까.

"여하튼 본부와 합동 수사하기로 결정됐으니 이제 걱정할 필요는 없습니다. 그럼 바로 시신을 운반할까요?"

시신을 다시 봉투에 넣고 고테가와를 따라 영안실을 나서자 남자 두 명이 서 있었다. 말끔한 양복 차림의 키 큰 남자와 봄 코트를 두른 왜소한 남자였다.

고테가와가 누군지 묻자 키 큰 남자는 사쿠라 아유미의 매니저 고쿠네 세이지, 왜소한 남자는 무대 스태프 오야마다 가즈시라고 자신을 소개했다.

"오늘 부모님께서 아유미의 시신을 거둬 가신다는 얘기를 듣고 매니저로서 장례식을 도와드리려고 왔습니다."

"오야마다 씨는?"

"아무리 무대 설비에 문제가 없었다고 해도 제 책임 아래 설치한 무대에서 일어난 사고라서요……. 그리고……."

"그리고?"

"개인적으로 아유미의 팬이라 마지막으로 해 줄 수 있는 일을 해 주고 싶습니다."

고테가와가 흐음, 하고 고개를 끄덕이고는 한쪽 눈썹을 올렸다. 이미 여러 번 그의 몸짓을 봐온 마코토는 대번에 알아챘다. 이건 상대를 의심할 때의 몸짓이다.

“죄송합니다만 사쿠라 아유미 씨의 추락 사고를 재수사하게 되었습니다. 따라서 시신을 돌려드리는 건 조금 더 시간이 지난 후가 될 것 같네요.”

“재, 재수사요?”

“사고사가 아니었단 말입니까?”

“우선 매니저님께 묻겠습니다. 최근 사쿠라 씨에게 뭔가 이상한 점은 없었습니까? 예를 들어 뭔가 고민이 있는 것 같았다든지…….”

그러자 캐시가 옆에서 “아니면” 하고 말을 보탰다.

“몸 상태에 변화가 있었다든지.”

두 사람의 물음에 고쿠네는 기가 눌린 것처럼 한 걸음 뒤로 물러섰다.

“아뇨. 특별한 고민이 있는 것 같지는 않았고, 몸에 이상도 없었습니다. 그리고 고민이 있어도 무대에서 노래를 부르면 해결되는 아이여서요. 컨디션도 콘서트 두 주 전부터 최상이었습니다. 공연 시간이 세 시간에 달하는 데다 게스트도 없는 공연이었습니다. 조금이라도 컨디션에 문제가 생기면 즉시 알아챌 수 있도록 늘 옆에서 신경을 쓰고 있었죠. 음, 자주 뭔가에 걸려 넘어지거나 계단에서 구른 적이 있기는 해도 원래 그런 캐릭터였고요.”

“저도 리허설 때부터 쭉 지켜봐 왔는데 늘 한결같았습니다. 이상한 점은 없었습니다.”

"그렇다면 더욱 그 비뚤어진 천재 교수의 솜씨에 기댈 수밖에 없겠군요."

고테가와는 혼잣말처럼 중얼거리더니 고쿠네와 오야마다를 옆으로 비키게 하고 들것을 밀었다.

"여러분께 듣고 싶은 이야기가 더 있지만 일단은 당사자에게 먼저 듣는 게 순리겠지요."

"네? 당사자요? 하지만 아유미는 이미……."

"아, 제가 듣는 건 아니고요. 저기 계시는 두 숙녀분과 어떤 심술쟁이 영감님이 그녀의 몸에서 진실을 끌어내 줄 겁니다."

세 사람이 우라와 의대로 돌아가자 법의학 교실에는 이미 터줏대감이 평소의 볼멘 얼굴을 하고 기다리고 있었다.

"늦어, 애송이. 대체 사람을 얼마나 기다리게 할 작정이지? 노인에게 시간만큼 귀중한 게 없다는 걸 아직 모르나?"

우라와 의대 법의학 교실 교수 미쓰자키 도지로. 뒤로 넘긴 백발과 뚜렷한 이목구비에서는 지성미가 느껴지지만 눈빛만은 사냥감을 쫓는 맹수처럼 날카롭다. 사교성만 조금 더 있었어도 충분히 좋은 인상을 주련만, 그는 타인에게 호감을 사고 싶은 마음이 털끝만큼도 없는 듯했다.

"우라와니시 서에서 한달음에 달려온 겁니다."

"흥. 지금 시간대라면 더 일찍 도착했어야지. 분명 그쪽에서 시시한 질의응답이나 하면서 시간을 보냈을 게 뻔해."

"시, 시시하다뇨. 전 형사라 관계자에게 이야기를 듣는 게 당연합니다."

"난 의사이니 환자를 보는 것 외에 다른 건 신경 쓸 필요가 없지. 이곳에 시신을 가져오는 게 자네 임무라면 그걸 가장 우선하는 게 도리 아닌가?"

미쓰자키가 반박하자 고테가와는 반쯤 벌린 입을 닫았다. 아무리 정당하게 항의한다고 해도 이 교실에서는 미쓰자키가 절대군주다. 그에게 거스를 수 있는 자는 아무도 없다. 괜히 백의를 두른 천상천하 유아독존으로 불리는 게 아니다.

"그리고 기다리는 건 나뿐만이 아니야. 저 시신도 그렇지. 쓸데없는 변명을 늘어놓을 동안 얼른 시신부터 부검실로 옮기게."

"저기."

시신을 옮기다가 말고 고테가와가 마코토에게 귓속말을 했다.

"미쓰자키 교수님 말인데, 요새 성미가 더 급해지신 것 같지 않아?"

"글쎄요. 수명이 얼마 안 남을수록 마음은 느긋해진다는 이야기는 들어 봤는데."

"그럼 아직 살날이 한참 남았다는 건가. 앞으로가 걱정이군."

시신을 부검대에 올리자마자 미쓰자키는 집도를 선언했다.

"그럼 시작한다. 시신은 10대 여성. 몸 표면은 측두부에 좌상과 함몰. 그 외 눈에 띄는 외상은 없지만 복부 팽만이 뚜렷함. 우선 손상 부위인 두피 박리부터 시작한다. 메스."

마코토는 피부 절개용 원인圓刃 메스를 미쓰자키에게 건넸다. 메스는 크게 피부 절개에 사용하는 원인 메스와 작업용 첨인尖刃 메스로 나뉜다. 아무리 날이 날카로워도 지방이 들러붙을수록 절단력이 떨어지므로 보통은 이 두 종류의 메스를 여러 개 준비해 집도하지만, 미쓰자키는 각각 한 개씩만 가지고 모든 공정을 소화했다.

그 이유는 미쓰자키가 메스를 다루는 실력을 보면 알 수 있다. 그의 손은 언제나 빠르다. 시신이라고는 해도 조금의 망설임도 없이 정확한 곳을 짚어 거침없이 절개해 간다. 마코토는 숙련된 주방장 같은 그 손놀림을 저도 모르게 숨죽이고 지켜볼 때가 많았다.

두피가 순식간에 벗겨졌다. 응고한 피를 털어 내자 손상된 두개골 부위가 눈앞에 나타났다.

"머리를 연다. 스트라이커."

미쓰자키는 전동 톱으로 솜씨 좋게 두개골을 절제했다. 한 번도 손을 쉬지 않으면서도 도구를 거칠게 다루거나 대충 하지 않는다.

세간에 장인이라 불리는 이들은 아마도 직종에 상관없이 비슷한 모습일 것이다. 열심히 생각해서 움직인다기보다는 그저 기계처럼 정확하고 빈틈없이 움직인다. 손에 또 하나의 뇌가 있어 필요한 동작을 완벽하게 기억하는 것처럼 보이기도 한다.

이윽고 노출된 경막은 손상 부위가 눈에 띄게 일그러져 있었다. 경막을 제거하자 찌그러진 뇌가 걸쭉하게 흘러내렸다.

"손상 정도가 몹시 큼. 일격으로 이런 손상을 주려면 보통 이상의 완력이 필요하며, 시신의 추락사 사실은 부정되지 않는다. 다음으로 복부 절개."

미쓰자키의 메스는 교과서 같은 Y자 절개를 선보였다. 마코토는 눈으로 그의 손을 따라가면서 한편으로 시신이 된 사쿠라 아유미를 떠올렸다.

아직 열여섯 살의 인기 절정 아이돌이었다. 살아 있었으면 평범한 여자아이보다 다채롭고 스케일이 큰 삶을 살았을 것이다. 그러나 지금은 그저 부검대 위에서 배를 열고 속을 드러내고 있다.

분명 원통할 것이다. 그 원통함을 풀어 주기 위해서라도 시신에 남은 모든 정보를 밝혀내야 한다.

거꾸로 떨어진 탓에 외적 손상은 머리에 집중돼 있지만 몸무게의 몇 배나 되는 충격을 받았으니 장기 손상도 피할 수 없다. 갈비뼈에 눌려 변형된 장기도 있다. 복부 팽만은 그러한 장기 변형에 따른 증상이었다.

미쓰자키의 메스가 하복부를 향했다. 잠시 후 자궁이 드러나자 마코토의 눈이 커졌다.

자궁이 부풀어 있었다. 부자연스러운 팽창이 아니다. 자료 사진에서도 여러 번 본 적 있는 임신 중의 자궁 상태였다.

"아기가……."

마코토가 중얼거린 소리에 가장 먼저 반응한 사람은 멀리서 부검을 관찰하던 고테가와였다.

"뭐?"

마코토의 머릿속에 얼마 안 되는 연예계 정보가 스쳤다. 그러나 열여섯 살 아이돌의 스캔들 같은 건 떠오르지 않았다.

"거기, 시끄러워."

"하지만 사쿠라 아유미가 임신 중이었다는 건……."

"생식 가능한 여성이 임신 중인 게 뭐가 이상하지?"

미쓰자키의 메스가 거침없이 자궁을 갈랐다. 안에서 모습을 드러낸 것은 틀림없는 태아였다.

"태아의 성장 정도로 판단컨대 임신 8주째로 추측. 자궁 손상은 없지만 태아는 이미 사망한 상태. 다른 장기 파열에 의한 출혈이 보이지만 모두 경미해, 주된 사인은 두개골 골절에 따른 뇌좌상으로 판단됨."

사인은 스미 검시관의 견해대로였다. 그러나 사쿠라 아유미가 임신 중이었다는 사실은 사인 이상의 충격을 주었다. 가장 충격을 받은 듯한 고테가와가 미쓰자키의 눈치도 보지 않고 입을 열었다.

"미쓰자키 교수님. 피해자는 머리부터 추락했는데도 방어 행동을 취하지 않았습니다. 그 이유가 설마……."

"무의식중에 태아를 감싸려고 손을 복부로 가져갔을 가능성이 충분하지. 캐시 조교수, 태아의 조직 일부를 채취해 두게."

"네."

고테가와는 잔뜩 굳은 표정을 풀지 않았다.

"DNA 감정을 위해서입니까?"

"사망자가 학생이었나?"

"물론 나이가 열여섯이니 학교에 다니기는 했겠지만 연예인으로서의 생활이 더 비중이 컸을 겁니다. 신문 기사에서 그러던데, 요즘 보기 드문 솔로 아이돌이었다고 합니다."

그 이야기는 마코토도 귀에 익었다. 지금도 연예계에서 아이돌의 인기가 높지만 대다수는 그룹 아이돌이고 솔로 아이돌의 부재가 문제시된 지 오래다. 사쿠라 아유미는 그런 상황에 숨통을 틔워 준 연예계 기대주였다.

"아무리 연예계에 있었더라도 고작 열여섯 살 어린 소녀의 인간관계가 그리 넓지는 않았겠지. 태아의 DNA와 일치하는 상대를 찾기가 그리 어려울 것 같지는 않군."

"그렇겠죠."

고테가와는 대답을 마치자마자 문 쪽으로 향했다.

"지금 당장 관계자들을 조사하겠습니다."

그러더니 곧 부검실 밖으로 나갔다. 아마 관계자의 머리카락이나 구강 세포 등을 채취할 생각일 것이다. 마코토는 그가 어떤 심정일지 알 것 같았다. 태아의 부친이 누구인지에 따라 사건의 전말이 백팔십도 바뀔 수 있다. 그러나 마코토의 생각은 미쓰자키의 목소리에 끊겼다.

"마코토 선생, 지금 어디 보고 있나?"

"네?"

"부검은 아직 끝나지 않았어."

"아, 지금 바로 봉합하겠습니다."

"그 말이 아니야. 확인해야 할 부분이 남지 않았나?"

미쓰자키는 마코토 쪽을 보고 있지도 않았다.

"이 시신은 아직 모든 것을 털어놓지 않았어. 그런데도 저 애송이는 여전히 침착성이 없군."

3

사쿠라 아유미의 소속사 사무실은 기타아오야마에 있었다. 문과 벽에 아이돌 포스터가 붙어 있는 것 빼고는 이렇다 할 특징이 없는 사무실이라니, 조금 예상 밖이었다.

"왜 그래? 마코토 선생. 뭔가 실망한 기색인데."

"아니에요."

"설마 안내 데스크 근처에 잘생긴 남자 아이돌이 모여 있는 광경이라도 상상했나?"

"……아니거든요."

고테가와는 웃음을 참는 얼굴로 안내 데스크에 선 여성에게 방문 목적을 알렸다. 잠시 후 그들은 고쿠네가 기다리는 방으로 안내받았다.

"다짜고짜 무슨 일입니까? 저도 스케줄이란 게 있는데, 아무리 수사라고 해도 사전에 연락 정도는 주셔야……."

"아, 죄송합니다. 고쿠네 씨가 빠르게 확인해 주셔야 할 문제가 생겨서요."

"뭡니까?"

"여기 마코…… 아니, 쓰가노 선생님을 포함한 우라와 의대 법의학 교실 분들께서 시신을 사법해부한 결과 매우 흥미로운 사실이 밝혀졌습니다. 사쿠라 아유미 씨가 임신 2개월이었다고 합니다."

그 말에, 소파에 앉아 있던 고쿠네가 몸을 벌떡 일으켰다.

"네? 2개월요?"

"어라, 그 부분에 놀라시는 겁니까? 임신 사실 자체에 더 놀라실 거라 예상했습니다만."

"아, 아뇨. 충분히 놀랍군요."

"혹시 임신에 대해서는 대략 알고 계셨던 거 아닌가요?"

"네? 무슨 근거로 그런 말씀을!"

고테가와는 얼굴이 상기된 고쿠네 앞에 종이 한 장을 내밀었다.

"이게 뭐죠?"

"DNA 감정 결과입니다. 이 역시 법의학 교실에서 작성해 주셨습니다. 이 보고서에 따르면 사쿠라 아유미의 배 속에 있던 태아는 99.9퍼센트의 확률로 고쿠네 씨, 당신 아이라고 합니다."

그러자 고쿠네는 장난을 들킨 어린아이처럼 고개를 홱 돌렸다.

"지난번에 저희 쪽에서 입속 세포를 채취해 갔죠. 그렇다고는 해도, 부정은 안 하시는군요."

"DNA 감정 결과가 나온 마당에 부정해 봐야 소용없잖아요."

"그 말은 즉, 짚이는 건 있었다는 거네요. 하지만 임신 사실에 의외라는 표정을 지으셨던 건 왜입니까?"

"2개월째라는 건 몰랐습니다. 알았다면 콘서트를 중지했을 테고, 매스컴에 대한 대책도 세웠을 겁니다. 아니, 그전에……."

"연예계를 은퇴하게 했다? 아니면 낙태를?"

고테가와의 심문은 가차 없다. 몇 번인가 이 남자의 심문을 곁에서 들었던 마코토는 상대를 일부러 자극하려는 목적에서 하는 질문이라는 것을 알았지만, 그럼에도 지나치게 도발적이라고 생각했다.

역시나 고쿠네는 당장에라도 덤벼들 기세로 고테가와를 노려봤다.

"저는 아유미와의 관계를 진지하게 생각했습니다. 낙태라뇨……. 2개월째라고 했습니까? 배가 별로 나오지 않았으니 본인도 눈치 못 채지 않았을까요."

그 말에는 고테가와보다 마코토가 먼저 반응했다.

"말도 안 되는 소리예요."

마치 다른 사람 일처럼 말하는 고쿠네에게 화가 치밀었다.

“임신 4주째는 생리 예정일인데, 임신한 상태라면 당연히 생리도 없어져요. 개중에는 착상 출혈을 생리로 착각하는 사람도 있지만 임신하면 자궁이 커져서 몸 상태에 변화가 나타나게 마련입니다. 거기다 8주째면 입덧이 가장 심해지는 시기죠. 본인에게 자각 증상이 없었다고는 도저히 생각할 수 없는 이유예요. 그리고 8주나 됐다면 시중에 파는 임신 테스트기로 쉽게 임신 여부를 확인할 수 있어요.”

“……그렇다네요. 따라서 추정해 볼 수 있는 건 사쿠라 씨가 임신 사실을 깨닫고 당신에게 알렸거나, 혹은 알리지 않았거나 두 가지입니다.”

“전 아유미한테 들은 게 없습니다. 아까도 말씀드리지 않았습니까?”

“증명할 수 있습니까?”

“증명이요? 그건…….”

고쿠네는 곤혹스러운 듯 입을 다물었다. 마코토는 그럴 만하다고 생각했다. 어떤 사실이 있었다는 것은 증명할 수 있어도, 없었다는 것을 증명하기란 어려운 법이다. 흔히 말하는 악마의 증명이다. 만약 고쿠네가 그녀의 임신을 알고 있었다면 당연히 어떤 방법으로든 검사했을 테니 흔적이 남을 것이다. 그러나 반대로 고쿠네가 임신을 몰랐다는 것을 증명하기란 불가능하다. 고쿠네는 자신이 알고 있었다면 아유미의 콘서트를 중지했을 거라고 주장하지만 말로는 뭐든 할 수 있는 법이다.

“만약 사쿠라 아유미 씨의 임신을 당신이 알았다면 동기가 생깁니다. 한창 잘나가는 아이돌의 임신, 게다가 나이는 아직 열여섯. 아이돌로서는 치명적인 스캔들이죠. 콘서트나 TV 출연이 모조리 중지될 수밖에 없고, 막대한 위약금도 발생할 겁니다. 아니, 그전에 기획사에서 당신에게 책임을 물었겠죠. 위약금을 고스란히 당신에게 청구했을지도 모르고요.”

“그래서 제가 아유미를 죽였다는 겁니까?”

“불가능한 이야기는 아닙니다.”

“무슨 소리를! 뚫린 입이라고 함부로 말하지 마십시오!”

“하지만 매니저인 당신이라면 사쿠라 씨와 관계를 가진 시점에서 이후 책임을 추궁당할 가능성도 충분히 고려했을 겁니다. 어디까지나 그럴 가능성이 있다는 이야기지만요.”

“아유미의 임신이 발각된 시점에 저를 의심하는 거라면 제가 무슨 말을 하든 무의미하겠죠.”

“그렇지는 않습니다. 경찰도 심증이라는 게 있으니까요. 정당한 이야기라면 무시할 수 없습니다.”

“그게…… 정말로 안 될 말이지만, 이건 마치 인기 품목에 손을 대 버린 꼴이라…….”

정말로 안 될 말이었다. 대체 어떤 부분에서 그녀와의 관계를 진지하게 생각했다는 걸까. 결국 물건 취급을 하고 있지 않은가. 나이 차를 두고 이러쿵저러쿵할 생각은 없지만 아유미는 아직 열여섯, 고쿠네는 아유미와 띠동갑이다. 아유미 쪽에서 먼저 접근했다 하더라도 고쿠네가 말렸어야 한다.

"아무리 저희가 진지하게 교제하려 해도 이쪽 세계는 그런 걸 쉽게 용납해 주지 않습니다. 아이돌이라는 건 팬들에게 여신 같은 존재니까요."

"여신은 연애도 하지 않고 섹스도 하지 않는다, 그런 의미입니까?"

고쿠네는 고테가와를 원망스럽게 쳐다봤지만 마코토는 박수갈채를 보내고픈 심정이었다. 아이돌을 신성시하고 싶은 마음을 이해 못 하는 건 아니지만, 아무래도 같은 여자 입장에서 보기엔 우스꽝스럽다. 동성이라 더욱 엄격하게 보는 것일 수도 있지만, 나이가 열여섯이면 여성으로서는 이미 완성됐다고 할 수 있다. 감정이 있고, 성욕도 있다. 그런 것들을 모조리 지우고 순진무구한 여신으로 떠받들면서 동시에 성욕의 대상으로 삼는 건 아무리 좋게 해석해 봐도 남성의 비뚤어진 발상일 뿐이다. 팬들의 우상이라는 것을 잘 알면서도 그녀를 섹스 상대로 삼은 고쿠네는 적어도 매니저로서 실격이고, 살을 맞댄 여성을 불특정다수의 성욕 대상으로 노출시킨 건 연인으로서도 할 행동이 아니지 않나 싶다. 그나저나 아유미의 팬들이 알면 과연 어떻게 생각할까.

거기까지 생각이 미친 순간, 문득 마코토에게 다른 동기가 떠올랐다.

서둘러 옆을 보자 고테가와도 소스라치게 놀란 표정을 짓고 있었다.

"고테가와 형사님……."

"그래. 무슨 말을 하고 싶은지 알아. 나도 방금 깨달았어."

다음 날 두 사람이 향한 곳은 콘서트장이었던 사이타마 슈퍼 아레나였다.

고테가와는 조정실에 들어가 아유미가 무대에서 떨어지는 순간을 모니터에 띄웠다.

"이 영상은 DVD 제작사가 찍은 영상을 재편집한 겁니다."

"재편집요?"

그는 모니터 앞 의자에 앉아 고테가와의 설명에 귀를 기울였다.

"원래는 무대 측면에서 가운데를 찍은 컷입니다. 물론 이대로는 아무것도 알 수 없어서, 사쿠라 씨가 발을 헛디뎌 무대에서 떨어지는 순간 다리 부분에 초점을 맞춰 확대했습니다. 그럼 봐 주십시오."

영상이 재생됐다.

아유미의 다리가 무대 앞쪽으로 빠르게 나아간다. 당시 뒤에서는 빠른 박자의 연주가 흐르고 있었지만, 영상의 소리를 없앤 데다 이 뒤에 기다리는 결말을 알고 있어서 그런지 일련의 움직임이 유독 부자연스럽게 보였다.

"전주가 나오는 동안 사쿠라 아유미 씨는 관객의 성원에 보답하려고 무대 앞쪽으로 이동합니다. 따로 난간이 없어서 무대 끝에서 1미터 되는 지점에 형광 테이프가 쳐져 있죠. 즉 이 선 밖으로는 나가지 말라는 경고입니다. 실제로 콘서트 전 리허설에서 사쿠라 씨는 이 선 안쪽에서만 움직였습니다. 하지만,"

여기서 고테가와는 버튼을 눌러 재생 속도를 느리게 했다.

그러자 형광 테이프 앞에 가로세로 1미터의 사각 틀이 보였다.

"아시겠지만 이건 승강대라는 건데, 콘서트가 시작될 때 이 승강대에 타고 무대 바닥에서부터 서서히 모습을 드러내며 올라오는 연출을 흔히들 합니다. 이번에 사쿠라 씨 무대에서는 쓰지 않았다고 하지만요."

"네. 사쿠라 아유미의 무대 스타일은 그런 거창한 연출을 하기보다는 무대 옆에서부터 전력으로 달려 나오는 식의 활기찬 이미지였으니까요."

"따라서 사쿠라 씨는 이 승강대 표시를 별로 경계하지 않았습니다. 그 자리 밑에 지하 공간이 있다는 걸 알고 있어도 겉으로는 그저 평평한 만큼, 실제로 승강대를 활용하지 않는 한 주의를 기울이지 못하는 것도 당연합니다."

다음 영상에서 고테가와와 마코토, 그리고 또 한 사람의 시선이 화면에 고정됐다.

아유미의 오른쪽 다리가 사각 틀 안에 착지하기 직전, 그 부근이 5센티미터 남짓 움푹 들어가 있었던 것이다.

승강대가 살짝 밑으로 내려가 있다. 다만 멀리서 찍은 컷이다 보니 깊이까지는 확인할 수 없었다. 영상 분석을 통해 간신히 판별할 수 있을 정도다.

바닥이 5센티미터쯤 꺼진 탓에 오른쪽 다리는 부자연스러운 형태로 착지했다. 이후 아유미는 몸의 균형을 잃고 무대 위에서 고꾸라졌다.

"사람이 넘어질 때는 보통 손을 앞으로 뻗어 방어 자세를 취합니다. 조건 반사 같은 거죠. 하지만 보시다시피 사쿠라 아유미 씨의 팔은 어중간하게 뻗어 있어 몸 전체를 지탱하기 어려운 형태입니다. 게다가 승강대 1미터 앞이 무대 끝인데도 사쿠라 씨는 헛발을 네 발짝 딛습니다."

고테가와가 설명한 대로 아유미는 자세가 한 번 무너진 다음 네 걸음을 비틀거리더니 승강대와 바닥의 높이 차에 걸려 앞으로 넘어졌다. 넘어진 자리는 이미 무대 끝이었다. 아유미의 몸은 앞으로 고꾸라진 기세 그대로 바닥을 굴러 밖으로 튕겨 나갔다.

영상이 거기서 멈췄다. 모니터를 응시하던 세 사람은 잠시 입을 열지 못했다.

침묵을 깬 사람은 고테가와였다.

"이 5센티미터 밑으로 꺼진 승강대에 주목해 주십시오."

화면 오른쪽 아래의 시간을 표시하는 숫자가 빠르게 넘어갔다. 그리고 아유미가 추락한 시점에서 20초가 경과했을 때, 승강대가 다시 올라가 바닥과 같은 위치가 되었다.

"보시다시피 이 승강대가 내려가 만들어진 턱에 사쿠라 씨는 걸려 넘어졌고, 그 원인으로 추락했습니다. 그 직후 승강대가 다시 원위치로 돌아가는 흐름을 보건대 이번 일은 누군가가 고의로 저지른 게 명백합니다."

그는 입술을 덜덜 떨며 고테가와를 올려다봤다. 고테가와는 이제부터가 본론이라는 듯 힘주어 입을 열었다.

"승강대의 상하 이동은 저기 보이는 버튼으로 제어합니다. 다시 말해 저 버튼이 아니면 승강대를 조작할 수 없다는 뜻이죠. 그리고 이건 다른 무대 스태프들이 증언했는데, 사고 당시 저곳에 앉아 버튼을 조작할 수 있었던 건 당신뿐이었습니다. 저 승강대를 움직인 사람이 당신 맞습니까?"

"저, 저는……."

"대답은 예 아니오로 해 주십시오."

고테가와가 얼굴을 바싹 들이밀자 오야마다 가즈시는 궁지에 몰린 듯이 고개를 주억거렸다.

"마, 맞습니다. 제가 승강대를 움직였습니다."

"처음부터 무대에서 추락시킬 계획이었나?"

"아, 아닙니다! 무대에서 살짝 넘어지는 걸로 충분하다 생각했는데……."

"살짝 넘어지게 한다……. 그렇게 해서 얻는 건?"

"유산이 됐으면 해서……."

힘없이 털어놓는 오야마다 앞에서 고테가와와 마코토는 시선을 교환했다. 역시 이 남자도 아유미의 임신 사실을 알고 있었던 건가.

"어떻게 알았지?"

"2주쯤 전부터 아유는 이 콘서트장에서 리허설을 했는데…… 아유가 쓴 화장실의 휴지통을 뒤졌더니 시판 임신 테스트기가 나와서……. 그것도 양성 반응이 표시된……."

마코토는 순간 등줄기에 소름이 쫙 끼쳤다. 화장실 휴지통을 뒤졌다고? 이 무슨 말도 안 되는!

"그래서 아유 주변을 조사해 봤더니 매니저와 그렇고 그런 사이라는 게 밝혀져서…… 용서할 수 없었습니다. 아유는 우리 모두의 아이돌입니다. 모두의 천사예요. 그런 아유가 다른 남자의 아이를 배 속에 품고 있다니……. 절대, 절대로 용서할 수 없었습니다!"

그 천사의 화장실 휴지통을 뒤진 사람이 대체 누구란 말인가. 이 정도면 팬이 아니라 스토커다.

비뚤어진 팬심. 그것이 바로 마코토가 떠올린 새로운 동기였다. 그러나 적중해도 통쾌감은커녕 으스스한 한기만이 온몸을 휘감았다.

오야마다의 얼굴을 보니 더욱 불쾌해졌다. 아이돌 팬이 모두 이러지는 않겠지만 좋지 않은 선입견이 생길 것 같다.

고테가와도 비슷한 생각을 했는지 미간에 잡힌 주름이 더욱 깊어졌다.

"그래서 승강대를 내려 넘어뜨릴 계획을 세운 건가. 그런데 그것이 대참사로 이어져서 순간 제정신이 아니었겠지. 승강대를 원위치로 돌리는 데 20초의 시차가 생긴 것도 그래서였나."

"하, 하지만 설마 그런 식으로 넘어질 줄은 상상도 못 했습니다. 고작 5센티미터 높이 차라면 휘청거리다가 제자리에서 넘어지는 정도겠지 예상했는데……. 저, 정말로 죽일 마음 같은 건 티끌만큼도 없었다고요! 살짝 넘어뜨리면 유산될 거라고 생각했습니다. 이건 어디까지나 아유를 위해 한 일이에요. 그때 유산만 됐으면 아유는 앞으로도 영원히 순결한 존재로 남았을 겁니다. 아이돌 활동을 이어 갈 수 있었을 겁니다……."

"그 아이돌을 죽인 게 네놈이다."

고테가와가 그렇게 잘라 말하자 오야마다는 어깨를 움찔했다.

"정말로 살의가 있었는지, 그걸 입증할 수 있을지 어떨지도 모르겠지만 적어도 사쿠라 아유미라는 열여섯 살 소녀를 죽인 건 네놈이 맞다. 칼로 찌르거나 총으로 쏘지 않아도 사람을 죽일 수는 있지. 그쪽은 손가락 하나를 움직였을 뿐이지만 그래도 엄연한 살인이다. 평생을 사죄하면서 살도록."

오야마다의 변명은 자기중심적이고 독선적인 데다 비겁했다. 그리고 고테가와라는 남자는 비겁한 인간에게만큼은 가차 없다. 오야마다 입장에서는 재판으로 실형을 사는 것보다 아이돌을 제 손으로 죽였다는 사실이 더욱 크게 다가올지도 모른다.

"……하지만 정말로 예상 못 했습니다. 고작 5센티미터 차이에 그렇게 구를 줄은……."

"거기에는 다른 이유가 있었어."

"다른 이유요?"

"법의학 교실 분들의 노고로 밝혀졌지. 그날 사쿠라 아유미의 몸에는 임신 외에도 다른 이변이 있었다."

고테가와는 거기까지 말하고 잠시 말을 멈췄다. 이는 설명을 양보하겠다는 신호다. 어쩔 수 없이 마코토가 뒤를 이었다.

"사법해부 결과 사쿠라 씨가 망막 색소 변성증을 앓고 있었다는 게 밝혀졌습니다."

"망막 색소……. 그게 무슨 병이죠?"

"시각 장애의 일종이에요. 망막의 시세포가 퇴행 변성해 진행성 야맹증과 시야 협착을 일으키지만, 서서히 진행돼 자각 증상이 없는 환자도 많습니다. 시야가 좁아지는 방식도 주변부부터 도넛 형태로 진행되는 탓에 본인이 알아채기 어렵죠. 게다가 입덧으로 인한 컨디션 난조가 병의 진행 속도를 더 빠르게 했을 가능성도 있습니다."

"정면은 보이지만 주변 시야가 좁아진다. 이게 뭘 의미하는지 알겠지?"

오야마다가 눈을 크게 떴다.

"생전에 사쿠라 씨는 자주 여기저기에 부딪치거나 넘어지곤 했다더군. 타고난 부주의한 성격도 한몫했을지 모르지만 시야 협착 증상에 의한 것이었을 가능성이 높다. 정면만 보이는 상황에서 5센티미터 턱에 발이 걸린다면 몸이 크게 휘청일 테고 자세가 무너지겠지. 게다가 넘어져도 안전한 방향이 어디인지 판단하는 것도 불가능해."

"그럴…… 수가……."

"그저 약간의 사고로 끝내려던 계획이 그녀에게는 지옥의 가마솥으로 떨어뜨리는 것이나 마찬가지였어. 그 뚜껑을 연 사람이 바로 네놈이고."

그러자 오야마다는 의자에서 바닥으로 쓰러져 양손으로 얼굴을 감싸더니 짐승 같은 소리를 내며 오열하기 시작했다.

그러나 아무리 봐도 아유미의 죽음을 애도하는 게 아닌, 자신이 범한 중죄에 겁먹은 것으로만 보였다.

이런 추태를 보리라고는 예상하지 못했을 것이다. 고테가와는 곤혹스러운 듯 머리를 긁적이며 허리를 숙였다.

"그럼 마지막으로 묻겠다. 사이타마 현경 홈페이지에 커렉터라는 이름으로 글을 쓴 게 네놈인가?"

"그, 그건 또 무슨 소립니까. 모릅니다……. 전 모르는 일이에요……."

승강대 위치 조작까지 자백한 인간이 그런 사소한 죄를 숨길 이유는 없다. 오열 섞인 말이 거짓으로는 느껴지지 않았다.

고테가와와 마코토는 얼굴을 마주 보았다.

실은 같은 질문을 고쿠네에게도 던졌지만 그 역시 커렉터에 대해서는 끝까지 모른다고 주장했다.

그렇다면 커렉터는 대체 누구란 말인가.

달구다

1

법의학 교실 문을 열자 피부가 움츠러들 정도로 강한 냉기가 온몸을 휘감았다.

"추워!"

마코토는 무심코 어깨를 감쌌다. 냉방 온도가 너무 낮게 설정돼 있다. 적정 온도는 고사하고 체감상으로는 영하의 추위였다.

"굿 모닝, 마코토."

교실 안에서는 캐시가 파일을 부채 대신 흔들고 있었다.

"캐, 캐시 교수님! 뭐예요, 이 엄청난 냉기는."

캐시는 태연히 등 뒤를 가리켰다. 그쪽을 보니 부검실 문이 활짝 열려 있다.

부검실 내부는 시신 보존을 위해 항상 실온을 5도로 고정해 놓는다. 그곳에서 냉기가 흘러들면 추워지는 것도 당연하다.

"무슨 일이죠? 이러면 시신 보존에 문제가……."

"지금 우리가 맡은 시신 수는 제로입니다. 따라서 이 시원한 바람은 오직 산 자를 위한 것입니다."

"그러면 냉방 장치 정도는 꺼 주세요. 안 그래도 예산 초과 문제로 학교에서 우리 교실을 호시탐탐 벼르고 있잖아요."

마코토가 부검실 문을 닫자 캐시가 불만을 드러냈다.

"마코토는 언제부터 체제에 굴복하게 됐습니까?"

"절전에는 체제도 반체제도 없답니다."

"하지만 마코토. 아침부터 이렇게 더우면 누구든 충분한 퍼포먼스를 발휘할 수 없습니다. 아니면 마코토는 이미 무념무상의 경지라 더위를 느끼지 않는 건가요?"

대체 이 외국인 조교수는 어디서 이런 일본어를 배워 오는 걸까. 그러나 오늘 더위가 보통 수준이 아니라는 것은 마코토도 동감이었다.

"확실히 덥기는 덥네요."

4월 중순인데 기온이 30도를 넘는 날이 이어지고 있다. 중국 북부는 대체로 3, 4월 강수량이 적고 기압골의 통과도 없어서 대륙 기온이 상승한다. 그 뜨거운 대기가 일본 열도로 흘러드는 것이다. 각지에서 벌써 한여름 기온을 기록 중이며, 마코토도 어제 막 여름옷을 꺼낸 참이었다.

“나와 마코토는 괜찮다고 해도 미쓰자키 교수님 같은 고령자는 몸이 상하지 않을까 걱정입니다.”

“교수님은 외출보다 부검실 안에 계실 때가 많으니 괜찮아요.”

“그런가요. 그분은 정신적으로 스마트 맨이지만 육체적으로는 올드 맨입니다. 꼭 그 나이대가 아니더라도 최근 며칠간 열중증에 걸린 환자가 보고되고 있지 않습니까?”

캐시의 지적대로 때아닌 무더위가 시작되자마자 사이타마 현뿐 아니라 각지에서 열중증 환자가 속출했다. 대비할 새도 없이 찾아온 더위여서, 무방비 상태로 강한 햇빛에 노출된 탓이 크다. 이곳 우라와 의대에도 몇 명인가 실려와 내과가 아침부터 분주하다고 한다. 그러고 보면 더위에 약한 건 산 자나 죽은 자나 마찬가지다.

그 무렵 침입자가 나타났다.

“안녕하…… 엇, 추워라. 실온이 몇 도로 돼 있는 겁니까?”

고테가와였다.

“아무리 한여름이라도 바깥 기온과 차이가 이렇게 심하면 몸이 상합니다.”

고테가와의 이마에서는 땀방울이 반짝이고 있었다. 무더운 외부에서 이 안으로 직행하면 분명 몸에 이상이 올 것이다.

“노 프라블럼입니다, 고테가와 형사님. 우리는 경찰과 달리 외출할 일이 별로 없습니다.”

“이제 곧 외출해야 할 일이 생길지도 모릅니다.”

고테가와의 말에 마코토가 물었다.

"검안 요청인가요?"

"아니. 또 올라왔어. 커렉터의 글이."

캐시의 얼굴이 굳어졌다.

"어젯밤 현경 홈페이지 게시판에 올라왔어. 게다가 이번에는 계획 살인을 암시한 내용이야. 해당하는 사례를 찾기 전에 우선 우라와 의대 법의학 교실 의견을 들으러 왔어."

고테가와는 설명하면서 자신의 휴대전화를 꺼냈다. 화면에는 현경 게시판의 글이 표시돼 있었다.

> 때 이른 폭염으로 노인과 아이들의 체온이 오르고 있다. 병원에 실려 가는 사람도 많다. 그러나 과연 전부 다 범인이 태양일까? 그중 하나는 태양에 죄를 물을 수 없지 않을까? 말 못 하는 희생자에게 구원의 손길을. 커렉터는 교정을 원한다.

화면을 캐시에게도 보여주자 캐시는 언짢은 표정을 지었다.

"저는 아직 일본어에 익숙하지 않지만 뭐랄까, 의미심장한 글이군요. 살인 동기를 태양 탓으로 돌리는 건 알베르 카뮈 정도일 텐데."

고테가와는 무슨 뜻인지 모르는지 마코토의 팔을 쿡쿡 찔렀다.

"저기, 캐시 교수님이 지금 뭐라는 거야?"

"프랑스 소설 얘기예요."

"이건 현실이잖아."

"이 글만 놓고 보면 열중증으로 사망한 사람 중 의심해야 할 사례가 있다는 의미 같네요."

"그래. 사실 기온이 30도를 넘어선 뒤로 벌써 다섯 명이나 열중증 등으로 사망했어. 커렉터가 지적하는 건 그 다섯 건 중 하나겠지."

"그 다섯 건이 발생한 곳은요?"

"두 건이 간사이, 한 건이 주부 지역. 나머지 두 건은 도쿄와 사이타마 시."

설마 사이타마 현경 홈페이지에 접속하는 '커렉터'가 간사이나 주부 지역까지 갔다고는 생각하기 어렵다.

"뒤의 두 건이 수상하네요."

"도쿄 건은 공원을 조깅하던 75세 남성이 갑자기 이상을 호소하며 병원에 실려 간 지 이틀 만에 사망한 건이야."

똑같은 태양광선을 받고 열기에 휩싸여도 열중증에 걸리기 쉬운 사람과 그렇지 않은 사람이 있다. 걸리기 쉬운 사람은 5세 이하 유아와 65세 이상 고령자, 비만자, 설사 등 탈수 경향이 있는 사람이다.

"다른 한 건은 사이타마 시 미도리 구에 살던 3세 여아. 이쪽은 자택 근처에서 놀던 중 갑자기 의식을 잃고 역시 병원에 실려 갔지만 구급차 안에서 사망이 확인됐지."

"그 두 사람에게는 살인을 당할 이유 같은 게 있었습니까?"

캐시가 마코토와 고테가와 사이에 끼어들었다.

"그런 건 없었습니다. 저도 사망자 일람을 읽어 봤는데요. 동기나 배후 관계 등에서 아무것도 밝혀진 게 없더군요. 다만 75세 영감님은 경시청 관할이지만 3세 여아 쪽은 현경 관할이라 조사가 좀 더 수월하다는 건 있습니다. 그리고 또 하나."

고테가와는 휴대전화를 흔들어 보였다.

"커렉터의 글에 '말 못 하는 희생자'라는 표현이 있지 않습니까? 영감님 쪽은 구급차로 실려 간 뒤로도 얼마간 의식이 있었습니다. 하지만 3세 여아는 모친이 이상을 발견했을 때부터 병원에 실려 가 사망이 확인되기까지 한 번도 의식이 돌아오지 않았다더군요. 말 못 하는 희생자라면 이쪽 아닐까요?"

그러자 캐시는 납득한 듯 고개를 끄덕였다.

"그 여자아이의 증상은 뉴스에 상세히 나왔습니까?"

"보도된 건 나이와 이름, 그리고 구급차 안에서 사망한 사실뿐이고 의식 회복 여부 등은 전혀 언급되지 않았습니다."

다시 말해 커렉터는 그 여아의 죽음에 관해 관계자가 아니면 모르는 사실을 알고 있었다는 뜻이다. 마코토와 캐시는 얼굴을 마주 보았다.

"그럼 고테가와 형사님은 커렉터가 그 여자아이를 죽였다고 보는 건가요?"

"아직 거기까지는 생각이 미치지 않았습니다. 그래서 두 분께 여쭤보고 싶은 게요, 열중증 같은 상태를 인위적으로 연출할 수 있느냐는 겁니다."

마코토와 캐시는 또다시 서로를 마주 보았다. 열중증에 대한 설명이라면 아직 일본어 실력이 수상쩍은 캐시보다는 자신이 더 적합하다.

"우선 말이죠, 고테가와 형사님. 열중증에는 세 단계가 있어요. 경증인 1도는 현기증과 팔다리 저림. 중등증인 2도는 두통과 구토. 그리고 중증인 3도가 되면 고열과 보행 곤란, 의식 상실이 따르죠. 이 중 1도와 2도에서 땀이 배출되는 속도를 염분과 미네랄 보충이 따라잡지 못해 탈수 상태에 빠지고는 하는데, 3도가 되면 시상하부의 중추신경이 마비돼 체온 조절 능력을 잃어버려요. 즉, 정도 차는 있지만 모두 체온 조절 능력의 이상으로 열중증이 생긴다는 뜻이에요. 다만 고온 환경만 중추신경에 해를 끼치는 건 아니에요. 이를테면 습도가 어느 수치 이상 높아져도 땀 배출에 의한 체온 조절이 불가능해지죠."

"말하자면 인위적으로 열중증을 일으키기는 어렵다는 뜻인가."

고테가와가 쓴웃음을 지으며 말했다.

"이건 제 사견입니다만."

그렇게 운을 떼고 캐시가 입을 열었다.

"세 살 아이는 대부분 신체 기능이 미숙합니다. 바이얼런스violence에 대한 저항력도 약합니다. 따라서 마음만 먹으면 병으로 꾸며 살해하는 건 비교적 용이하다고 할 수 있습니다. 평소 아이와 가깝게 지내는 자라면 더욱 그렇고요."

캐시가 암시하는 것은 부모에 의한 아동 학대였다. 만약 이 세 살배기 아이의 사망이 계획된 살인이라면 부모가 범인일 가능성이 높다. 그것은 아동 학대에 대한 통계가 말해 주고 있다.

아동 학대라는 말에 고테가와도 얼굴을 찌푸렸다.

"어쨌든 이 건을 조사해 보겠습니다. 법의학 교실 분들께는 또 신세를 질 수도 있겠네요."

마코토는 좋지 않은 예감이 들었다.

고테가와가 이렇게 말할 때는 대부분 현실이 되기 때문이다.

*

"그러니까 말이지. 형사 선생. 내가 봤을 때 미레이는 이미 숨이 넘어가고 있었다니까."

취조실에서 우리유 사토시는 같은 진술을 반복했다.

"빌라 베란다가 걔 놀이터였는데, 갑자기 목소리가 안 들려서 뭔 일인가 싶어 가 보니 축 늘어져 있었어. 그래서 애 엄마가 서둘러 구급차를 불렀고."

고테가와는 상대의 눈동자 움직임을 응시했다. 스물일곱이라니 고테가와와 동갑이다. 뿌리 부분만 색이 빠진 금발에 트레이닝복 차림. 전형적인 날라리 인상에다 턱에 기른 수염은 궁색해 보이는 얼굴에 어울리지 않았다.

우리유가 싱글맘 히가 구루미와 동거를 시작한 건 작년 7월경이다. 서로의 지인을 통해 알게 된 두 사람은 점차 마음이 맞아 얼마 뒤 우리유가 구루미 모녀의 집에 들어갔다고 한다.

공사장에서 일하는 우리유는 작업 현장이 매번 바뀌는 탓에 구루미의 집에서 매일 묵지는 않는다. 일주일에 절반 정도는 집을 비운다고 했다.

“나랑 미레이가 피로 이어진 사이는 아니니 색안경을 끼고 보는 사람도 있지. 하지만 난 미레이의 아빠로서 최선을 다했다고. 그리고 뭐였지, 주의의무注意義務라고 하나? 그런 것도 게을리 하지 않았고. 이래 봬도 의외로 아이를 좋아하는 편이야. 하지만 그날은 전날 작업이 워낙 고돼서 나도 모르게 잠들어 버렸어. 그래서 발견이 늦었고…….”

우리유가 침을 튀기며 떠드는 와중에 그 시선은 끊임없이 허공을 맴돌고 있다. 고테가와는 속으로 어리석기 그지없다고 생각했다. 이렇게 쉴 새 없이 떠드는 인간은 만담가거나 학대를 감추려 하는 자 둘 중 하나다. 태생이 악당이라도 나이가 어려 경험이 적은 만큼 남을 잘 속이지 못한다.

“요약하자면 히가 미레이가 구급차로 실려 간 4월 12일 오후 3시 12분 직전까지 당신과 아이 엄마 히가 구루미 씨는 집 안에 있었다.”

“내가 지금까지 말한 거 못 들었어? 그럼 어린애를 혼자 내버려뒀을까 봐?”

우리유의 말이 점차 거칠어졌다. 형사의 나이가 자신과 비슷해 보여 주도권을 쥐고 싶은 걸까. 아니면 화난 척을 해서라도 자신의 증언에 신빙성을 부여하려는 걸까.

“그리고 미레이가 남의 자식이니 내가 학대했을 거라는 건 완전히 편견이라고. 선입견에 넘어가는 거야. 그런 못된 부모도 있겠지만 나는 아니야. 미레이를 정말로 친딸처럼 생각했어.”

“친딸 말입니까.”

“그 말투는 뭐야? 꼴이 이 모양이라 사람이 우습게 보여? 앙?”

가는 말이 고와야 오는 말이 곱다고까지는 할 수 없지만, 그의 한마디가 고테가와의 분노에 불을 지폈다.

그쪽도 어지간히 경찰을 우습게 보는 것 같은데.

“지금까지 한 말은 전부 사실이겠죠?”

“그래. 입 아프니 여러 번 말하게 하지 마.”

“그럼 둘 중 하나가 거짓말을 한다는 말이 되는군요.”

“뭐?”

“당신이 사는 빌라에서 차로 10분쯤 떨어진 거리에 ‘드래건’이라는 파친코 가게가 있습니다. 가게 안 감시카메라에는 당일 오후 2시 40분까지 파친코를 하는 당신과 구루미 씨 모습이 찍혀 있었습니다. 즉 당신 또는 감시카메라 중 한쪽이 거짓말을 하고 있다는 말입니다.”

고테가와의 말에 우리유는 언뜻 당황하는 기색을 보였다.

“점원은 당신이 단골손님이라고 증언했습니다. 감시카메라 영상을 보자마자 바로 당신을 알아보더군요. 아, 맞다. 파친코

기계에 구슬이 걸렸던가 해서 그날 점원을 불렀다죠? 그걸 기억하고 있었습니다."

그러자 우리유는 조금 전까지 부리던 위세는 온데간데없이 고개를 숙이더니 어깨를 떨궜다.

"그 파친코 가게는 의외로 방범 설비를 잘 갖춘 곳이어서요. 주차장에도 감시카메라가 설치돼 있었습니다. 음, 구루미 씨 차가 연노란색 경차 맞죠? 두 분이 차에 올라타는 순간이 영상에 뚜렷이 찍혔습니다. 근데 이상하기는 합니다. 두 분이 올라탄 이후에도 차가 얼마간 움직이지 않았거든요. 안에서 무슨 일이 있었는지는 모르지만, 10분 정도가 지나고 나서야 급하게 출발한 차가 주차장에서 나갔습니다. 그 시각이 오후 2시 50분. 구루미 씨가 근처 병원에 전화를 한 건 그 뒤로 10분이 더 지나서입니다. 시간을 계산하면 구루미 씨는 집에 도착하자마자 구급차를 불렀다는 말이 됩니다."

눈앞에서 우리유의 어깨가 떨리기 시작했다. 어리석은 것도 모자라 소심한 놈이었나. 고작 거짓말 하나가 밝혀졌을 뿐인데도 자제심을 잃고 있다. 경찰을 속일 작정이었다면 이중삼중의 탄탄한 거짓말을 준비해야 했거늘.

"그나저나 요새 영상 분석 기술은 아주 대단합니다. 지금까지 거리가 멀거나 초점이 안 맞아 판독할 수 없었던 영상에 디지털 처리를 하자마자 미세한 부분까지 선명하게 보이더군요. 게다가 조금 전에 이야기한 구루미 씨의 차 내부 상황도 영상을 분석하면 다 나온답니다."

마지막은 거짓말이었다. 카메라가 비추는 방향에서 보이는 건 고작 운전석 정도고, 뒷좌석은 처음부터 사각死角이었다.

그러나 카메라가 있다는 사실조차 모르는 우리유에게는 그런 단순한 거짓말도 위협적으로 들릴 것이다. 처음부터 거짓 알리바이 하나로 도망칠 수 있을 거라 생각했을 테니 알리바이가 무너진 순간, 무방비나 마찬가지다.

"어쩔까요? 차 뒷좌석을 조사해 볼까요?"

"……."

"4월 12일 오후 1시부터 3시 사이 사이타마 시 기온은 31도. 조건에 따라 다르기는 해도 밀폐된 차 안은 50도 이상 올라갔을 겁니다. 그런 사우나 같은 공간에 두 시간 가까이 방치되면 꼭 세 살 아이가 아니어도 탈수 증상이 일어나겠죠. 두 분이 무슨 짓을 한 건지 대충 알겠습니까?"

"아, 아니야."

"열중증은 땀 배출 속도를 염분과 미네랄 보충이 따라잡지 못해 체온 조절이 불가능해지는 증상입니다. 미레이도 땀을 비 오듯 흘렸겠죠. 시트를 갈았다 해도 감식반이 조금만 조사하면 금세 나옵니다. 끝까지 아니라고 잡아뗄 거라면 한번 시험해 보시죠. 아니면."

고테가와는 말을 멈추고 얼굴을 앞으로 들이밀었다. 도망칠 곳을 잃은 피의자에게 이런 몸짓은 적잖은 압박이 된다.

"지금 병원 영안실에 잠들어 있는 미레이와 다시 한 번 대면시켜드릴까요? 다만 이번에는 최소 한 시간은 제가 옆에 같이 있을 거지만요."

그러자 우리유는 입에서 짐승 같은 신음을 토해냈다. 분명 안도와 절망이 섞인 소리일 것이다. 우리유는 이제야 제정신이 들었는지 모든 것을 털어놓기 시작했다.

진술 내용은 고테가와가 예상한 것과 별반 다르지 않았다.

내연 관계에 있는 여자가 데려온 자식에게 정을 붙이지 못했다. 또 피곤할 때나 구루미의 몸을 원할 때 미레이의 울음소리가 방해됐다고 한다. 미레이는 말을 잘 듣지 않았고, 일단 울기 시작하면 비명에 가까운 소리를 질렀다. 그래서 학대까지는 아니더라도 같이 놀거나 달래 준 경우는 일절 없었고, 그만큼 미레이도 우리유를 따르지 않았다고 한다.

파친코는 우리유와 구루미가 공유하는 몇 안 되는 취미 중 하나였다. 그날도 군자금을 마련해 차를 몰고 '드래건' 주차장으로 갔다. 그러나 그날따라 미레이가 유독 칭얼거렸다. 이대로라면 가게 안에서 큰 소리로 울어댈 거고, 결국 셋 다 쫓겨나겠지 싶었다.

차 안에 아이를 두고 가자는 건 둘 중 누가 먼저랄 것도 없이 나온 말이었다. 창문에 손가락 하나 들어갈 정도의 틈만 남겨 두면 질식하지 않을 거라 봤고, 늦어도 한 시간 안에 게임을 결판지을 심산이었다.

그러나 막상 게임을 시작하자 당첨될 것 같으면서도 당첨되지 않는 상황이 반복돼 시간도 잊어버리고 게임에 몰두했다. 결국 둘이 합쳐 4만 엔 이상 잃고 나서 주차장에 돌아가 차 문을 연 순간, 어마어마한 열기가 끼쳐 왔다. 바닥에 웅크린 상태의 미레이를 일으켰지만 이미 의식을 잃은 상태라 반응하지 않았다.

바보라도 자신들이 어떤 상황에 처했는지 감이 왔을 것이다. 이대로는 보호자로서 아이를 방치한 책임을 지게 된다.

그래서 두 사람은 집에 돌아가 축 늘어진 미레이를 방 안에 두고 곧장 구급차를 불렀다. 적어도 열중증인 것만은 틀림없으니, 미레이가 베란다에 나가 있다가 열중증에 걸렸다고 하면 어렵지 않게 병원과 경찰을 속일 수 있을 거라 예상했다고 한다.

고테가와는 조서를 작성하는 동안 끓어오르는 감정을 참기 어려웠다. 무책임한 부모를 향한 울화도 아니고, 미레이를 향한 동정도 아니었다. 더욱더 분명한 형태의 분노가 이마 언저리에서 튀어나올 것 같은 느낌이었다.

그 느낌은 조서 작성을 끝낸 뒤에도 얼마간 사라지지 않았다.

2

다음 날 법의학 교실을 찾은 고테가와는 심기가 매우 불편해 보였다.

평소에도 얼굴을 찌푸리고 있을 때가 많지만 교실 안에서 이런 표정을 보인 적은 처음이라 괜스레 신경 쓰였다.

"고테가와 형사님, 무슨 일이에요?"

"어? 왜?"

외려 되묻는 걸 보니 아무래도 무의식중에 지은 표정인 모양이다.

"음, 꼭 치과 다녀오다가 개똥을 밟은 아이 같은 표정이에요."

웃어 줄 거라 예상했지만 고테가와는 손으로 자신의 얼굴을 한 번 쓸어내리더니 툭 내뱉었다.

"비유가 훌륭하네, 마코토 선생."

"네?"

"치료받은 데가 욱신거리는 동시에 개똥만큼이나 더러운 걸 밟았지. 어제부터 계속 그런 기분이야."

분노와 낙담이 섞인 듯한 말투도 낯설다.

"캐시 교수님은 자리에 안 계시나?"

"네. 법의학 강의 나가셨어요."

"그럼 마코토 선생 혼자 지키고 있는 건가."

고테가와는 살짝 안도한 듯했다.

"불행 중 다행이군. 캐시 교수님이 날 본다면 또 신랄하게 정신 상태를 분석했을 테니."

"어제 무슨 일이라도 있었나요?"

"취조. 알지? 그 세 살짜리 아이가 열중증으로 사망한 건. 아이 모친과 함께 사는 동거남에게서 진술을 받았어."

고테가와가 들려준 동거남의 진술은 분명 화가 치밀 만한 내용이었다. 세 살배기 딸을 차에 혼자 방치한 것도 용서하기 힘들지만, 게임에 몰두하느라 아이의 존재를 잊어버렸다는 말을 듣는 순간 분노가 차올랐다.

"부모 자격이 없네요."

"형사 생활을 하면서 비겁한 녀석들은 수도 없이 봐 왔는데 말이지."

그 말이 또 마음에 걸렸다. 지금껏 수많은 흉악범을 상대해 온 그다. 보호자의 책임을 내팽개친 부모에게 이토록 분노하는 데는 다른 이유라도 있는 걸까.

"어린아이를 차 안에 방치한 결과 아이가 사망했다면 어떤 죄를 묻게 되나요?"

"이런 경우에는 대체로 두 가지야. 하나는 보호 책임자 유기치사죄로 3개월 이상 혹은 5년 이하 징역. 또 하나는 중과실 치사죄로 5년 이하 징역 또는 5년 이하 금고, 100만 엔 이하 벌금."

"둘이 어떻게 다른 거죠?"

"상황과 아이의 나이에 따라 나뉘지."

"하지만 어쨌든 최고가 5년 이하 징역이라니, 왠지 가벼운 느낌이에요."

"실제 판결은 더 가벼워. 과거에도 비슷한 사례가 있었는데 금고 1년 6개월, 집행유예 3년 판결이 나왔거든. 사실상 무죄나 마찬가지지."

"그럼 이번 건도……."

"그래. 사람을 한 명 죽였는데 죄라고 말하기도 힘든 처분이 내려질 가능성이 높아."

그러자 마코토가 고테가와의 얼굴을 뚫어지게 쳐다보았다.

"뭐, 뭐야."

"그것뿐인가요?"

"무슨 할 말이 더 있겠어. 아무튼 난 아이가 살해되는 사건이 가장 싫어. 질색이야."

서둘러 고개를 돌리는 모습을 보니 할 말이 이걸로 전부가 아니라는 것 정도는 쉽게 짐작이 갔다. 이 남자는 본인이 생각하는 것보다 거짓말과 은폐에 능하지 않다.

"저기 말이죠, 형사님. 저도 캐시 교수님 정도는 아니지만 정신 분석 흉내는 낼 줄 알아요."

그 말을 들은 고테가와가 살짝 멈칫했지만, 이대로 어물쩍 넘어갈 수는 없다.

"나한테 그런 건 필요 없어."

"언젠가 저한테 수사에 사적인 감정을 끌고 오는 건 금물이라 했었죠. 형사님 마음속에서 특정 범죄에 대한 모종의 집착이 있다면 그것도 사적인 감정에 들어가지 않을까요?"

"뭐 그렇게 볼 수도 있겠지만."

"트라우마가 있다거나."

"마코토 선생이 왜 내 트라우마를 걱정하지?"

"이래 봬도 의사 가운을 두르고 있으니까요. 만약 형사님이 그 트라우마 때문에 실수를 범하기라도 하면 저도 기분이 언짢지 않겠어요?"

그야말로 끼워 맞춘 논리였지만 고테가와는 나직이 신음을 뱉더니 포기한 듯 고개를 떨궜다.

"딱히 트라우마 정도는 아니지만, 형사가 된 지 얼마 안 됐을 때 끔찍한 엽기 살인 사건을 맡은 적이 있어."

고테가와가 털어놓은 사건은 정말로 끔찍했다. 범인은 살해 후 사망자의 신체를 참혹하게 난도질했다고 한다. 도시 전체를 공포의 도가니로 몰아넣은 무시무시한 사건이었다.

사건을 수사하던 중에 고테가와는 어떤 가족을 알게 됐다. 학창 시절 부모님과 연이 끊긴 고테가와로서는 잊고 있었던 감정이 되살아날 만큼 단란한 가정이었다.

"그런데 그 부모가 자기 자식을 죽인 거였어."

마코토는 말문이 막혔다.

"한심한 이야기지. 이쪽은 어린아이의 한을 풀어 줄 요량으로 마구 달렸는데, 끝까지 진실을 눈치채지 못했으니. 반장한테는 눈알을 폼으로 달고 다니느냐는 소리까지 들었고."

"그 후로 그런 유의 사건이 싫어진 거군요."

"그래. 하지만 그 일로 밤에 악몽을 꾸거나, 그날의 기억 때문에 아무것도 손에 안 잡히는 수준까지는 아니니 트라우마처럼 심각한 건 아니야. 그냥 괜히 기분이 더러워질 뿐이지."

과연 그럴까. 마코토는 속으로 의심했다. 밤에 악몽을 꾸지 않는다고 트라우마가 아니라 단언할 수 없다. 고테가와의 이야기로만 보면 그의 마음속 깊은 곳에 피해 대상이 어린아이인 살인 사건에 대한 증오가 자리 잡고 있을 가능성이 높다.

"내가 이번 사건에서 가장 열이 뻗치는 건 동기가 없다는 점이야."

"동기요?"

"미워서 죽였다, 돈을 노리고 죽였다, 그런 거라면 기분은 나쁘겠지만 이유가 있으니 그나마 나은 편이야. 하지만 히가 미레이라는 아이는 이렇다 할 이유도 없이, 그냥 파친코 게임보다 관심을 끌지 못해 살해당했어. 적극적인 살해 방식도 아니지. 그저 차 안에 두고 갔을 뿐이야. 물건 취급을 받은 거야."

고테가와의 목소리가 숙연해졌다.

"아이는 차 안에 두 시간이나 갇혀 있었어. 그날 차내 온도는 낮게 잡아도 50도가 넘었겠지. 물도 없고 환기도 거의 안 되는 상황에서 그저 가만히 두 시간을, 부모가 자신을 구하러 오기만을 기다리고 있었던 거야. 무더위로 몸에서 땀이 줄줄 흐르고 정신은 점차 몽롱해졌겠지. 그러다가 차츰차츰 몸을 움직일 수 없게 되고 호흡 곤란이 왔을 거야. 그래도 아이는 계속해서 기다렸어. 하지만 아무리 기다려도 부모는 오지 않았어……. 아이가 느꼈을 절망을 떠올리면 가슴이 찢어질 것 같아. 최고 5년형 따위 처분밖에 못 내리는 법에 분노가 치밀지 않을 수 있을까."

여러 번 그 광경이 머릿속에 떠올랐을 것이다. 고테가와의 말에서는 생생한 현장감이 느껴졌다.

마코토는 왠지 불안해졌다. 피해자를 떠올리며 가슴 아파하는 것이 경찰에 필요한 자질일 수 있다. 그러나 필요 이상으로 깊고 강한 증오는 본인에게 해가 된다. 직업의식과 균형을 맞추는 것도 중요하겠지만 지나친 열정에 휘둘린 행동이 좋지 않은 결말을 부른다는 건 마코토 자신이 이미 몇 번 경험한 바 있다.

"하지만 법률이 정한 이상의 형벌은 불가능하잖아요."

"그러니 더 화가 나지."

그때 귀에 익은 낮은 목소리가 들렸다.

"화가 나고 안 나고를 떠나 자네는 평소에도 그런 싸구려 감정을 가슴에 품고 일하나?"

목소리가 들린 쪽으로 돌아보자 미쓰자키와 캐시가 서 있었다.

"내 교실에서 누가 생각의 깊이라고는 없는 연설을 줄줄 늘어놓고 있나 했더니 역시나."

"새, 생각의 깊이가 없다뇨."

"고작 주어진 원고나 읽는 인간들에게 지론 따위 없는 것과 마찬가지군. 업무에 그런 치졸한 감정 같은 걸 끌어들이지 마."

미쓰자키의 일갈에 고테가와는 물을 뒤집어쓴 개처럼 풀이 죽었다. 분노로 달아오른 머리에 이만한 냉각 효과도 없을 것이다.

불현듯 마코토의 머리에 독으로 독을 제압한다는 말이 떠올랐다. 그러나 그 말을 입에 담으면 캐시와 똑같아질 것 같아서 참았다.

"형사가 범죄를 증오하면 안 되는 겁니까?"

"자네는 범죄를 증오하는 게 아니야. 범인을 증오하는 거지."

화들짝 놀랐다.

마코토가 연수의로 내과에 처음 배정됐을 때 담당 교수님께 들었던 충고와 비슷했다.

—환자 한 명에게 필요 이상 마음을 쏟지 말게. 감정은 판단력을 흐리게 하는 원흉이니.

세상에는 자신의 감정을 제어하며 임해야 하는 직업이 다수 있다. 그중 하나가 의료 종사자라고 배웠다. 어쩌면 형사 일도 마찬가지일지 모른다.

"고테가와 형사님이 이모셔널emotional해진 원인은 세 살 아이가 열중증으로 사망한 사건 때문이겠죠. 부모를 조사했겠네요?"

늘 그렇듯 캐시는 호기심을 고스란히 드러내며 물었다. 사건을 가져오는 건 고테가와 쪽이니 설명하지 않을 수 없다. 고테가와는 마지못해 조금 전과 같은 설명을 반복했다.

"역시 니글렉트neglect에 가까운 상황이었군요."

설명을 다 들은 캐시는 납득했다는 표정으로 고개를 끄덕였다. 이 조교수는 사건에 감정을 이입하기보다 지적 호기심을 채우려 할 뿐이니 미쓰자키의 역린을 건드릴 일도 없다.

"일본 법의학회에서도 아동 학대에 대한 샘플링 작업을 하고 있는데, 가해자가 부모인 경우가 압도적으로 많다고 합니다. 또 매년 증가 추세라는 게 마음에 걸립니다. 미국에서는 법의학 관점에서 아동 학대를 방지하려는 움직임이 활발하지만, 일본에서는 아직이라는 게 아쉽습니다."

일본에서도 각지에 있는 아동 상담소나 복지 사무소에 아이의 몸에 난 상처 등으로 아동 학대를 알아보는 지식을 전파하고는 있다. 그러나 아직 전국적으로 널리 보급됐다고 보기는 어렵고, 미국에 비하면 늦어지고 있는 게 현실이다.

"그래서 고테가와 형사님. 정식 부검 요청은 언제?"

캐시의 물음에 고테가와는 고민하는 표정을 지었다.

"저희 과장님은 이미 동거남이 자백했으니 굳이 사법해부할 것까지는 없지 않겠느냐고…… 검시관도 직장直腸 온도와 사후 변화 속도를 근거로 열중증으로 판단 내렸고요."

"헛소리 작작 하라 그래."

미쓰자키가 불쑥 내뱉었다.

"열중증이든 동사든 이상 환경에서의 사망은 특이 소견이 부족하게 마련이다. 직장 온도만으로 사인을 특정하겠다고? 지금 당장 시신을 이쪽에 가져와."

"동거남의 진술을 의심하시는 겁니까?"

"살아 있는 인간은 거짓말을 하지. 하지만 죽은 자는 거짓말을 하지 않는다. 얼른 상사를 설득하고 오게."

고테가와는 쫓겨나듯 법의학 교실을 뛰쳐나갔다.

히가 구루미는 딸의 장례식을 한시라도 빨리 치르기 원했고, 미쓰자키는 우리유의 자백이 나왔는데도 사법해부를 요구했다. 현경은 예산 문제상 불필요한 사법해부를 최대한 피하려 하지만, 부검 실적이 뛰어난 미쓰자키의 의향을 그냥 무시할 수도 없는 노릇이었다. 결국 수사 1과장 구리스가 허락하는 형태로, 미레이의 시신은 사법해부로 돌려졌다.

"이번 일로 과장님이 저를 보는 눈은 더 험해질 겁니다."

미레이의 시신을 옮기면서 고테가와가 중얼거리자 미쓰자키가 힐끗 노려봤다.

"자네는 상사가 어떻게 보는지를 일일이 신경 쓰며 일하나?"

"아뇨. 그런 갸륵한 마음씨는 이미 오래전에 사라졌습니다만."

"공무원이라면 상사가 아닌 국민을 봐야 하지 않겠나?"

"국민 좋죠. 근데 왠지 교수님만 바라보고 있다는 느낌도 듭니다."

들것에 실린 시신은 시트에 덮인 채로 봐도 체구가 매우 작음을 알 수 있었다. 마코토는 새삼 아이가 불쌍해졌다.

마코토와 캐시가 시신을 부검실 안으로 옮기자 고테가와가 뒤따라왔다.

"형사님. 부검에 동석하실 건가요?"

"어. 왜?"

위험하다고 생각했다. 어린아이가 목숨을 잃은 사건에 과민 반응을 보이는 고테가와가 혹시라도 미레이의 몸에 남은 학대의 흔적이라도 보면 평정심을 잃을 수 있다.

"꼭 무리하지 않으셔도……."

"애들 편식하는 것도 아니고. 괜찮아."

짐짓 허세 부리듯 말하며 고테가와는 부검실로 들어갔다. 범인을 향한 증오를 증폭시킬 생각인지, 아니면 어린아이의 시신에 익숙해지려는 건지 감이 오지는 않았지만, 자신이 싫어하는 것과 당당히 맞서려는 자세는 배우고 싶다고 생각했다.

세 사람이 부검복으로 갈아입고 부검대 위에 시신을 올리자, 드디어 미쓰자키의 차례가 돌아왔다.

미쓰자키가 시트를 벗기니 미레이의 시신이 빛에 드러났다.

작디작은 몸이다. 원래부터 마른 체형인지 팔다리가 나뭇가지 같았다. 그 모습을 보는 것만으로도 참담했지만 미쓰자키는 눈썹 하나 까딱하지 않고 시신의 표면을 관찰했다.

뜻밖인 것은 몸 표면에 타박상과 찰과상 등의 외상이 보이지 않는다는 점이었다. 부모에게 학대받은 아이 대다수는 몸 어딘가에 폭력 흔적이 남아 있지만 미레이에게는 없었다. 사후 이틀이 지났는데도 얼룩이나 멍 하나 없는 깨끗한 몸이었다.

"시신의 배를 바닥으로."

미쓰자키의 지시에 마코토와 캐시가 시신을 뒤집었다. 작고 가벼워 혼자서도 할 수 있을 정도지만, 자칫 잘못해 시신에 상처를 내는 일은 피하고 싶었다.

뒤집은 몸도 깨끗했다. 머리 뒤, 목덜미, 등, 엉덩이에도 눈에 띄는 외상이 없다. 미쓰자키는 확인을 마치고 가볍게 고개를 끄덕였다.

시신을 다시 위를 보고 누운 자세로 돌리자 미쓰자키가 집도를 선언했다.

"그럼 시작한다. 시신은 3세 여아. 몸 표면에 외상 없음. 사후 경과 시간에 비해 부패 진행은 다소 빠른 편. 검시 보고에 따르면 열사병에 의한 다장기 부전. 따라서 급사 소견과 중복될 가능성이 크다."

열중증은 증상에 따라 크게 세 가지로 나뉜다. 체온 상승을 동반하지 않는 열경련과 열피로, 그리고 체온 상승을 동반하는 열사병이다. 이 중 열피로까지는 휴식으로 회복할 수 있지만 열사병에 이르면 체온 조절 기능의 한계를 넘어서므로 다장기 부전을 불러일으킨다.

"우선 개두開頭를 시작한다. 드릴."

미쓰자키가 지적했듯 이상 환경에서의 사망은 특이 소견이 부족하다. 그러나 사인이 열사병일 경우에는 뇌부종이 나타나거나 혈액 농축 정도가 짙어지곤 한다. 머리를 여는 건 그것을 확인하기 위해서다.

"스트라이커."

미쓰자키의 손이 두개골을 잘라 간다. 아이의 두개골이 아직 단단하지 않기도 하지만 미쓰자키의 솜씨는 뼈 절제 같은 작업에서도 줄곧 정밀함을 유지한다. 전동 톱으로 뼈를 자르는 건 수작업이라 절개 부분과 힘의 세기에 따라 소리가 달라진다. 그러나 미쓰자키가 손에 든 전동 톱은 늘 소리가 일정한 데다 거침이 없다. 진부한 비유일지 모르겠지만 마코토는 그의 솜씨를 보면서 꼭 예술가 같다고 생각한다. 지금껏 미쓰자키의 솜씨를 본 외부인들 또한 예외 없이 그의 손 움직임에 눈과 귀를 빼앗겨 헛기침 한 번 하지 못했다.

이윽고 두개골이 제거돼 경막에 싸인 뇌가 모습을 드러냈다. 경막은 두뇌를 보호하는 막이라 튼튼하지만 미쓰자키는 이 역시 손쉽게 벗겨냈다.

그리고 드러난 뇌를 보자마자, 마코토는 기이한 느낌에 휩싸였다.

뇌 어디에도 부종을 찾아볼 수 없었다.

열사병 증상이지만 뇌부종까지는 이르지 않은 걸까.

의문을 제기하려 했지만 미쓰자키는 이미 다 알았다는 듯이 경막을 엄숙하게 되돌렸다.

"다음은 복부 절개. 메스."

캐시에게 건네받은 메스를 든 그의 손가락이 드디어 예술가 기질을 발휘했다. 캔버스에 선을 그리는 것처럼 정확하게 칼끝을 움직여 Y자를 그린다. 절단면에서 핏방울이 좀처럼 올라오지 않는 것은 적절한 힘을 유지하면서 절개하고 있기 때문이다.

문득 마코토가 고개를 들자 정면에 고테가와가 있었다. 부검을 지켜보는 고테가와의 눈은 고요하지만 눈동자 안에서 이글거리는 빛이 보이는 듯했다.

"어딜 보고 있지?"

미쓰자키의 질타에 마코토는 부랴부랴 시선을 되돌렸다.

피부 절개에 이은 갈비뼈 절제. 순식간에 시큼한 냄새가 퍼졌지만 성인 시신을 부검할 때보다 옅고 달콤한 느낌이 드는 것은 기분 탓일까.

미쓰자키의 메스는 처음부터 미리 정한 것처럼 위장으로 향했다. 세 살이라는 나이를 고려해도 용량이 작아 보이는 위였다.

위를 떼어 내고 곧장 위벽을 잘라 양옆으로 연다.

마코토의 눈은 위 속 내용물에 고정됐다.

위 내부에는 눈 씻고 찾아봐도 무엇 하나 남아 있지 않았다. 소화가 다 끝난 건지 내용물이라고 부를 만한 것이 보이지 않는다.

그러나 핀셋으로 바꿔 든 미쓰자키의 손가락이 그 안에서 기이한 물체를 집어 들었다.

황토색 파편이었다. 자세히 보니 비슷한 모양의 파편 여럿이 위벽에 붙어 있다.

미쓰자키는 파편을 형광등 밑으로 가져가 유심히 관찰한 뒤 스테인리스 접시에 올렸다.

다음으로 장벽을 절개했다. 그러나 장 내부에도 조금 전과 같은 파편이 드문드문 있을 뿐 다른 고형물은 보이지 않았다.

"복부를 봉합한다. 만약을 대비해 조직 일부와 혈액을 채취."

이걸로 끝일까. 묻고 싶은 게 산더미인 마코토 옆에서 고테가와가 먼저 침묵을 깨고 입을 열었다.

"교수님, 그게 대체 뭡니까?"

마코토도 같은 의문을 품고 있었다. 소화되지 않은 부분으로 미루어 봐도 일반적인 위 속 내용물로는 보이지 않았다.

미쓰자키는 성가신 듯 고테가와를 흘끗 보며 말했다.

"뭐겠나. 종이지."

3

"뭐? 우리유 사토시에 대해 알려 달라고? 아아, 그러고 보니 같이 살던 여자의 아이가 죽었다고 했지. 신문에서 봤어. 아직 세 살밖에 안 됐다던데. 짠하군, 짠해. 사토시란 녀석은 말이지. 머리도 샛노랗고 보기엔 완전 날건달이지만 일을 꽤 성실히 해서 현장에서는 평판이 좋은 편이었어. 근데 성실하기는 해도, 인간 자체가 욕심이 없다고 할까. 다른 사람 위에 서려고 한다든지, 한 푼이라도 더 벌어 보겠다는 그런 의지가 일절 보이지 않았지. 그저 하루하루 입에 풀칠할 만한 생활비와 파친코 자금 정도만 있으면 된다는 느낌? 나도 같은 현장에서 일했지만 녀석 때문에 받는 스트레스는 없었어. 음, 뭐 좀 사교성이 부족해 답답하다고 느낄 때는 있었지. 우리처럼 막일하는 사람 중에 그 녀석 같은 타입은 드물거든. 응? 4월 11일? 11일이라면 우리랑 같이 이바라키 현장에 있었을 테고, 해산한 게 아마 12일 오전이었을 거야. 해산한 날 집에 가서 오랜만에 동거녀랑 오붓한 시간을 보냈다던데?"

"오빠, 방금 형사라고 했어? 고테가와 형사? 뭐 말해 줄 수는 있는데, 나도 먹고살려면 뭐 하나는 시켜 줘야……. 응? 콜라? 업무 중이라고? 보기보다 융통성이 없네. 그럼 위스키 한 잔만 사 줘. 그럴 수 있지? 마스터! 여기 위스키 한 잔! 흐음, 구루미가 일하는 시간은 저녁 7시부터 마감까지였는데, 애가 있어서 그런지 일정하지는 않았어. 그리고 이런 말하기 좀 미안하지만 딱히 구루미를 찾는 단골손님도 없었거든. 여자 나이 서른에 아이까지 있다 보면 평소 행동거지에서 생활에 찌든 느낌 같은 게 배어나게 마련이니까. 오빠라면 일부러 돈까지 내고 기분 내러 오는데 그런 느낌을 받고 싶겠어? 단골이 생길 리 없지. 아무튼 이 가게에서 어떤 대우를 받았을지 대충 감이 오지? 아, 근데 말이지. 애 자체가 딱히 싸게 굴지는 않았어. 굳이 따지면 외통 같달까. 이 남자다 하고 한 번 꽂히면 오로지 일직선, 다른 데 눈길 한 번 주지 않고 돌진하는 타입 있지? 좋게 말해 순정파. 응? 나쁘게 말하면 뭐냐고? 글쎄, 그걸 꼭 말해야 알겠어? 그냥 융통성이 없고, 천지 분간 안 되는 폭탄? 형사 오빠는 그런 여자 본 적 없어? 흐음. 단아하고 얌전한 아가씨가 일편단심인 건 좋아도, 고만고만한 얼굴에 아이까지 딸린 30대 여자가 앞뒤 못 보고 달려든다고 해 봐야 좀 답답하거나 무서운 이미지 아닌가? 아, 여기에도 그 사토시라는 남자가 온 적 있는데, 그 정도면 좀 더 귀엽고 애교 많은 여자를 만날 수 있었을 텐데 왜 그랬는지 몰라. 실제로 우리 가게 다른 애가 침 발랐다며 꼬리 친 적이 있는데, 본인도 딱히 싫어하는 눈치는 아니었고."

"현경 수사 1과라고요? 이야, 이거 수고가 많습니다. 아, 히가 미레이 일로 오셨군요. 그 아이도 참 딱하게 됐습니다. 차 안에 방치돼 있었다죠? 저희 상담소에서도 한 번 맡았던 아이라 요새 기분이 영 그렇습니다. 네. 작년 12월에 상담을 한 번 했었죠. 잠시만요, 지금 기록을……. 아, 여기 있군요. 12월 4일, 이웃 신고로 직원이 집에 찾아갔고, 일단 이쪽에 데려와 보호했습니다. 아이가 베란다에서 큰 소리로 울고 있다고 했죠. 새벽 1시 반에 말이에요. 계절이 계절이라 자칫하면 감기를 넘어 동사까지 할 수 있는 상황이어서 직원이 모친한테 무슨 일인지 물었는데, 애가 말을 듣지 않아서 동거남이 벌을 주려고 베란다에 잠깐 뒀다고……. 네. 물론 우리유 씨에게도 물었습니다. 이제 슬슬 집 안에 들이려고 했는데 운 나쁘게 신고가 들어간 것 같다고 뻔뻔하게 둘러댔다더군요. 저희도 보호자의 변명을 신뢰할 수가 없어서 미레이의 옷소매를 걷어 봤지만 학대당한 흔적은 없었습니다. 아동 상담소에서도 명백한 학대 사실이 없으면 아이를 강제로 데려갈 수는 없어요. 이러면 또 상담소 대응이 조금만 빨랐어도 아이를 구할 수 있었을 거라고 비난들 하시겠지만, 상담소 근무자 입장에서는 이번처럼 일이 더 커지기 전에 저희 쪽에서 강제력을 발휘할 수 있게끔 한시라도 빨리 법을 개정해야 한다고 봅니다. 민사불개입 원칙에 위반될 소지가 없는 건 아니지만, 그보다 아이들의 생명과 안전을 우선해야 하지 않을까요? 네? 우리유 씨 인상 말입니까? 흠, 글쎄요. 전형적인 워킹푸어 부부처럼 보였는데, 남자 쪽 첫인상이 희한하게도 썩 나쁘진 않았습니다. 뭐랄까, 생각이 좀 없어 보이기는 하지만 악당이라고 잘라 말할 수 없는 느낌이랄까요."

"아아, 옆집 히가 씨요? 아뇨. 아이 일로 신고한 건 제가 아니에요. 근데 꼭 옆집이 아니더라도 아이가 학대당한다는 건 다들 알고 있었을걸요. 애가 한 번 울기 시작하면 세상이 다 떠나갈 것처럼 큰 소리로 울었거든요. 하지만 봄이 지나고부터는 울음소리가 들리는 횟수도 줄어들어서 요즘은 학대를 안 하는구나 싶었어요. 근데 파친코에서 놀면서 아이를 차에 방치해 뒀다니. 어휴, 가엾어라. 요즘은 통 못 봤지만 원래 건강한 아이였답니다. 얼굴이랑 팔에도 살이 통통했고요. 애가 홀쭉해지기 시작한 건 히가 씨가 밤일을 시작하고서부터였을 거예요. 저를 포함해 다들 좀 더 일찍 어떻게든 해 볼걸 하고 후회하긴 하는데, 그래도 역시 남의 아이잖아요. 우리가 찾아간다 해도 자기들 일이니 신경 쓰지 말라고 하면 그걸로 끝이죠."

관계자 탐문 조사를 마친 고테가와는 현경 본부 감식반원과 함께 히가 구루미 집을 찾았다.

현관에 들어선 순간 시큼털털한 냄새가 코를 덮쳤다. 그러나 집 안에 시신이 있는 것은 아니다. 고테가와는 코를 벌름거리며 냄새의 근원을 찾기 시작했다.

현관 앞에서도 집 안이 난장판이라는 것은 알 수 있었다. 벗어 던진 옷, 편의점 도시락 용기, 빈 맥주 캔, 먹다 남긴 햄버거, 통에서 넘치는 쓰레기, 뭔지 모를 액체가 굳은 흔적, 그리고 바닥에 쌓인 먼지와 머리카락.

잠시 집 안을 관찰하고서 깨달았다. 코를 파고드는 냄새는 혼연일체가 된 쓰레기들과 난잡한 생활의 냄새였다. 질서도 계획성도 없이 하루하루를 무의미하게 소비하는 빈곤함이 시큼한 냄새로 변한 것이다.

"어이, 고테가와."

3년 선배 후시야는 감식 도구들을 펼치며 석연찮은 표정을 지었다.

"와타세 반장님 요청이라 나서기는 했지만 이번 건은 차내 방치로 결론 난 거 아니었나? 애초에 생활 안전부에서 맡아야 할 건이잖아."

"생활 안전부가 나서서 끝날 일이라면 저희 반장님이 개입하지도 않았겠죠."

"그야 그렇지만……. 근데 참 난감하게 됐군. 담당도 아닌 건에 고개를 들이밀어 허탕 치면 허탕 쳤다고 비난. 진상을 밝히면 또 다른 과 체면을 깎았다고 비난. 둘 다 손해지."

후시야의 말이 가슴을 파고들었다. 사실 가택 수색 영장을 받기까지도 제법 애를 먹었다. 와타세의 도움 덕에 어렵사리 영장을 받긴 했지만 허탕이라도 치면 고개를 들 수 없을 것이다.

"형사가 된 시점부터 이미 손해입니다."

"그건 맞아."

고테가와는 감식반에 유류품 수집을 맡기고 현관 앞에 섰다. 출입금지 테이프를 친 것도 아니라서, 작업이 끝날 때까지 계속 대기다.

고작 방 두 개에 부엌이 딸린 집인데 쓰레기와 먼지가 많은 탓에 유류품 수집 작업은 예상보다 길어졌다.

"자, 다 끝났네. 고테가와."

후시야의 신호에 고테가와는 그제야 거실로 들어갔다. 감식반이 한 번 쓸고 갔지만 난잡한 인상은 조금도 변함이 없다. 동시에 위화감도 느껴졌다.

어린아이가 있는 집에서는 예외 없이 우유 냄새가 난다. 그리고 과자 찌꺼기며 아이가 좋아할 만한 팬시 용품 등이 여기저기 널려 있는 법이다.

그러나 이 집 거실에서 그런 건 흔적도 찾아볼 수 없었다. 있는 것이라고는 그저 방만한 생활의 냄새였다. 빈 맥주 캔과 담배 꽁초는 우리유 사토시나 히가 구루미의 것이리라. 그런 오물들이 아이의 흔적을 완전히 지워 버린 상태였다.

구루미의 증언으로 추정컨대 안쪽에 있는 방이 침실인 듯했다. 고테가와는 그곳에도 발을 들였다. 맹장지 문이 달린 넓이 10제곱미터의 방. 맹장지는 군데군데 찢어져 엉망이었다. 바닥에 깔린 다다미도 몇몇 군데가 쥐 파먹은 것처럼 삐죽삐죽하다. 안락하기는커녕 거실에서 느껴지는 황폐함의 파도가 이곳에도 밀려들고 있었다.

고테가와는 저릿한 통증과 함께 자신의 본가를 떠올렸다. 가족이 뿔뿔이 흩어진 건 고등학생 때니, 당시 그는 미레이처럼 어리지 않았다. 그러나 붕괴 직전의 집에서는 정확히 이런 냄새가 났다. 가족이라는 것은 일종의 생물이고, 사멸할 때 이런 부패한 냄새를 발산하는 게 아닐까.

아니, 그래도 자신은 세상에 대한 저항력을 지닌 후에 가족에 대한 환상에서 벗어난 만큼 다행이라고 할 수 있다. 고독과 증오를 맛보면서도 한편으로 화목과 애정이 뭔지도 배웠다. 그러나 살해당한 미레이는 고작 세 살이었다. 세상에는 추함과 비슷한 수의 아름다움, 절망과 비슷한 수의 희망이 있다는 사실조차 알지 못하고 소멸해 버렸다.

법의학 교실에서 두 눈으로 본 마르고 작디작은 몸. 그 몸을 떠올리자 가슴 깊숙한 곳에서 어두운 감정이 솟구쳤다. 미쓰자키에게 지적받기도 했지만 이성으로 누르는 데도 한계가 있다.
고테가와는 잡념을 떨쳐 내듯 머리를 흔들고 찢어진 맹장지에 시선을 고정했다.

4

미레이의 시신은 사법해부를 마치고 구루미의 요청대로 장례식을 치르기로 했다. 다만 그전에 시신을 인도하는 과정이 기다리고 있다. 마침 현경 본부 유치장에 구루미가 구속돼 있어서, 시신 인도는 현경 영안실에서 이뤄졌다.

경찰과 함께 영안실로 들어온 구루미는 동석한 관계자 수에 놀란 듯 보였다.

"저…… 이분들은?"

"딸의 사법해부를 담당한 법의학 교실 분들입니다."

고테가와가 소개하자 마코토와 캐시는 가볍게 고개를 숙였다.

그러자 고분고분하던 구루미가 대뜸 태도를 바꿨다.

"당신들이 미레이의 몸을 찢어발겼군요!"

두 사람을 향해 덤벼들었지만 경찰이 허리끈을 당기자 두 발짝 이상 내딛지 못한다. 그녀가 소리치며 다가왔을 때 마코토는 몸도 움찔하지 않았다.

"그런 어린애 몸에 칼을 들이대다니, 잔인하기도 하지! 당신들이 그러고도 여자예요?"

구루미는 마코토와 캐시를 지그시 관찰하고는 저주의 말을 이어 갔다.

"흥, 보아하니 아직 아이가 없어 보이네요. 배 아파 본 경험도 없겠죠. 여자로서 아직 제 몫을 못한 거예요!"

"익스큐즈 미."

먼저 입을 연 사람은 캐시였다.

"지금 당신의 발언은 이중으로 비논리적입니다. 원, 겉모습만으로 임신 경험 유무를 단정 지을 수는 없습니다. 투, 아이를 낳지 않은 여성이 한 사람 몫을 못 한다는 과학적 근거는 존재하지 않습니다."

"뭐라고요!"

캐시의 말은 구루미의 화를 부채질했다.

"당신이 그렇게 잘났어? 외국인이면 다야!"

옆에서 듣고 있던 마코토는 험악한 분위기에 불안해졌지만 캐시는 조금도 당황하는 기색이 없다.

"좀 조용히 해 주겠나?"

고테가와가 두 사람 사이에 끼어들었다.

"원래 변사체는 전부 해부하게 돼 있어."

"변사체라뇨?"

"50도가 넘는 차 안에 방치돼 열중증으로 사망한 게 평범한 죽음이라고는 말하기 어렵지 않겠나?"

고테가와의 반론에 구루미는 뾰로통하게 입술을 내밀었다.

"다 저희 잘못이었다고 인정했잖아요. 그때 우리가 어리석었다고 반성하고 있다고요. 제가 말하고 싶은 건, 원인과 그 원인을 만든 사람까지 알고 있는데 왜 이제 와서 굳이 부검 같은 걸 하느냐는 거예요. 전 한시라도 빨리 생전 모습 그대로 미레이를 저세상에 보내 주고 싶은데, 부검이라니……. 여러분은 물론 저희를 염치없다 생각할지 모르지만, 입장 바꿔 생각하면 다들 비슷할 거라고요."

더는 설명해 봐야 소용없다 여겼는지 고테가와는 영안실 구석에서 들것에 실린 미레이의 시신을 옮겨 왔다. 부검했다고 해도 복부 봉합과 뒤처리를 미쓰자키가 담당한 덕에 몸 표면에 흔적은 보이지 않았다.

"미레이!"

구루미는 앞뒤 가리지 않고 시신에 달라붙었다.

"미안해. 미안해. 엄마가 나빴어. 그런 곳에 가둬 두고. 많이 더웠지? 힘들었지? 정말 정말 미안해……."

외부와 차단된 영안실 안에서 구루미가 오열하는 소리가 크고 길게 울렸다. 가만히 보고 있기 힘든 광경이지만 고테가와는 구루미의 뒷모습에서 눈을 떼지 않았다.

이윽고 울음소리가 잦아들자 고테가와는 갑자기 떠오른 것처럼 손에 든 작은 상자 하나를 구루미에게 내밀었다.

"이것도 가져가도록."

"네?"

"딸의 몸 안에 남아 있었던 거야. 법의학 교실 분들이 정중하게 꺼내 주셨어."

구루미가 상자 뚜껑을 열었다. 안에서 나타난 것은 미쓰자키가 시신의 소화기관에서 채취한 황토색 파편이었다.

"……이게 뭔가요?"

"딸의 소화기관에 남아 있던 미*소화물. 색과 형태가 꽤나 변형된 탓에 알아보기 어렵겠지만, 그쪽 방의 문에 달린 맹장지다."

"매, 맹장지요?"

"그래. 먹은 거지. 배고픈데 먹을 걸 주지 않아 허기를 견딜 수 없었던 미레이는 우선 방바닥에 깔린 다다미를 뜯어 먹으려고 했어. 하지만 세 살 아이 손가락으로는 고작 윗부분을 잡아 뜯는 정도에 그쳤지. 그래서 다른 걸 찾다가 방문에 달린 맹장지를 찢어 그 조각으로 허기를 채우려고 한 거야. 맹장지 성분과 소화기관 내용물은 완전히 일치했어. 맹장지의 찢어진 부분에서는 미량이지만 미레이의 혈액도 검출됐고. 그쪽 딸은 손가락에서 피가 날 때까지 온 힘을 다해 맹장지를 찢어 먹은 거다."

고테가와의 말투가 뒤로 갈수록 거칠어졌다.

"미레이가 차에 방치돼 열중증을 일으켰다……. 하지만 진실은 그렇지 않았어. 그건 너희가 꾸민 두 번째 함정이었던 거야. 모친인 당신은 일주일 동안 아이에게 먹을 걸 주지 않고 아사시

키려고 했어. 통통했던 아이가 갑자기 비쩍 마르게 된 것도 그래서였고."

"우, 우리는 그런 짓을……."

"'우리'가 아니라 '나'겠지."

고테가와는 무표정한 얼굴을 구루미에게 바싹 들이댔다. 평소 그를 지켜봐 온 마코토는 알고 있다. 이 무표정은 몸조차 불태워 버릴 것 같은 분노를 억누르기 위해 필사적으로 만들어 낸 가면이라는 것을.

"처음 신고가 접수된 건 12일이지만 미레이는 그전부터 이미 아무것도 먹지 못한 상태였어. 그러나 우리유 사토시는 그때 이바라키 작업장에 있었으니 아이를 침실에 가둬 놓은 건 당신 혼자 벌인 짓이야. 12일날 집에 온 우리유는 미레이가 아사한 걸 발견했겠지. 이대로면 당신이 살인죄로 잡혀간다. 그래서 미레이의 시신을 차에 싣고 파친코 가게까지 가서 일부러 차 안에 방치해 둔 거야. 우리유는 자신이 저지른 짓 때문에 불안해 하던 당신을 나름대로 신경 쓴 것 같아. 그래서 당신을 도왔겠지. 보호 책임자 유기 치사죄나 중과실 치사죄에 해당하겠지만, 그래도 살인죄보다는 훨씬 가벼운 형벌에 그칠 거라는 걸 알고서. 50도가 넘는 실온에서 시신의 부패 속도는 엄청나게 빨라졌고 열기를 머금게 됐어. 그대로 차 안에 방치했다고 주장해도 됐겠지만, 당신들은 미레이가 베란다에서 놀고 있었다는 첫 번째 거짓말을 만들어 경찰을 더 완벽하게 속이려고 한 거야. 자, 이제는 말해줬으면 좋겠는데. 최초로 계획을 제안한 이가 우리유였는지, 아니면 당신이었는지."

구루미는 궁지에 몰리자 입술을 덜덜 떨기 시작했다.

"왜…… 제가 그런 짓을……."

"자기도 모르게 진실을 말해 버렸군. 역시 당신 계획에 우리유가 동조한 셈인가. 미레이를 죽이려 한 동기는 우리유를 향한 독점욕이겠지. 미레이만 사라지면 우리유가 자신과 새 가정을 꾸릴 거라 예상한 거 아닌가?"

"아, 아니에요."

"변명은 내가 아닌 미레이에게 하도록."

고테가와는 구루미의 목덜미를 잡더니 강제로 미레이의 시신에 들이밀었다.

"애야. 아까 엄마가 한 말 다 들었지? 당신은 어머니가 아니야. 그냥 아이를 한 번 낳아 본 암퇘지일 뿐이지."

"두 사람이 전부 자백했어."

다음 날 법의학 교실을 찾아온 고테가와는 사건이 해결됐는데도 기분이 매우 언짢아 보였다.

"예상대로야. 동거하는 중에도 우리유는 정식으로 가정을 꾸릴 마음이 없어 보였다더군. 그러기는커녕 가끔 다른 젊은 여자한테 눈길을 줬다고 해. 그래서 이게 다 나한테 딸린 자식이 있는 탓이다, 서른 넘어 미모도 점점 쇠퇴하고 있는 내가 이 남자를 놓치면 앞으로 미래가 없다, 이렇게 된 이상 결혼에 방해가 되는 딸을 죽일 수밖에 없다…….”

“역시 지극히 단락적短絡的이었군요.”

캐시의 촌평은 가차 없었다.

“논리성이라고는 티끌만치도 없습니다.”

“한편 우리유 쪽도 구루미에게 아예 호감이 없었던 건 아니어서 아이의 시신을 발견하고 어떻게든 구루미가 가벼운 처벌로 끝날 수 있게 그녀의 제안을 받아들였어. 결국 그 여자에게 휘둘렸을 뿐이지만.”

고테가와는 부루퉁하게 말했다. 마코토는 다 큰 어른이 꼭 어린애 같다고 생각했다.

아니, 화를 내는 어린아이 그 자체다. 그렇게 받아들이자 처음에는 너무 심하다고 생각했던 고테가와의 암퇘지 운운도 이해하고 넘어갈 수 있을 것 같았다.

“아무튼 이번에도 두 분 덕에 해결할 수 있었습니다. 다만…….”

“다만?”

“과연 커렉터는 진실을 알고 있었을까요?”

태우다

1

5월 황금연휴가 끝나자 때아닌 불볕더위는 일단 잦아들었지만 간토 지역에 뻗은 저기압의 급속한 발달로 수도권은 '메이스톰'이라는 강풍의 영향권 아래 들어갔다. 18일 와라비 시 쓰카고시에서 발생한 주택 화재도 이 강풍이 원인이었다.

불탄 곳은 '복음의 세기' 중앙 교회. 최근 몇 년간 신자를 조금씩 늘려 온 기독교 계열 신흥 종교로, 그곳을 본부로 하고 있었다.

밤중에 발생한 화재는 아홉 시간에 걸쳐 건물을 모조리 태웠다. 중앙 교회라 해도 규모가 그리 크지는 않았다. 일반 주택을 개조해 예배당을 꾸민 후 지붕에 십자가를 얹었는데, 기본적으로 나무로 만들어져 불이 붙으면 순식간에 번지는 건물이었다.

게다가 현장 주택가는 도로 폭이 4미터 남짓에 불과했고, 불법 주정차한 차량 때문에 소방차 도착이 늦어졌다. 초조해진 소방대원이 외쳤다는 "집에 주차장도 없는 주제에 왜 차 같은 걸 사는 거야!"라는 한마디는 아마도 진심이었으리라.

다음 날 아침 가까스로 불길이 잡힌 곳에서 발견된 것은 한 구의 시신이었다. 장소는 예배당과 가까운 침실로 시신의 정체는 '복음의 세기' 창립자인 동시에 교주이기도 한 구로노 예수, 본명 구로노 미쓰히데로 추정됐다.

'추정됐다'고 한 것은 당시 교회에서 자던 사람이 구로노 미쓰히데뿐이었기 때문이다. 시신은 겉이 대부분 탄화돼 남녀노소를 구분하기조차 어려운 상태였다.

*

창문을 두드리는 바람 소리에 마코토는 왠지 마음이 뒤숭숭했다. 그러자 아니나 다를까, 캐시가 마코토의 초조함을 대번에 알아챘다.

"마코토, 진정제가 필요합니까?"

"아뇨, 커피로 충분해요."

마코토는 학교 자판기에서 산 캔 커피를 땄다.

"카페인은 역효과일 거 같습니다만."

"원래 일본인은 바쁠 때 카페인으로 기합을 넣어요."

"아아, 그러고 보니 앵글로색슨인은 진정 계통 마약을 좋아하는데 일본인은 흥분 계통 마약을 좋아하지요."

"아뇨, 그런 건 상관없고요. 그냥 바쁠 때 고상하게 진정제 같은 건 맞기 뭐해서 그래요."

캐시도 나름 바쁠 테지만 움직임에서 여유가 느껴지는 건 역시 해부를 세끼 밥보다 좋아하기 때문일 것이다. 그러나 마코토는 아무리 일 처리 능률이 오른다 해도 밥보다 해부를 좋아하고 싶지는 않았다.

우라와 의대 법의학 교실은 최근 몇 주간 눈코 뜰 새 없이 바쁘게 돌아갔다. 이유는 더 말할 것도 없이 커렉터 때문이다.

사이타마 현경 홈페이지에 커렉터의 의미심장한 글이 올라오기 시작한 지 한 달 반이 지났다. 개중에는 분명 사법해부가 필요한 건도 있었지만, 자연사와 사고사 등 검시만으로도 충분한 건까지 포함돼 법의학 교실의 부검 횟수가 헛되이 늘어났다.

부검 요청이 갑절이 된다 한들 법의학 교실 인원은 세 사람뿐이다. 당연히 인당 노동량을 끌어올리는 수밖에 없어 사법해부와 보고서 작성 등으로 바쁜 나날이 이어졌다.

"언제까지 이래야 할까요? 혹시 커렉터의 목적이 저희의 과로사 아닐까요?"

마코토는 저도 모르게 불만을 토했지만 정작 캐시는 매일 시신을 마주하는 게 좋은지 그리 힘든 기색은 없었다.

"하지만 마코토. 모든 변사체에 메스를 대는 게 사법해부의 이상적인 지향입니다. 저는 이것이 원래 모습이라고 생각합니다."

"이런 상황이 이어지다가는 저희도 시신이 될 거예요."

"그렇게 되면 가장 먼저 마코토를 부검실로 이송하겠습니다."

캐시가 말하면 오롯이 농담으로 받아들일 수 없다는 게 무서운 일이다.

아니, 애초에 마코토를 포함한 부검의들이 과로사한다는 말부터 꼭 농담이라고만 할 수도 없었다.

전국적으로 법의학 지망자가 적어 수업을 비상근 교수로 대체하는 대학이 적지 않다. 최근에는 돗토리 대학과 히로사키 대학처럼 담당 교수의 퇴임이나 전임으로 현내 사법해부가 사실상 불가능해진 사례도 나오고 있다. 히로사키 대학에서는 담당 교수의 과로로 부검이 중지된 적도 있다고 한다.

"위상이 중요합니다. 위상."

캐시는 태연하게 말했다.

"일본에 있는 모든 대학이 법의학의 중요성을 인정하고 담당 교수들의 위상을 높여 주기만 하면, 거기에 더불어 월급을 조금만 높여 준다면 인원 부족은 금세 해결될 겁니다. 원래 재능이란 돈이 도는 분야에 모이는 법이니까요."

지당하기 이를 데 없는 말이지만 이곳 교실 상황만 봐도 탁상공론이라 생각하지 않을 수 없다. LED 전등처럼 훌륭한 발명품이 나온 요즘 시대에, 여기 천장에 달린 것은 여전히 구형 형광등이다. 그나마 집도에 필요한 도구는 신품이지만 그 밖의 집기와 비품 중에는 사용 기한을 훌쩍 넘긴 것도 여럿 눈에 띈다. 학계의 권위자로 칭송받는 미쓰자키 도지로 교수가 교편을 잡고 있는 법의학 교실이 이 모양 이 꼴이다. 다른 대학 상황은 굳이 말할 것도 없을 것이다. 캐시가 말한 돈이 도는 분야라고는 생각하기 어렵다.

"하지만 대체 언제쯤 돼야 대학들이 법의학의 중요성을 이해할까요?"

"그건 현장에 있는 우리가 어떻게 하느냐에 달려 있습니다. 우리가 죽은 자의 말을 듣고 정확한 사인 규명을 하다 보면 자연히 법의학의 중요성도 올라가게 마련입니다."

그러나 그렇게 되기 전에 사법해부 종사자들의 피로가 쌓인다. 이건 마치 뫼비우스의 띠 아닌가.

마코토가 지적하려는 찰나 교실 문이 열렸다. 모습을 드러낸 이는 뜻밖의 인물이었다.

"실례합니다."

"어라, 스미 검시관님……."

"미쓰자키 교수님 계십니까?"

그 물음에는 캐시가 답했다.

"교수님은 히로사키에 출장 가셔서 모레까지 안 계십니다. 무슨 일로?"

단도직입적인 질문에 스미는 살짝 겸연쩍어 했다.

"실은 부검해야 할 건이 하나 있는데 우라와 의대에 요청해도 될지 확인하려고요. 요즘 부검 횟수가 너무 많아져서 혹시나 했는데…… 예상대로군요."

부검이라는 말을 듣자마자 캐시의 눈빛이 바뀌었다.

"역시 다른 곳에 요청해야 할까요."

"익스큐즈 미, 검시관님. 어떤 건입니까?"

"어젯밤 와라비 시에서 일어난 주택 화재 소식 들으셨죠? 불탄 곳에서 시신이 발견됐습니다. 관할 경찰서는 방화 살인으로 보고 있고요. 제가 검시를 맡게 됐는데, 저도 사건성이 있다고 판단하고 있습니다."

"그렇게 판단한 근거는요? 시신에 타살로 추정되는 흔적이 있었습니까?"

"아뇨. 시신 자체는 몸 표면이 탄화해 확인할 길이 없습니다. 칼에 베인 상처나 총상 등이 있는지도 알아볼 수 없고요. 다만 현장 상황으로 보건대 방화인 것만은 거의 확실해 보입니다."

두 사람 사이에 선 마코토는 자기도 모르게 불탄 시신을 희미하게 떠올렸다. 구체적 영상으로 떠오르지 않는 것은 아직 현장을 보지 못해서다. 법의학 교실에 소속된 이래 수많은 시신을 봐 왔지만 아직 불탄 시신을 검안해 달라는 요청은 없었다.

"피해자는 신흥 종교 교주였습니다. 주변에 적이 많았을 수 있죠. 현장에서는 등유를 뿌린 흔적이 나왔습니다."

"사이비 종교인가요?"

"거기까지는 저도 잘 모르겠습니다. 아직 초동 수사 단계니까요. 아는 거라곤 검게 타 버린 시신 상태뿐입니다."

스미는 더 있어 봐야 소용없다는 걸 깨달았는지 두 사람에게 등을 돌렸다.

"아무튼 교수님이 안 계시니 방법이 없군요. 이번에는 다른 데에 요청해 보겠습니다."

미쓰자키가 없는 자리에서 더 할 수 있는 말이 없으니만큼 마코토와 캐시는 스미의 뒷모습을 지켜볼 수밖에 없었다.

그러나 사건 자체가 사라진 것은 아니다. 그로부터 몇 시간이 지나 이번에는 다른 인물이 법의학 교실 문을 두드렸다.

"안녕하심까."

고테가와가 무사태평하게 인사하며 들어왔다. 과연 이 남자도 긴장하는 순간이 있을까.

"어라, 마코토 선생. 미쓰자키 교수님은?"

"출장 때문에 모레까지 안 계세요."

그렇게 전하자 고테가와는 눈에 띄게 풀죽은 기색을 보였다.

"이런. 곤란한데. 서에서 이틀 정도는 보관할 수 있겠지만."

"뭘요?"

"불탄 시신."

마코토는 무심코 캐시와 얼굴을 마주 보았다.

"그거 혹시 신흥 종교의……."

"응? 알고 있었나?"

"아까 스미 검시관님이 왔다 가셨어요. 부검을 요청하기 전에 상황이 어떤지 보고 가신 것 같아요."

"다들 생각하는 건 역시 비슷하군. 그렇게 시커멓게 불탄 시신을 다룰 만한 사람은 미쓰자키 교수님뿐일 거야."

그 말을 듣고 캐시가 입을 열었다. 눈을 빛내며 관심을 고스란히 드러낸다.

"그 사건이 고테가와 형사님 담당입니까?"

"네. 꼭 불탄 시신이라서는 아니지만 이게 좀 냄새가 나는 사건이라서요."

"내막이 궁금하네요."

캐시는 고테가와에게 의자를 권했다. 그 앞에 자신이 먼저 앉았으니 거의 강제에 가깝다.

"어차피 우리에게 부검을 요청할 생각 아닙니까?"

"하지만 미쓰자키 교수님이 안 계셔서……."

"교수님이 메스를 들 만한 시신인지 제가 판단할 수 있습니다."

"……그런데 저도 아직 뉴스에 나온 정도밖에 모릅니다. 그나저나 캐시 교수님, 시신 얘기를 할 때 눈을 반짝반짝 빛내는 버릇은 좀 고쳐 주시겠습니까?"

고테가와의 이야기에 따르면 불탄 시신은 '복음의 세기' 교주 구로노 미쓰히데로 추정되지만, 일단은 본인 확인을 위해 DNA 감정을 요청했다고 한다.

"얼마나 타 버린 겁니까?"

"'웰던'이라 해야겠네요."

속까지 완전히 타 버렸다는 의미일 것이다. 아까 왔다 간 스미의 말과도 일치한다.

"그런 상태의 시신을 부검하려면 미쓰자키 교수님밖에 없다고 생각했습니다."

미쓰자키를 향한 신뢰에는 고개를 끄덕일 만하지만, 숯덩이 같은 시신을 부검한 경험이 없는 마코토에게는 아무래도 무리한 이야기처럼 들리기도 했다.

"그 '복음의 세기'라는 교단, 아니 교주 구로노 예수라는 인물이 바로 냄새의 원인입니다."

구로노 미쓰히데라는 남자는 원래 자기계발 강사였다. 그러다가 5년 전 어느 날 아침, 신의 목소리를 듣고 믿음에 눈을 떴다고 한다.

"이건 교단에서 배포하는 전단지를 보고 적어 온 건데, 그때 신은 '나, 그리스도를 제외한 신은 모두 가짜 신이니 늘 그들과 싸워야 한다. 너는 신의 대행자로서 임무를 완수할 의무가 있다. 수행 중에는 축복이 가득할 것이다'라고 했다고 해."

왠지 빈정대는 듯한 말투에서 고테가와의 회의적인 태도가 엿보였다.

"고테가와 형사님은 어떤 신을 믿습니까?"

"아, 저는 완벽한 무교입니다. 그나저나 이 구로노라는 남자에게는 그만한 카리스마가 있었던 모양입니다. 5년간 500명이 넘는 신자를 모집했다는군요. 신자 몇 명을 조사해 봤는데 사람을 홀리게 하는 화술에 능했다네요. 이건 자기계발 강의를 하다가 습득한 기술일지도 모르죠."

여기까지는 신흥 종교가 만들어지는 흔한 과정이지만 고테가와가 예고한 대로 구로노 교주의 말과 행동은 점차 전투적으로 변한다.

"뭐 전투적이라고 해도 이름난 신사나 절에 가서 건물에 수상한 성분의 기름을 뿌리는 정도이긴 했습니다. 본인은 '성유聖油로 잡신을 정화한다'고 주장했다는데, 기독교에 정통한 상사한테 물으니 역시나 그런 교리는 존재하지 않는다더군요. 구로노가 만들어 낸 거겠죠."

이야기가 뒤로 갈수록 점차 사이비 종교 느낌이 강해졌다.

마코토는 무심코 물었다.

"냄새가 나는 게 아니라 그냥 좀 괴상한 수준인데요."

"냄새가 나는 건 아직 안 나왔어. 이런 신흥 종교에는 떼려야 뗄 수 없는 문제가 있지. 시주."

기독교 계열 종교에서 시주를 받는다는 것도 묘한 이야기지만, 아무튼 구로노는 그것을 정재淨財라 칭했다고 한다.

"신자에게서 현금과 귀중품, 심지어 증권이나 부동산 같은 것도 갈취해 교단 운영 자금으로 썼다고 해. 그리고 당연하게도 그 갈취한 재산을 둘러싸고 신자 가족들과의 분쟁이 끊이지 않았다더군. 개중에는 치매에 걸린 모친이 고이 간직해 둔 돈을 몰래 빼돌렸다며 구로노를 죽여 버리겠다고 한 사람도 있었던 모양이야. 문제는 그뿐만이 아니야. 교단의 넘버 투 자리를 둘러싸고 신자들 사이에 트러블이 있었다는 이야기도 나왔어."

"네? 하지만 넘버 투 자리가 정해지지도 않았는데 교주가 왜 살해당했을까요?"

"그건 나도 모르지."

고테가와는 토라진 것처럼 말했다. 요즘 들어 느낀 거지만 이 남자는 감정에 솔직하다. 자신의 그런 면을 딱히 꺼리는 것 같지도 않다.

"어쨌든 사이비 종교에 골몰하다 보면 시야가 좁아지게 마련이니까. 내부 분열 끝에 그냥 교주를 죽은 사람으로 만들자고 생각한 멍청이가 있었다 해도 이상하지 않아."

"불탄 곳에서 발견된 사람은 구로노 교주뿐이었죠? 교주는 혼자 살았던 건가요?"

"응. '복음의 세기' 교리는 대부분 의심스러운 것들이지만 구로노는 가톨릭에 기초한 것이라 공언했고 본인도 독신을 추구했어. 그래서 교회에서 혼자 살았지."

"현장에 등유를 뿌린 흔적이 있었다고 하셨죠. 그럼 교주가 잠들어 있는 동안 방화했겠네요."

"글쎄. 어떠려나."

고테가와는 미심쩍은 듯 얼굴을 찌푸렸다.

"등유를 뿌린 흔적은 현관에도 있어. 피해자가 직접 현관에 불을 붙이고 집 안에 들어가 틀어박히는 건 부자연스럽지. 일단 자살 가능성도 염두에 두고는 있지만, 자살하는 데 굳이 집에 불을 지를 필요가 있을까. 게다가 시신은 도망치거나 한 흔적도 없이 위를 보고 반듯이 누운 자세였어. 피해자가 그야말로 죽은 것처럼 잠들어 있었으면 모를까, 그게 아니라면 실내에 연기가 가득 들어찼을 때 눈을 떴을 가능성이 높아. 그럼 출구를 찾아 도망쳤을 텐데, 그는 침실에서 나가지 않았어. 이불도 덮지 않았고. 이런 사실로부터 추정해 볼 수 있는 건 누군가가 집에서 그를 살해한 다음 불을 질렀을 가능성이야."

방화 살인. 단어를 떠올리는 것만으로도 마코토는 기분이 나빠졌다. 애초에 법의학 교실을 찾아오는 죽음 중 기분이 좋아질 만한 것은 없지만.

"수사본부는 용의자를 추리고 있나요?"

"아까 말했다시피 동기가 있는 사람은 몇 명 있지만 알리바이 조사는 이제 막 시작했어. 다만 범행 시간이 밤중이라면 알리바이가 성립할 사람도 줄어들겠지. 대부분 집에서 자는 시간이니까. 혼자 사는 사람은 말할 것도 없고 가족이 있어도 같이 사는 사람들 증언은 채택되기 어려워."

마코토는 고테가와의 말이 왠지 마음에 걸렸다.

벌써 반년 이상 알고 지내 온 사이라 그가 이런 말을 하는 것은 수사가 어느 정도 진척되었다는 뜻임을 알고 있다. 즉 알리바이 조사가 끝나지 않았어도 고테가와 또는 수사본부가 의혹을 품은 사람은 몇 명으로 압축돼 있을 것이다.

마코토가 진의를 묻는 듯 지그시 바라보자, 마침내 그가 백기를 들었다.

"그런 눈으로 보지 말아 줘, 마코토 선생. 그래, 지금 수사본부가 의심하는 용의자는 총 세 명이야. 우선 치매에 걸린 모친의 돈을 강탈당한 아들. 얼마 전부터 '복음의 세기' 피해자 모임을 결성해 매일 항의 집회를 이어 가고 있다더군. 신자들을 빼오려고 노력하고 있지만 생각만큼 잘 되지 않아 초조해 하는 모양이야. 두 번째는 구로노 교주의 신봉자인 동시에 그와 연인관계로 의심받는 여성. 그녀는 현재 교단의 실질적 넘버 투이기도 해. 그리고 그 여자의 전 애인이면서 지금껏 교단에 속해 있는 남성. 이 녀석은 실연당한 증오에 눈이 멀었는지 여자를 넘버 투 자리에서 끌어내리려 하고 있어."

"이런. 눈싸움 중이었습니까."

두 사람의 대화를 듣던 캐시가 난데없이 농담을 던졌다.

"제 눈에는 매우 핫한 아이콘택트로 보입니다만."

마코토가 당황해서 고개를 돌리자 캐시는 스마트폰을 꺼냈다.

"……뭐하고 계셨어요?"

"마코토와 고테가와 형사가 대화를 나누는 동안 미쓰자키 교수님께 문자를 보냈습니다. 웰던으로 불탄 시신이 있는데 우라와 의대에서 사법해부를 맡아야 할지 여쭸습니다."

노교수가 휴대전화를 한 손에 든 모습이 좀처럼 상상되지 않았지만 마코토는 조심스레 물었다.

"그래서 대답을 기다리는 중인가요?"
"그럴 리가요. 대답은 빛의 속도로 왔습니다. '해야지'라고요."

2

미쓰자키가 사법해부를 받아들인 만큼 마코토는 곧장 와라비 경찰서에 연락해 시신을 법의학 교실로 옮기라는 뜻을 전했다. 이미 스미 검시관이 먼저 와서 부검 여부를 물었으니 미쓰자키의 승낙만 떨어지면 시신은 문제없이 옮겨질 터였다.
그러나 전화를 받은 담당자는 곤혹스러워 했다.
"죄송하지만 지금 당장 그쪽으로 옮길 수는 없을 것 같습니다."
꼭 어금니에 음식물이라도 낀 것 같은 말투였다.
"혹시 뭐 문제라도 있는 건가요?"
"친족은 아니지만 피해자의 신자라고 주장하는 단체가 교주의 시신을 거둬 가겠다고……."
신자. 교주.
두 단어만 듣고도 현장 상황을 어렴풋이 짐작할 수 있었다.
"전문가의 도움이 필요할까요?"
"와 주시면 저희야 고맙죠."
마코토는 전화를 끊고 외출 준비를 시작했다. 옆에서 지켜보던 캐시도 상황을 이해했는지 동행에 나섰다.

"스페셜리스트의 의견이 필요하다는 건 비논리적인 누군가가 방해하고 있다는 뜻이군요."

그 말에 문득, 이번 일에서만큼은 철두철미하게 논리적인 캐시 쪽이 더 설득을 잘할 수 있지 않을까 하는 생각이 들었다.

"캐시 교수님이라면 신자를 어떻게 설득하시겠어요?"

"설득하지 않습니다."

캐시는 말이 끝나기도 전에 대답했다.

"미국에도 광신적인 사이비 교단이 존재하는데, 그들에게 논리는 통용되지 않습니다. 그들이 믿는 건 매직이니까요."

"캐시 교수님도 무교세요?"

"아뇨. 엄연한 크리스천입니다. 하지만 평범한 신도와 광신도는 전혀 다른 존재입니다. 레벨의 차이가 아닌 본질의 차이죠. 그러므로 교집합이 적고 공통 언어가 많지 않습니다. 따라서 설득하기도 힘듭니다."

마코토에게는 그 본질적 차이가 잘 이해되지 않았다. 다른 나라보다 유달리 포용적 종교관을 지닌 일본의 국민성 탓일까.

"마코토는 특정 종교를 믿습니까?"

"본가는 신토(일본의 고유 신앙)예요."

"오, 야오요로즈(자연에 존재하는 모든 사물에 신이 깃들어 있다고 믿는 일본의 전통 종교관)군요. 그리스도나 붓다를 부정하지 않고 그 신자들을 배척하지도 않는다죠?"

"네. 평범하게 크리스마스를 축복하고 부처님께도 경의를 품어요."

"우리도 마찬가지입니다. 크리스천이지만 설날 참배를 가고 불단을 파괴하지도 않습니다. 그러나 사이비 종교와 광신도들은 다릅니다. 그들은 다른 종교를 사교라고 믿고 그 신자들은 악마의 신봉자라며 배척하지요. 원래 종교라는 것은 인간을 구원하기 위한 것입니다. 따라서 타인을 배척하고 헐뜯으라고 가르치는 종교는 건전한 종교가 아닙니다. 그저 독재자의 슬로건에 불과합니다."

와라비 경찰서에 도착하자 1층 안내 데스크 앞이 소란스러웠다. 경찰 세 명과 사망자의 관계자로 보이는 남녀 두 명. 경찰 중에는 고테가와도 있었다.

"그러니까 아직 사법해부도 끝나지 않은 상황이라 시신을 돌려드릴 수는 없습니다."

"스승님의 성체에 상처를 내다니, 용납할 수 없어요. 지금 당장 돌려주세요!"

"여보세요, 그쪽은 가족도 아니지 않습니까."

"스승님과 저는 영혼으로 연결되어 있어요. 그건 피보다 진하고 가족 관계 같은 것보다 깊은 거예요."

"피를 나누지 않았다. 호적에도 실리지 않았다. 세상에서는 그런 사람을 제삼자라고 합니다."

"우리는 스승님의 충실한 제자들이에요. 더 이상의 모욕은 용서 못 합니다!"

경찰에게 바락바락 덤벼드는 사람은 30대 중반의 여성이다. 긴 머리를 휘날리며 소리치는 모습만 봐도 절대 가까이하고 싶지 않은 타입이다.

남자 쪽은 여자만큼은 아니었지만 역시 기세등등하게 경찰을 노려보고 있다.

고테가와의 표정이 압권이었다. 두 사람의 항의를 진지하게 듣고는 있지만 그의 성격을 아는 마코토에게는 속으로 진저리를 내고 있는 게 훤히 보였다. 캐시와 함께 다가가자 그를 가장 먼저 알아챈 사람도 고테가와였다.

"아아, 마코토 선생, 캐시 교수님."

어쩐지 안심하는 모습을 보아하니 교섭 역할을 떠넘기려는 심보일까.

"이쪽은 우라와 의대 법의학 교실에서 오신 선생님들입니다."

여자는 혼조 나오코, 남자 쪽은 소마 사다무라고 자신의 이름을 댔다. 나오코는 교단의 사무국장, 소마는 홍보부장이라 했다.

"법의학 교실이라면 스승님 몸에 칼을 대려는 분들이군요. 마침 잘됐네요. 세상 물정 모르는 형사들이랑 얘기하기도 지쳤어요."

나오코는 고테가와를 돌아보며 언짢다는 듯 말했다.

"두 분은 말이 통할 것처럼 보이니 말씀드리죠. 지금 당장 스승님의 성체를 저희에게 돌려주세요."

"변사체는 검시관의 요청으로 사법해부가 결정됩니다. 그걸 마치기 전에 시신을 돌려드릴 수는 없습니다."

"그러니까! 스승님의 성은을 입지도 않은 자가 성체에 메스를 들이대는 행위 자체가 악마의 소업이란 말입니다! 메스를 든 자는 그 자리에서 벙어리가 될 거고, 시간이 지날수록 생기도 쇠퇴할 거예요!"

"벙어리가 되고, 생기가 쇠퇴한다?"

고테가와가 장난스럽게 웃었다.

"그럼 더더욱 부검해야겠군요. 교수님이 독설을 퍼붓지 못 하게 될 텐데 그보다 더 좋을 게 있을까요."

생기가 쇠퇴하는 것도 독설을 못 하게 되는 것만큼 매력적이라 생각했지만 마코토는 입 밖에 내지 않았다.

"아무튼 했던 말을 반복하게 되는데, 신자라는 것만으로 시신을 돌려드릴 수는 없습니다."

"혈연과 서류상 관계만으로 판단하는 게 저속하기 짝이 없는 행위라는 걸 모르시는군요. 역시 스승님의 뜻과 무관한 인간들은 모든 일을 더럽혀진 상식으로만 판단하네요."

독선적인 사고방식은 결국 자신과 동료를 제외한 다른 인간을 멸시하는 쪽으로 이어진다. 그것이야말로 논리를 벗어난다는 증거이기도 했다.

"사법해부도 없이 사인을 규명할 수는 없습니다. 여러분은 교주를 살해한 범인을 붙잡지 못해도 괜찮단 말인가요?"

"범인은 이미 우리가 다 밝혀냈습니다."

이번에는 남자 쪽에서 입을 열었다.

"홍보부 자체 조사를 통해 스승님을 살해하고 본부에 불을 지른 범인이 고야마 다카시라는 게 밝혀졌습니다. 수사본부는 그를 체포하고 사법부에 넘기세요. 그러지 않으면 직무 태만으로 당신들을 고소하겠습니다."

나오코도 나오코지만 이 소마라는 남자도 만만치 않게 성가셔 보였다. 지원군이 오기 전까지 이런 두 사람을 상대하고 있었다니 고테가와가 진저리를 내는 것도 이해가 됐다.

"이보십쇼. 몇 번이나 말하지만 우리는 민주 경찰입니다. 증거가 없으면 체포도, 구류도, 재판도 할 수 없습니다. 두 분이 모시는 신이 뭐라고 하든 그보다 머리카락 한 올이 훨씬 중요합니다."

고테가와의 말은 틀릴 게 없지만 종교에 눈먼 인간에게는 모욕적으로 들릴 것이다. 아니나 다를까 나오코와 소마가 즉각 따지고 들었다.

"스승님에 대한 모독입니다! 지금 당장 그 말을 철회하세요!"

"증거가 어쨌든, 애초에 스승님께 악의를 품을 인간은 이 세상에 몇 되지 않습니다. 그중 고야마는 평소부터 스승님께 노골적으로 살의를 드러냈고 중상모략을 일삼아 왔죠. 따로 알리바이나 지문 같은 걸 조사할 것도 없어요. 그 남자야말로 범인입니다."

마코토는 무심결에 고테가와와 눈길을 마주쳤다. 서로 닮은 면이라고는 없지만 벌써 1년 이상 함께하다 보니 나오코와 소마의 말을 똑같이 듣기 싫을 정도로는 뜻이 통한다.

슬슬 고테가와의 인내심이 한계에 달할 것이다. 마코토가 그렇게 생각했을 때 대뜸 캐시가 나오코와 소마 앞을 가로막고 나섰다.

"두 분의 이야기는 매우 난센스입니다."

그렇게 잘라 말하는 푸른 눈의 여성을 보며 나오코와 소마는 어안이 벙벙해졌다.

"범죄 수사도 사법해부도 과학의 산물입니다. 거기에 오컬트가 개입할 여지는 없습니다. 증거도 없이 범인을 체포한다. 해부도 하지 않고 사인을 규명한다. 하나같이 비논리적이고 21세기를 살아가는 인간의 감각이라고는 믿기 어렵습니다. 성체라는 건 아마도 교주의 시신을 말하는 것 같은데, 인체를 구성하는 건 수소, 산소, 탄소, 질소, 인, 황, 나트륨, 칼슘, 칼륨, 염소, 마그네슘, 철, 구리, 아연, 불소, 아이오딘, 셀레늄 등 스물아홉 가지 원소입니다. 그리고 그 대다수는 2천 도에서 완전연소로 소멸하고 재가 됩니다. 인체는 그런 유기물과 무기물의 집합체에 지나지 않습니다. 따라서 그 집합체를 절단 또는 손괴한 자가 생리적 영향을 받는다는 건 터무니없이 비과학적입니다. 저 자신은 가톨릭 신자입니다만 그리스도의 부활에 대해서는 판타지라고 단언합니다. 마찬가지로 두 분의 이야기 역시 퓨어한 판타지이고, 부검에 저항하는 행위는 밤에 휘파람을 불면 귀신이 나타난다는 식의 포크로어folklore와 다를 게 없습니다."

"뭐, 뭐라고요!"

마코토는 나직이 한숨을 내쉬었다. 고테가와도 부루퉁한 얼굴로 허공만 바라보고 있다.

논리적인 캐시가 신도들을 더 잘 설득할 수 있을 거라는 건 착각이었다. 이래서는 절대 설득할 수 없다. 오히려 도발이다.

"이렇게 된 이상 '복음의 세기' 신도가 모두 모여 스승님의 성체 훼손을 막을 수밖에 없겠군요. 모든 신도를 소집해 경찰서를 에워싸겠습니다!"

"그런 짓을 벌이면 모두 공무집행방해로 체포하겠습니다."

고테가와가 경고하자 나오코는 지지 않고 목소리를 높였다.

"어디 해 볼 수 있으면 해 보세요! 와라비 서에 있는 경찰과 우리 신도 중 어느 쪽이 머릿수가 더 많은지 알고 있나 모르겠네요. 그리고 이곳 경찰들이 과연 우리에게 손을 뻗칠 수 있을까요?"

상황을 더 수습할 수 없게 되자 고테가와는 사람을 불러 나오코와 소마를 건물 밖으로 쫓아 버렸다.

"불을 꺼 줄 거라 기대했더니 외려 기름을 부으러 오셨군요."

나오코와 소마가 사라지자 고테가와는 들으란 듯이 구시렁거렸다. 그의 말은 당연히 캐시를 향한 것이지만 마코토를 힐끗거리는 눈에도 비난의 기운이 섞여 있다.

"학자가 광신도의 논리에 놀아날 필요는 없습니다. 아니면 고테가와 형사님은 두 사람의 판타지에 심퍼시sympathy라도 느낍니까?"

"그럴 리 있겠습니까. 다만 이쪽도 무작정 세게 나가지 못하는 이유가……."

평소와 다른 어정쩡한 말이 신경 쓰였다. 고테가와가 이런 모습을 보이는 건 자신이 아닌 다른 누군가에게 사정이 있을 때다.

"고테가와 형사님. 혹시 와라비 서가 뭐 약점 잡힌 거라도 있나요?"

그러자 고테가와가 흠칫하며 마코토를 돌아봤다.

"어떻게 알았지?"

"그냥 왠지 느낌이에요."

"실은 아까 큰소리를 치던 사무국장이 와라비 서 간부의 딸이야."

아아, 그렇구나. 마코토는 비로소 이해했다. 현경의 고테가와를 제외한 와라비 경찰서 직원들이 시종일관 어깨를 펴지 못한 이유가 있었다.

"부친이 여러 번 발을 빼도록 권하기도 했지만 주변에서 말릴수록 더 구로노 예수에게 빠져들었다고 해. 지금은 부친과 거의 연을 끊은 상태라는데, 그래도 경찰서 직원들 입장에선 대하기 어려운 면이 있는 게 사실이지."

"사법 관계자의 가족 중에 사이비 종교 신도가 섞여 있는 건 어디든 마찬가지군요."

캐시는 조금 화가 난 듯 보였다.

"저는 직종에 따른 편견을 가지지 않으려 하지만, 그래도 사법 관계자들의 가정교육에는 의문을 품을 수밖에 없습니다. 그들은 일을 열심히 한다는 핑계로 평소 자식들을 방치해 두는 게 아닐까요? 부모 자식 간의 스킨십이 조금만 있어도 저런 크레이지한 인간으로는 자라지 않을 텐데요."

마코토는 그 역시 엄연한 편견이라고 생각했다.

"그리고 성가신 사정이 하나 더 있어. 아까 말한 건데 저 혼조 나오코와 소마 사다무는 이번에 사망한 구로노와 삼각관계였어."

고테가와가 다른 신도들로부터 조사해 얻은 정보는 다음과 같았다.

교단에 들어간 나오코는 먼저 들어가 있었던 소마와 사귀게 되었다. 초창기까지만 해도 그녀는 평범한 신도였다. 그러나 교단에서 지위가 올라가면서 교주 구로노를 향한 나오코의 믿음이 더욱 강해졌다. 아니, 믿음이 강해졌으므로 지위가 높아졌다 해야 할까. 그리고 사무국장까지 승진하자 스스로 교주의 부인을 자처하게 되었다.

소마는 물론 다소 실의에 빠졌지만 상대가 교주인 만큼 쉽사리 반기를 들 수도 없었다. 그는 교단 넘버 투 지위를 나오코와 겨루는 한편 구로노에게는 질투를 불태웠다.

"다시 말해 교주의 사망을 계기로 소마 씨는 나오코 씨와의 관계를 회복하려는 건가요?"

"아무래도 그런 것 같아. 하지만 교주가 죽었는데도 온몸을 바쳐 충성을 다하려는 나오코를 보고 소마는 화가 났어. 하지만 구로노의 시신 처리에 관해서는 두 사람의 의견이 일치해서 일이 더 귀찮아졌지. '복음의 세기' 교리에 따르면 구로노는 그리스도처럼 부활할 예정이라 성체에 손을 대서는 안 되는 모양이야."

"네? 하지만 시신은 불에 타 거의 탄화하지 않았나요?"

"자살을 포함해서 사람 손에 의한 외상이 아니라면 상관없다는군. 자살이 금기시되는 건 원형이 기독교라서겠지. 사고나 재해 등으로 생물적 죽음을 맞이해도 시신만 남아 있으면 교단의 의식을 거친 다음 언젠가 부활한다……. 그렇게 가르치는 모양이야."

고테가와는 교리 내용이 어지간히 마음에 들지 않는지 오만상을 지으며 말했다.

"근데 구로노를 추종하는 나오코에게도 동기는 있어. 교주의 부인을 자처하기는 했지만 정작 구로노는 나오코를 여자로 보지 않았다고 하거든. 이것만은 다른 사이비 교주들과 다른 면이라 조금 갸륵하기는 하지만 나오코에게는 좋지 않았지. 자신이 그토록 믿고 따르는데도 상대는 거들떠보지 않는다, 그래서 화가 치밀지 않았을까 생각하는 신도도 있더군."

"그리고 또 한 사람, 신도의 아들도 용의자 중 한 명이라고 하셨죠? 그게 아까 소마 씨가 말한 고야마라는 사람인가요?"

"그래. 모친이 애지중지 모은 현금 2천만 엔을 뜯기자 매일같이 항의하러 왔다고 해. 대충 이런 남자야."

고테가와는 스마트폰을 꺼내 화면을 몇 번 두드리고는 마코토에게 보여주었다.

'복음의 세기'에서 가족과 재산을 되찾기 위한 사람들의 모임

—대표 고야마 다카시

'복음의 세기' 피해자 모임 홈페이지였다. 디자인이 매우 조잡하다. 교단에 의해 유형무형의 피해를 입은 사람들의 글, 그리고 대표 고야마의 코멘트와 블로그가 주된 내용이었다.

사기꾼 구로노에게 제재를! 구로노가 신도들로부터 갈취한 돈은 지금까지 판명된 것만 해도 수억 엔에 이르는 것으로 추정된다. 그러나 경찰에 호소해도 그들은 민사불개입 원칙 따위를 방패 삼아 진지하게 수사해 주지 않는다. 이렇게 된 이상 우리가 단결해 구로노에게 직접 형벌을 내릴 수밖에 없다!

고야마의 글을 읽으며 마코토는 당혹감을 느꼈다. 피해자의 호소라고 생각하면 고야마의 주장도 수긍 가는 면이 있지만 논조는 조금 전에 본 나오코, 소마와 다를 바 없었다. 극단적 교리를 주장하는 자와 자신의 피해를 큰 소리로 부르짖는 자의 목소리가 닮아 있는 상황은 아이러니라 할 수밖에 없다.

"고야마는 갈취당한 돈을 돌려받기 위해 경찰, 변호사와 상담했지만 사기죄 입증이 어렵다는 말에 매우 초조해 했어. 고야마 자신에게도 거액의 빚이 있어서, 부모의 재산을 물려받아 그걸 갚을 계획이 있었기 때문이야."

결국 고야마도 사리사욕을 채우기 위해 깃발을 든 걸까. 마코토는 희미하게 환멸을 느꼈다. 이래서는 상대 쪽과 별반 다를 게 없지 않은가.

"그리고 이 세 사람은 하나같이 발화 시점에 알리바이가 없어. 어때? 세 사람 다 수상함 대폭발이지?"

"혹시 그 신도 둘이 사법해부를 거부하는 건 교리를 앞세워 범행 흔적을 숨기려는 의도 아닐까요?"

나오코와 소마의 언동을 두 눈으로 목격한 터라 캐시의 의심도 타당하게 느껴졌다.

"고테가와 형사님. 순서가 다소 엇갈렸지만, 아무튼 시신을 보여 주십시오."

캐시의 관심이 마침내 시신으로 옮겨 갔다. 미쓰자키처럼 그녀 역시 산 자보다 죽은 자에게 끌리는 모양이다.

흥미진진해 하는 캐시에 비해 마코토는 솔직히 썩 내키지 않았다. 법의학 교실에 온 이래 여러 구의 시신을 봐 왔지만 불탄 시신은 이번이 처음이다.

영안실로 들어가 시신 보관고를 열었다. 봉투 안에 들어가 있어도 몸 대부분이 불에 탔음을 알 수 있었다.

봉투를 연 순간 시취에 이미 익숙해진 코가 비명을 지르려 했다.

평소 느끼던 부패취가 아니었다. 동물성 단백질의 탄내가 하나로 뭉쳐져 코를 찌르는 냄새가 났다. 숨을 한 번 들이쉬기만 했는데 위 내용물이 몽땅 올라올 것 같았다.

겉모습도 무참하기 이를 데 없었다. 표면은 대부분 탄화해 있지만 군데군데 피부 열손으로 설구워진 조직과 그을린 뼈가 보였다. 피부 변색과 수축으로 남녀 구분조차 불가능했다. 전신의 관절이 꺾인 것은 질량이 많은 골격근이 열 응고로 수축됐기 때문이다. 그리고 당연하게도, 탄화한 피부로는 외상을 확인할 길이 없었다.

그러나 역시 캐시는 달랐다. 불탄 시신에 닿기 바로 직전까지 고개를 들이밀어 구석구석 꼼꼼히 살폈다. 후각이 예민한 편이라고 들었는데, 그렇다면 냄새 취향이 보통 사람과 다른 거라고 볼 수밖에 없다.

"바닥에 접한 부분은 탄화를 피했지만 그래도 사인이 유독가스 흡입에 의한 것인지, 아니면 열상에 따른 쇼크 때문인지 판별하기 어렵습니다. 심층부에는 아직 혈액이 남아 있는 것 같으니 혈중 헤모글로빈 수치를 구할 수 있을 것 같네요."

들뜬 목소리가 한시라도 빨리 부검하고 싶은 심정을 드러내주었다. 무심코 얼굴을 마주하니, 고테가와는 정나미가 떨어진 것처럼 고개를 절레절레 흔들고 있었다.

시신 봉투를 닫고 운송 준비를 하고 있는데, 갑자기 낯빛이 새파래진 경찰이 영안실에 뛰어들어 왔다.

"고테가와 형사님. 조금 더 기다려 주셔야 할 것 같습니다."

"무슨 일이죠?"

"'복음의 세기' 신도를 자칭하는 자들이 청사 주변을 에워쌌습니다. 적어도 300명은 돼 보입니다."

3

마코토와 고테가와가 1층 복도에서 살펴보니 건물 앞에 사람이 잔뜩 모여 있었다. 경찰들이 친 방벽을 넘어 건물 안으로 들어올 기색까지는 없어 보였지만, 신도들의 얼굴은 그야말로 살기등등했다.

마코토는 종교에 편견을 갖고 있지는 않았지만 그들의 얼굴을 보고 있자니 절로 '광신'이라는 단어가 떠올랐다. 그들은 구로노의 시신을 옮기려는 이들을 무력으로 저지하려 하고 있다. 교주를 위해서라면 폭력도 불사하겠다는 태도는 캐시의 지적대로 제대로 된 종교라고 하기 어렵다.

"강행 돌파를 하면 부상자가 나올 것 같군."

"부상자요?"

"일단 저쪽이 인원수가 훨씬 많고, 경찰은 시민에게 위해를 가할 수도 없어. 군중심리에 빠진 사람들 자체로도 성가신데 그게 사이비 종교 신도 같은 이들이라면 자칫 십자가형에 처해질 수도 있겠지."

고테가와는 무시무시한 말을 아무렇지 않게 입에 담았다.

"뒷문으로 도망치는 건 어때요?"

"아까 못 들었어? 300명이 청사 주변을 에워싸고 있다잖아."

"그럼 의대까지 어떻게 가죠?"

"음. 일단 아이디어가 하나 있기는 해. 방금 떠올랐어."

"어떤 아이디어요?"

"이제 슬슬 올 시간인데……."

잠시 기다리고 있자 이윽고 택배 배달원이 대형 카트를 밀고 1층에 나타났다.

"음, 좀 즉흥적이기는 하지만."

그렇게 말하고 고테가와는 배달원에게 다가갔다.

"실례합니다. 수사에 협력 부탁드립니다."

고테가와는 갑자기 말을 걸어 화들짝 놀란 배달원을 다독여 안쪽으로 데려갔다. 몇 분 후 다시 나타난 고테가와는 배달원 차림을 하고 있었다. 카트 안에 담긴 것은 아마도 구로노의 시신일 것이다.

"……정말 즉흥적인 아이디어네요."

반쯤 기가 막힌다는 듯한 반응에 고테가와는 조금 울컥한 모양이다.

"원래 정석은 즉흥적으로 떠오르는 거야. 바꿔 말하면 정공법이지."

갖다 붙인 듯한 논리는 틀림없이 상사에게서 배운 것이리라.

"마코토 선생은 캐시 교수님과 먼저 가서 기다리고 있어. 무슨 일이 있어도 시신을 데리고 합류할게."

고테가와는 카트를 밀며 문을 열고 나가 신도 사이를 지나갔다.

"죄송합니다. 길 좀 터 주십쇼. 배달할 게 아직 많아서요."

요란하게 외치며 지나가자 신도들이 주춤주춤 길을 터 줬다.

그 모습을 뒤에서 지켜보던 캐시는 유쾌하다는 듯 마코토의 어깨를 두드렸다.

"굿 잡입니다."

"저게요?"

"누구도 자신들의 교주가 카트 안에 담겨 눈앞에서 지나간다고는 생각 못 하겠죠. 맹점을 노린 겁니다."

고테가와가 미는 카트는 신도 사이를 누비고 지나 배달 차량에 도착했다. 아마 부지를 나가서 경찰차로 바꿔 탈 계획일 것이다.

"마코토. 우리도 서두르죠. 시신이 우리보다 먼저 도착하면 미쓰자키 교수님은 혼자 집도를 시작할 겁니다."

설마 그런 일은 없을 거라고 속으로 반박했지만, 곧 일리가 있다는 판단이 들어 캐시의 뒤를 따랐다.

차가 출발하자 이내 신도들이 차를 에워쌌다. 소마의 얼굴이 눈에 들어왔지만 어째선지 나오코는 보이지 않았다. 처음부터 시신을 싣는 듯한 모습을 보이지 않았고, 트렁크 내부도 비어 있다는 것이 밝혀지자 그들은 맥이 빠질 만큼 순순히 길을 터 줬다. 오로지 교주의 성체만이 관심 대상일 것이다.

"우상 숭배도 적당히 해야죠."

무사히 신도들에게서 탈출하자 캐시는 짜증을 숨기려고도 하지 않았다.

"우리가 해부하지 않아도 시신은 곧 부패하고 분해될 겁니다. 그런 걸 떠받들어 대체 무슨 이득이 있다는 건지 전 도무지 모르겠습니다."

"하지만 일본인 특유의 가치관 때문에 시신을 쉽사리 물건 취급하지 못하는 면도 있어요."

"벌써 절반 이상 탄화해 버린 시신입니다."

캐시는 역시 이해 못 하겠다는 듯이 신음했다.

잠시 후 두 사람은 우라와 의대에 도착했다. 경보음을 울리며 달려왔는지 벌써 시신 운송 차량이 옆에 세워져 있었다.

마코토와 캐시는 서둘러 법의학 교실로 향했다. 미쓰자키가 미처 기다리지 못하고 옷을 갈아입고서 혼자 부검에 들어갔다면 면전에서 무슨 소리를 들을지 모른다.

그러나 두 사람을 기다리고 있는 건 언짢은 표정의 미쓰자키가 아닌 고테가와였다. 그는 나오코를 상대로 언쟁을 벌이고 있었다. 부검실 앞에는 시트로 덮은 시신이 들것에 실려 있었다.

"어떻게 저 사람이 이곳에……."

마코토가 소스라치게 놀라자 캐시가 아쉬워하며 중얼거렸다.

"분명 고테가와 형사를 쫓아 왔겠죠. 그게 아니라면 우리보다 먼저 도착할 수 없습니다. 고테가와 형사의 변신도 광신도의 눈을 속일 수는 없었던 모양입니다."

고테가와는 마코토와 캐시를 알아챈 듯했지만 나오코를 상대하느라 이쪽으로 고개를 돌리지 못했다.

"그러니까! 범인이 자백만 하면 사건은 해결되잖아요! 얼른 체포하세요. 당신이 그러고도 형사예요?"

고테가와가 밀리는 형국이다. 마코토는 자기도 모르게 두 사람 사이에 끼어들었다.

"학교 안에서 이게 무슨 소란이죠?"

"마코토 선생. 이 사무국장이 피해자를 죽인 게 자신이라고 우기고 있어."

"네?"

"맞아요. 제가 스승님께 위해를 가했어요."

그러더니 나오코는 용서를 바라는 것처럼 손을 앞으로 모았다.

"신도로서 극히 실례되는 행동을 저질러 버렸어요. 무거운 죄에 겁이 나서 지금껏 털어놓지 못했죠. 하지만 진실 규명을 핑계로 스승님의 성체에 칼이 닿기 전에 깨끗이 참회하려고 마음먹었답니다."

"동기는 소문대로 치정 관련입니까?"

고테가와가 묻자 나오코는 경멸하듯 그를 째려봤다.

"신을 믿지 못하는 이가 제 심정을 헤아릴 리 없죠. 이건 남녀 관계처럼 저속한 게 아니라 신의 사랑을 독차지하려는 바람에서 생긴, 어리석지만 고상한 동기입니다."

이건 자아도취다. 마코토는 그렇게 생각했다. 일단 눈이 살짝 풀려 있는데다 죄를 고백하는데도 마치 희열에 들뜬 표정을 짓고 있다.

"들어 보시면 제 고백이 진실이라는 걸 믿을 수 있을 거예요."

나오코는 일방적으로 말을 이었다.

"저는 스승님의 총애를 독점하고 싶었어요. 하지만 스승님은 항상 누구든 평등하게 대하셨죠. 구체적으로 말하자면 저는 스승님과 부부의 연을 맺고 싶어서 몇 번이나 간청했습니다. 하지만 그때마다 스승님은 자신은 이미 신과 연을 맺었다며 거절하셨죠. 그러다가 마침내 그날 저는 스승님께 손을 뻗치고 만 거예요."

"그래서 어떻게 하셨죠? 방화에 이른 경위도 설명해 주시겠어요?"

"스승님이 돌아가신 걸 보고 저는 슬펐고, 당황했어요. 그리고 어리석게도 저의 행동을 감추기 위해 스승님 거처에 등유를 뿌리고 불을 붙였습니다. 제가 드나든 증거가 남아 있을 거라 예상해서요."

일단 말의 앞뒤는 맞는다. 마코토가 대답하려는 찰나 고테가와가 먼저 입을 열었다.

"사무국장. 당신은 아직 가장 중요한 걸 말하지 않았습니다. 대체 교주를 어떻게 살해한 겁니까? 칼로 옆구리를 찔렀다든지, 둔기로 머리를 내리쳤다든지."

"목을 졸랐어요."

나오코는 딱 잘라 대답했다.

"스승님의 목을 있는 힘껏……."

"그렇군요. 여자의 힘으로 남자의 목을 있는 힘껏?"

"스승님이 곤히 잠들어 계셔서 여자인 저도 가능했어요."

지금껏 청산유수처럼 흘러나오던 말이 갑자기 군데군데 막히기 시작했다. 고테가와처럼 다른 사람을 의심하는 일이 직업인 인간이 아니더라도 그 차이는 쉽게 느낄 수 있었다.

"아무튼 이건 나중에 경찰에 전부 증언하겠어요."

나오코는 더는 참을 수 없다는 듯이 마코토에게 다가섰다.

"자, 이걸로 충분하죠? 이제는 스승님 몸에 칼을 댈 이유가 없어요. 지금 당장 성체를 교단에 돌려주세요."

눈이 풀려 있다. 나오코의 손톱이 마코토의 어깨를 파고들었다. 통증보다는 공포가 앞섰다.

마코토는 위협을 느껴 반사적으로 고테가와를 쳐다봤다. 그와 동시에 고테가와의 손이 나오코의 팔로 향했다.

그때였다.

"자네들은 여기가 누구 교실이라고 생각하나?"

단 한마디로 그 자리의 분위기를 얼어붙게 만드는 통명스러운 목소리. 법의학 교실의 터줏대감 미쓰자키는 이미 부검복 차림으로 문 앞에 서 있었다.

"시끄럽게 떠드는 소리에 귀가 아플 지경이군. 이래서 산 자보다 죽은 자 쪽이 더 낫다는 거야."

"다, 당신이 이곳 책임자? 지금 당장 스승님의 성체를!"

나오코가 덤벼들었지만 미쓰자키는 한 손으로 그녀를 제지하고 앞으로 뚜벅뚜벅 걸어왔다.

"시끄럽군. 이봐, 애송이. 이런 수상한 인물을 부검실에 들여서야 쓰겠나? 못 들어오게 앞에서 감시하고, 나머지 둘은 꾸물대지 말고 얼른 부검을 준비하도록."

캐시가 "네" 하고 대답하더니 즉시 들것으로 향했다. 마코토도 서둘러 뒤따랐다.

"이보세요! 정말 끝까지 스승님 몸에 칼을 댈 작정이에요? 그런 짓을 하면 천벌을 받을 거라고요!"

"흥. 천벌?"

미쓰자키가 고개를 돌려 나오코를 노려봤다.

"그쪽이 믿는 신이 뭔지 모르겠지만 이쪽한테도 아스클레피오스라는 신이 있어. 신끼리 싸움이라도 붙여 볼까?"

아스클레피오스는 그리스 신화에 나오는 의술의 신이다. 마코토는 문득 생각했다. 아스클레피오스의 의술은 죽은 사람도 살린다고 한다. 스스로 부활한다는 구로노 예수와 딱 맞는 조합이다.

"당신들한테도 성역이란 게 있겠지? 여기서부터는 의사의 성역이다. 거기서 얌전히 결과를 기다리도록."

부검실에 들어가자 익숙한 정적이 주위를 감쌌다. 죽은 자와 그 목소리를 듣는 자의 성역이니 정적이 감돌 수밖에 없다.

들것을 감싼 시트를 벗기자 예의 자극적인 냄새가 공기를 따라 훅 퍼졌다. 마스크로 코 아래를 덮고 있어도 눈이 냄새를 감지했다. 그러나 고개를 돌리기라도 하면 미쓰자키에게 무슨 소리를 들을지 모르니 필사적으로 참았다.

"그럼 시작한다. 시신은 40대 남성. 3도의 열상을 입었고 탄화는 진피와 피하에 도달. 이미 결손한 부위도 확인됨."

골격근의 열 응고로 전신의 관절이 뒤틀려서 마치 파이팅 포즈를 취하는 것처럼 보이기도 한다.

나오코는 구로노의 목을 졸랐다고 증언했다. 통상 목이 졸리면 안구 결막에 울혈이 일어난다. 그러나 이 시신은 안면 뼈가 노출되고 안구가 파열된 것은 물론 눈꺼풀도 완전히 탄화해서 확인할 길이 없다.

"메스."

불탄 시신이어도 부검 순서는 같다. 그러나 미쓰자키의 손은 기분 탓인가 평소보다 진중해 보였다. Y자 절개로 메스가 움직이자 숯이 버석거리는 소리가 희미하게 섞였다.

양옆으로 피부를 열자 요란한 소리와 함께 또다시 강렬한 냄새가 주위에 퍼졌다. 이번에는 캐시도 멈칫하며 반걸음 정도 뒤로 물러섰다.

탄화는 피하를 넘어 장기 일부에도 미친 상태였다. 분홍빛 조직과 노란 지방도 갈색이 되어 있거나 숯 상태였다. 마코토는 그 모습을 보고 적어도 일주일은 고기를 입에도 못 댈 각오를 다졌다.

갈비뼈는 쉽게 바스러졌다. 이 역시 열로 물러졌기 때문이다.

갈비뼈를 제거하자 장기가 드러났다. 다행히 심장은 아직 원형을 유지하고 있다.

“심장 내 혈액 채취. 헤모글로빈 수치 검출.”

미쓰자키의 지시로 캐시가 혈액을 채취했다.

미쓰자키의 손은 한시도 멈추지 않았다. 혈액을 채취한 다음에도 메스는 기관을 절개해 나갔다.

“기관 내부와 기관지에는 그을음 없음.”

기관과 기관지 내부에 그을음이 없다면 화재가 발생한 시점에 호흡하지 않았다는 뜻이다. 즉 방화 이전에 이미 사망한 것이다.

미쓰자키의 메스는 경부로 향했다.

“설골 대각과 갑상연골 상각은 골절.”

이 역시 나오코의 증언을 뒷받침하는 소견이다. 피부의 탄화로 밧줄 자국 등은 판별할 수 없지만 설골 대각과 갑상연골 골절은 목이 졸려 사망한 경우에 나타나는 특징이다. 마코토는 자기도 모르게 입을 열었다.

"역시 사무국장이 자백한 대로 목이 졸려 사망했네요."

그러자 아니나 다를까 미쓰자키가 마코토를 째려봤다.

"이까짓 소견으로 벌써 판별하겠다고?"

"네?"

"개두로 이동한다."

미쓰자키는 무슨 이유로 두개골 안을 확인하려는 걸까. 마코토는 영문도 모른 채 전동 톱을 준비했다.

이미 두개골이 드러나 있어서 탄화 부분을 제거하기만 하면 된다. 전동 톱 소리가 평소보다 경쾌하게 들리는 건 역시 뼈가 쇠약해졌다는 증거다.

이윽고 골막이 벗겨지고 경막이 드러났다. 두개골을 통해 열이 전달됐는지 뇌는 시커메져 있었다. 미쓰자키는 빠른 손놀림으로 경막을 잘랐다. 뇌의 어느 부분을 보려는 걸까. 그런 생각을 하고 있는데 미쓰자키가 불현듯 입을 열었다.

"뇌를 꺼낸다."

"네?"

"도와."

뭐가 뭔지 모르면서도 마코토는 시키는 대로 뇌 한쪽에 손을 집어넣었다. 장갑 너머로 느껴지는 뇌의 감촉은 묘한 비유지만 구운 두부와 비슷했다. 이것으로 불고기에 이어 두부 요리도 당분간 먹지 못하게 됐다.

"꺼낸다."

미쓰자키의 지시로 뇌를 꺼냈다. 아래쪽으로 점차 동맥이 보였다.

"뇌 절개."

뒤이어 미쓰자키는 동맥을 따라 뇌를 절개했다. 뇌를 올려 둔 접시에 피가 잔뜩 고였지만 마코토의 예상보다 출혈은 일찍 멈췄다.

"피의 양이 극도로 적군."

미쓰자키가 중얼거렸다.

"추골 동맥이 수축해 뇌에 충분한 혈액이 전달되지 않아서다."

"그렇다면 이 검체는……."

"목을 조를 때 경동맥은 졸라도 안에 있는 추골 동맥까지 조를 수는 없지. 성인 남성의 추골 동맥을 조르려면 대략 30킬로그램 이상의 힘이 필요하니. 추골 동맥을 졸리지 않았다면 상당한 양의 혈액이 머리로 몰리게 된다. 그러나 이 시신의 뇌에는 피가 아주 조금밖에 없었어. 추골 동맥이 막혀 있었기 때문이다. 이유는 굳이 말할 것도 없겠지."

30킬로그램 이상의 힘. 본인의 체중이 실렸다면 이야기는 간단해진다. 그리고 두 개의 동맥이 동시에 압박받는 경우 머리에 피가 흐르지 않는다.

"목을 매어 죽었다……. 자살이었던 건가요."

미쓰자키는 그 말에 반응하지 않고 뭘 떠올렸는지 다시 시신으로 고개를 돌렸다. 이번에는 메스가 소화기관을 절개해 갔다.

"흠, 역시."

대장을 절개했을 때 미쓰자키가 입을 열었다. 대장 내부를 본 마코토는 앗, 하고 소리쳤다.

대장 내부에 암 소견이 보였다.

"말기군. 대장뿐 아니라 간과 골반 등 이곳저곳에 전이됐어. 이런 상태로는 수술도 무의미하지. 캐시 선생. 이 시신의 병력은 어떻지?"

"치료 기록은 없습니다. 두 달 전 검사 입원 기록이 있을 뿐입니다."

"그때 판명됐겠지. 어쨌든 골반처럼 신경이 집중된 부위에 암이 전이됐다면 가만히 서 있을 수도 없을 만큼 심한 통증에 시달렸을 거야."

그 말을 끝으로 미쓰자키는 복부 봉합을 시작했다.

"신에 가까워져 간다고 믿었던 자신이, 모르는 사이에 암으로 손쓸 수 없을 지경의 몸이 됐다. 종교인이 절망에 빠지기에 충분한 이유지."

"전부 혼조 나오코가 꾸민 짓이었어. 그녀의 옷에서 현장에서 나온 것과 같은 등유도 검출됐고."

다음 날 조사를 마친 고테가와가 마코토와 캐시에게 보고했다.

"그날 구로노에게서 평소와 다르게 이상한 연락을 받고 서둘러 중앙 교회에 갔더니 침실 대들보에 매달린 구로노의 시신이 있었다고 해. 구로노는 사무국장인 그녀가 시신을 발견하기를 원했겠지. 유서도 있었다는데, 그 내용은 미쓰자키 교수님이 예상하신 대로야. 나오코는 극심하게 동요했다더군. 교주가 스스로 교리상 금기시되는 자살을 택한 게 알려지면 더 이상 그를 신격화할 수 없게 되니까. 물론 교단 존속에도 지장이 생기겠지만, 그보다 나오코 자신이 구로노가 평범한 인간처럼 절망하는 미약한 존재라는 사실을 받아들일 수 없었다고 해. 그래서 그녀는 가까스로 구로노의 시신을 바닥에 내려놓고 위를 향해 누운 자세로 만든 다음 등유를 뿌렸어. 시신이 놓인 현장을 통째로 불태우면 자살을 은폐할 수 있다고 생각한 모양이야."

"그래서 교주의 시신을 부검하는 상황을 그토록 거부했군요. 그런데 아무리 궁지에 몰렸다고 해도 자신이 직접 범인이라고 자백할 줄은……."

"거기서 바로 사이비 종교다운 일면이 나타나는 겁니다, 마코토."

캐시가 진지한 목소리로 입을 열었다. 아무래도 이 조교수는 사이비 종교의 비논리성이 정말로 질색인 모양이다.

"교주의 망언과 교리가 엉터리라는 걸 깨달아도, 지금껏 그런 걸 신봉해 온 자신의 어리석음을 인정 못 하는 거죠. 로직보다 매직을 우선하는 겁니다."

캐시의 말을 반박할 수는 없다. 그러나 마코토의 의견은 조금 달랐다. 교주와 신도의 관계였다고 해도, 그리고 남녀 관계가 얽혀 있었다고 해도 나오코는 구로노를 위해 자신의 모든 걸 바쳤다. 그렇게라도 생각하지 않으면 나오코가 너무 가엾게 느껴졌다.

"음, 미쓰자키 교수님께도 보고해야 할 텐데."

고테가와의 말에 마코토는 조금 생각해 보더니 대답했다.

"관심 없다는 한마디로 일축하실 것 같은데요."

물론 아직 마음에 걸리는 건 남았다.

이번 사건은 과연 커렉터와는 아무 관련 없는 것일까?

멈추다

1

"앗."

비가 내리는 것도 아닌데 머리 위로 액체가 떨어졌다.

"이런, 망했다."

쇼타는 손으로 머리를 털며 머리 위 전깃줄을 올려다봤다. 전선 위에는 비둘기가 유유자적 앉아 있다.

다음으로 쇼타는 발밑을 확인했다. 아스팔트 위 반경 1미터가 비둘기의 배설물로 허옇게 돼 있었다.

미처 알아차리지 못했다. 비둘기는 정해진 곳에서 배설하는 습성이 있다, 그러니 배설물이 있는 곳에는 가지 말라고 초등학교 담임선생님이 가르쳐 주셨는데.

쇼타는 비둘기를 흘겨보며 생각했다. 주택가 주변에 전깃줄이 마구잡이로 깔린 게 잘못이다. 전깃줄만 없으면 비둘기가 앉을 곳도 없어질 텐데.

그러나 어쩔 수 없다는 것도 이해했다. 이곳 사쿠라 구 도조 마을에는 가모강 옆에 거대한 철탑이 있다. 이 탑에서 고압선이 사방으로 뻗어 나가는데, 쇼타의 집은 탑 바로 뒤쪽에 있으니 어쩔 도리가 없다. 부모님께 비둘기 배설물이 싫으니 이사 가자고 해 봐야 귀도 쫑긋하지 않을 것이다.

비둘기는 전깃줄 위에 앉아도 감전되지 않는다고 한다. 한가롭게 앉아 있는 건 본능적으로 그것을 알고 있어서일까.

아무래도 인간보다 비둘기 쪽이 더 뛰어나 보인다. 그렇게 멍하니 생각하고 있는데 문득 시야에 누군가가 들어왔다.

아아, 또 그 할아버지다.

노인은 쇼타 쪽으로 느릿느릿 걸어왔다. 구깃구깃한 트레이닝복 차림에 샌들을 신고 있으니 조깅하는 건 아니다. 빈손인 걸 봐서 장을 보러 간 것도 아님을 알 수 있다.

쇼타는 이미 2주쯤 전부터 노인을 봐 왔다. 새로운 산책 코스일까. 매일 저녁 5시가 넘으면 노인은 반드시 모습을 드러냈다. 늘 같은 시간, 같은 복장이라 자연스럽게 뇌리에 박히고 말았다.

나이가 들면 힘들겠구나 싶었다. 건강을 유지하기 위해 원하지도 않는 산책을 해야 하니.

노인과 말을 나눠 본 적은 없었다. 그래도 그가 산책을 즐기지 않는다는 것은 얼굴만 봐도 알 수 있다. 그는 쇼타의 집 앞을 꼭 미아라도 된 것처럼 비틀비틀 오갔다. 대체로 찌푸린 얼굴에 입으로는 욕을 하는 것처럼 보이기도 했다.

분명 의사나 가족의 성화에 억지로 산책하는 것이리라. 그렇지 않으면 저런 표정을 지을 리 없다. 쇼타도 잘 못하는 달리기 시합을 할 때 저와 비슷한 표정을 짓는다. 아버지가 찍어 준 운동회 영상으로 넌더리가 날 만큼 확인했다.

쇼타는 집 안에 들어가 우선 욕실에서 머리에 묻은 비둘기 배설물을 씻어 내고 2층 자기 방으로 향했다.

쇼타의 방 창문에서는 전선에 앉은 비둘기가 지근거리에서 보였다. 쇼타는 홧김에 비둘기에게 고무총이라도 쏴 버릴까 생각했다.

바로 창문을 열자 아니나 다를까, 대각선으로 5미터쯤 위쪽에 비둘기가 있었다. 기분 나쁘게도, 쇼타가 창문을 열어도 비둘기는 조금도 겁먹은 기색이 없었다.

쇼타는 책상 위에 있는 고무줄을 손가락에 끼우고 비둘기를 향해 조준했다.

피윳.

그러나 고무줄은 비둘기가 앉은 곳까지 닿지 않고 포물선을 그리며 낙하했다.

이런. 실패다.

이렇게 된 이상 소리라도 질러야 직성이 풀릴 것 같다.

"야아앗!"

크게 소리쳐 봤지만 비둘기는 아무 일 없다는 듯 고개를 좌우로 흔들 뿐이다.

그때였다.

으윽, 하는 신음 소리가 귀에 닿았다.

바로 밑이다.

내려다보니 아스팔트 위에 아까 본 노인이 쓰러져 있었다.

상태가 별로 좋아 보이지 않았다. 간신히 이 앞까지 걸어온 것처럼 보인다. 혹시 내 목소리에 깜짝 놀라 몸에 문제라도 생긴 걸까.

쇼타는 황급히 창문을 닫았다.

내 잘못이 아니야.

내 잘못이 아니야.

심장이 빠르게 고동치기 시작했다. 겨드랑이 아래로 땀이 진득하게 배어났다.

잠시 후 다시 한 번 창문을 열어 보기로 했다. 일단은 손가락 하나 정도의 틈만 열고 아래를 확인했다.

장을 보고 돌아가는 길인 듯한 아주머니와 아들이 몸을 굽히고 노인의 어깨를 흔들고 있었다.

"저기, 할아버지, 괜찮으세요? 괜찮으세요?"

아무리 흔들어도 노인의 몸은 축 늘어져 도무지 살아 있는 것처럼 보이지 않았다.

역시 내 잘못이야.

창문을 닫은 쇼타는 등을 돌리고 그 자리에 주저앉았다.

그리고 발작을 일으킨 사람처럼 몸을 덜덜 떨었다.

*

오늘 세 번째 부검을 마치고 마코토는 책상 앞에 쓰러지듯 주저앉았다.

"더는 못 해."

고개를 숙이자 머리카락이 얼굴에 닿았다. 마코토는 냄새를 맡고는 당황해서 다시 고개를 들었다. 모자를 쓰고 있었는데도 페놀과 부패 가스가 머리카락에 들러붙어 있었다.

"마코토. 부검복은 그때그때 갈아입는데 모자는 늘 똑같아서 그럽니다. 부검 도중 헤어가 노출된 걸 못 알아챈 모양이군요."

옷을 갈아입고 돌아온 캐시가 잽싸게 지적했다.

"왜 미리 알려 주지 않으셨어요?"

"쏘리. 부검 중에 할 말은 아니라고 생각했습니다."

듣고 보니 맞는 말이었다. 부검 중 그런 대화를 나누면 미쓰자키에게서 불호령이 떨어질 것이다.

"바빠요. 너무 바빠요. 요새는 출근하고 집에 갈 때까지 부검과 보고서 작성으로 눈코 뜰 새가 없어요. 아직 결혼도 못 했는데 이래서야 되겠어요?"

“또 비논리적인 말을 하는군요. 결혼 여부와 업무 사이에 무슨 상관관계가 있는지 나는 모르겠지만, 그럼 마코토가 결혼해 버리면 문제는 해결되는 거잖아요.”

“교수님은 잘 모르실 수도 있겠지만 결혼에는 상대라는 게 필요해요.”

“어떤 데이터를 보니 근무 시간이 긴 사람일수록 미래의 배우자가 반경 10미터 이내에 존재할 확률이 높다더군요.”

“아, 그래요.”

“마코토 같은 경우에는 고테가와 형사가 베스트에 해당하지 않습니까?”

생각지도 못한 공격에 마코토는 자제심을 잃었다.

“그, 그, 그게 대체 무슨 말씀이세요! 하필이면 고르셔도 그렇게 어디든 겁 없이 돌진해 대고 무신경한 사람을! 그야 물론 근본은 거짓말을 못 하고 착한 사람이기는 하지만, 지진이 일어나는 곳에서도 슬리퍼를 신고 달려 나갈 법한 사람과 제가 왜…….”

“뭘 그렇게 당황합니까?”

“판단력이 흐려졌을 때 느닷없이 그런 말을 들으면 누구든 당황할 거라고요.”

“오, 그럼 또 쏘리. 마코토는 피로가 축적돼 판단력이 흐려졌군요. 그러면 그렇다고 일찍 말해 주세요.”

캐시는 그제야 이해한 것처럼 고개를 끄덕였다.

“지금 상황이 기존의 커패시티capacity를 넘는다는 건 부정할 수 없습니다. 저도 아침에 일어날 때 몸이 찌뿌둥하더군요."

"캐시 교수님도 역시……."

"역시라는 게 무슨 의미인지 모르겠지만 아무튼 현재 법의학 교실의 가동률은 전년 대비 세 배에 달합니다. 슬슬 휴식이 필요한 시점입니다."

현경 본부가 커렉터의 글에 휘둘리기 시작한 지 8주쯤, 이곳에 옮겨온 시신 중에는 변사체도 있었지만 대다수는 최초 판정대로 병사와 사고사가 사인이었다. 수사본부가 가짜 정보에 휘둘린 불똥이 죄다 법의학 교실로 튀는 형국이었다.

일이 몰려 우라와 의대 법의학 교실에서 맡기 어려운 안건은 다른 의대로 넘어갔지만 지금은 그조차도 포화 상태다. 이런 상황에서 거론되기 시작한 것이 바로 부검의의 절대수 부족 문제였다.

비단 사이타마 현뿐 아니라 일본 전국적으로도 부검의가 부족하다. 임상의에 비해 수입이 적다는 점, 연수를 거쳐도 학교 안에서 평가받기 어렵다는 점, 예산 부족으로 설비가 노후돼 학생들이 꺼린다는 점 등이 주된 요인이지만, 그런 상황을 뒷짐지고 바라보기만 한 학교와 병원 측에도 책임이 있다는 목소리가 나오기 시작한 것이다.

다만 그 목소리는 아직 작아 중심부에 미치지 못하고 있다. 그리고 무엇보다 상황이 개선되려면 돈이 투입될 만한 새로운 명분이 절실하다. 가만히 있어도 암울한 법의학 분야에 그저 인원이 부족하다는 이유만으로는 부족했다.

"의외로 커렉터의 목적은 법의학 교실 시스템의 업그레이드일 수도 있습니다."

"네? 설마요. 전에 제가 부검의의 불만처럼 들린다고 한 건 그냥 농담이었어요. 너무 많이 나간 생각 같아요."

"왜죠? 시스템의 변화라는 건 원래 드래스틱drastic한 사건이라도 생기지 않는 한 일어나지 않습니다. 인터넷에 올라간 글 때문에 우리 법의학자의 처우가 개선된다면 그보다 더 좋은 일이 있을까요?"

마코토는 화들짝 놀랐다.

"캐시 교수님, 진심으로 커렉터가 법의학 관계자일 수도 있다고 생각하시는 거예요?"

"가능성은 있습니다. 작금의 법의학이 처한 현실을 우려하는 관계자가 문제를 제기하고자 부검할 시신을 늘릴 계획을 세웠어도 이상하지 않습니다."

"그건 좀 과대망상 아닐까요?"

"하지만 마코토. 커렉터가 실제로 행한 건 인터넷에 글을 올린 것뿐이고, 정작 본인이 살인이나 사체 손괴 등에 가담한 사례는 없습니다. 게다가 지금껏 글에 암시된 내용에는 하나같이 관계자가 아니면 알 수 없는 정보가 포함돼 있었습니다."

듣고 보니 틀린 말이 아니어서 마코토는 입을 다물었다. 그리고 문득 불안해졌다.

법의학 교실에 소속된 지도 반년 이상 지났다. 그동안 많은 부검의와 연수의, 경찰 관계자들을 알게 됐지만 그중에서도 누구보다 법의학의 현주소에 위기감을 느끼고 있는 건 미쓰자키와 캐시 아닐까.

인터넷에 익명으로 글을 올리는 것만으로 상황이 개선된다면 두 사람은 눈곱만큼의 죄의식도 느끼지 않고 커렉터를 연기할 수 있지 않을까. 혹시나 하는 마음이 마코토의 가슴속을 검게 물들였다.

때마침 방문자가 나타났다.

"안녕하심까! 응? 마코토 선생, 뭐야? 얼굴이 왜 그래?"

고테가와는 눈치도 없이 마코토의 얼굴을 빤히 들여다보았다.

"마코토는 지금 결혼 상대를 고민하고 있습니다."

대체 어디를 어떻게 봐야 그런 결론에 도달하는 걸까.

거기다 고테가와는 캐시의 말을 진지하게 받아들였는지 깜짝 놀란 모습이다.

"……집에서 잔소리라도 들었나?"

"평소처럼 캐시 교수님의 확대 해석과 과장, 빈정거림과 장난이 섞인 말이니 진지하게 받아들이지 마세요. 잊어 주시고요. 이 이야기는 여기서 끝내요. 그나저나 오늘은 또 무슨 일인가요?"

"아쉽게도 소개팅 건수는 아니야."

"형사님!"

"미안. 실은 현경 본부 게시판에 또 커렉터의 글이 올라왔어."

결혼 상대니 어쩌니 하는 이야기도 듣기 거북하지만 이 역시

달가운 이야기는 아니다. 마코토는 몸이 더 피곤해지는 느낌이었지만 캐시는 마코토의 기분 따위 아랑곳 않고 몸을 앞으로 내밀었다.

“이번에는 어떤 건입니까?”

“사이타마 시 사쿠라 구 도조 마을 주택가 한복판에서 남성이 길가에 쓰러져 사망한 사건이 있었습니다. 올해 나이 일흔의 히라카타 시게미라는 영감님인데 도로 한가운데 쓰러져 있었다더군요.”

“외상이 있었습니까?”

“아뇨. 검시관은 전형적인 심부전이며 사건성은 없는 것으로 판단했습니다.”

“하지만 고테가와 형사님이 여기 왔다는 건 뭔가 의심스러운 부분이 있어서 아닙니까?”

“맞습니다, 캐시 교수님.”

고테가와는 울적한 표정으로 대답했다.

“그것만 없었으면 이번에도 커렉터의 장난 정도로 끝낼 수 있었을 텐데요.”

그의 얼굴에서 배어나는 피로감을 마코토도 이해할 수 있었다. 법의학 교실도 그렇지만 현경 본부 역시 ‘커렉터’의 글에 휘둘리고 있다. 몇 명 없는 검시관이 휴일도 반납하고 바쁘게 일하고 있고, 고테가와를 포함한 수사원들의 고생도 당연히 늘었을 것이다.

"커렉터 수사도 진행 중이겠죠?"

"그게 말이죠. 놈이 올린 글이 전부 해외 서버를 경유해 올라온 탓에 좀처럼 IP 주소가 안 잡히는 상황입니다. 본부 감식반이 눈에 불을 켜고 추적하는데도 아직 덜미가 잡히지 않았습니다."

"해외 서버를 경유하다니, 일반 유저로서는 하이 레벨의 기술 아닙니까?"

"꼭 그렇다고 할 수도 없습니다. 요새는 그런 식으로 IP를 속이는 방법이 널리 퍼졌거든요. 050으로 시작하는 인터넷 전화 같은 것도 손쉽게 딸 수 있고 공유기 비밀번호도 알아낼 수 있습니다. 실제로 인터넷이나 전화 피싱 사기범들을 체포해 보면 그리 전문적인 지식을 지니고 있지 않은 경우가 허다합니다."

고테가와의 설명에 마코토는 당혹감을 감추지 못했다. 스스로는 휴대전화를 활용하고 인터넷 검색도 어느 정도 하는 평균 유저라고 인식하고 있다. 그러나 고테가와는 그런 사람들이 손쉽게 IP 주소를 속이거나 심지어 피싱에 가담하고 있다고 한다. 대체 언제부터 이런 범죄에 일반인이 발을 담글 수 있게 됐을까.

"그래서 고테가와 형사님. 그 사안에서 의심스러운 부분이 뭡니까?"

"거액의 보험금입니다."

고테가와는 얼굴을 살짝 찌푸렸다.

"히라카타 시게미와 함께 사는 가족은 부인 다쓰코뿐이었고, 시게미 명의의 보험금 수취인도 다쓰코로 돼 있습니다. 원래 금실 좋은 부부였으면 모르겠는데 최근 몇 년간 다쓰코가 남편을 구박한 수준이 도를 지나쳤다고 합니다."

"그건 곧 부인이 남편에게 더메스틱 바이얼런스domestic violence를 가했다는 뜻입니까?"

"네. 가정 폭력의 피해자는 압도적으로 아내인 경우가 많지만, 1퍼센트는 남편입니다. 그리고 이 히라카타 부부가 정확히 그 1퍼센트에 해당했고요."

거액의 사망 보험금뿐 아니라 평상시 부부 사이가 의심을 싹트게 한 걸까.

고테가와가 관할인 우라와니시 경찰서에서 전해 들은 정보는 다음과 같았다.

히라카타 시게미와 다쓰코 사이에는 아들 둘이 있지만 출가해서 따로 살고 있다. 둘 다 집을 살 때 받은 대출금 외에는 큰 부채도 없고 경제적으로 궁핍한 상태도 아니라고 한다.

평범하게만 보였던 히라카타 부부에게 이변이 일어난 것은 4년 전쯤 다쓰코가 치매에 걸리고서부터다.

처음에는 그저 기억력이 떨어지고 이따금씩 이웃의 이름을 잊어버리는 정도였다. 그러다가 일상생활에도 지장을 주게 되면서 점차 악화 일변도를 걷게 됐다고 한다.

자신의 증상에 불안을 느끼며 정신적으로 혼란스러워진 탓인지 다쓰코는 그 무렵부터 남편을 학대하기 시작했다고 한다. 이웃집에도 들릴 만큼 큰 소리로 남편에게 욕을 퍼붓고 자신은 병에 걸린 몸이니 집안일과 식사 준비, 간호를 책임지라고 명령했다. 가끔 물건 집어 던지는 소리와 가구가 부서지는 듯한 소리도 들렸다고 한다.

가장 크게 들린 것은 "돈 내놔!"라는 소리였다고 한다. 두 사람은 연금으로 생활했다. 그전까지 알뜰하게 살아온 다쓰코는 치매에 걸리면서 낭비벽이 심해졌다. 남편에게는 용돈을 주지도 않으면서 외출하면 필요 없는 고급 화장품을 잔뜩 사 들고 왔다. 그러다가 현금이 없을 때는 물건을 훔치고 시게미가 대신 가서 사과하며 값을 치르는 상황이 이어졌다.

처음에는 그럭저럭 지냈지만 1년이 지나자 시게미가 눈에 띄게 쇠약해졌다. 이웃 주민들 말로는 집에서 폭력을 당하는지 거리에서 스쳐 지나갈 때 보면 상처들이 눈에 띄었다고 한다. 집 안에서 편히 쉴 수 없는 상황이라면 집에 머무르고 싶지 않을 것이다. 저번 달부터는 시게미가 밖을 돌아다니는 모습이 종종 목격됐다.

외출해도 근처 찻집이나 파친코 가게에서 돈을 쓰며 시간을 보낼 수는 없는 노릇이다. 끊임없이 집 주변만 어슬렁거리다가 며칠 전부터는 집에서 떨어진 가모강 부근까지 발걸음을 옮기게 됐다.

"히라카타 부부의 집은 주택가 한가운데에 있어서, 그 주변은 어딜 가나 비슷한 풍경이었을 테지. 정신적으로 궁지에 몰린 시게미는 강가를 보며 머리를 식히고 싶었을 거야."

그가 산책하는 모습은 몇몇이 목격했다. 건강을 위한 산책이라기보다 꼭 병자가 갈 곳을 찾아 방황하는 것처럼 보였다고 한다.

그리고 6월 3일, 시게미는 가모강 부근 주택가에서 쓰러졌다. 주민의 신고로 구급차가 달려왔지만 그 자리에서 사망이 확인됐다.

"고령인 나이에 집안 사정까지 겹쳤으니. 아무튼 집 안에는 있고 싶지 않아서 억지로 산책을 이어 간 걸로 보여. 정신적 피로와 체력적 무리가 심부전으로 이어졌다는 말도 사정을 알고 들으면 어느 정도 납득이 가지. 다만 이건 시게미의 사망 이후 발각된 건데, 지난달에 보험 계약 내용이 변경됐대. 매월 보험금이 단숨에 세 배로 뛰었고, 시게미가 사망했을 때 지급 금액은 3천만 엔에 달하도록 바뀌었다는군. 변경을 신청한 사람은 시게미 본인이지만 어쩌면 그 역시 다쓰코의 협박 때문이었을지도 몰라."

마코토는 입안이 바싹 말랐다.

"그럼…… 형사님은 보험금을 노린 살인을 의심하는 건가요?"

고테가와의 입이 반쯤 열렸을 때, 바로 뒤에서 문이 벌컥 열렸다.

"아직도 이런 곳에서 농땡이 부리고 있나? 애송이."

미쓰자키가 고테가와를 힐끗 째려봤다.

2

“여전히 말귀를 못 알아먹는 멍청이로군. 교실 밖에까지 쩌렁쩌렁 울린다는 거 모르나? 머리에 달린 게 장식이라 뭔 말인지 모르겠다면 내 다시 한 번 설명해 주지. 이곳은 병원 시설인 동시에 신성한 대학이다. 목소리를 낮추라고 몇 번이나 말했어.”

“머, 멍청이라뇨.”

고테가와가 뒷말을 잇지 못하자 미쓰자키는 그 앞을 쓱 지나 마코토에게 서류를 건넸다. 보아하니 어제 제출한 보고서다. 마코토는 몇 장 넘기다가 움찔했다. 곳곳에 빨간 줄이 그어져 있었다.

“그리고 멍청이가 한 명 더 있는 듯하군. 보고서 따위 중요한 건 아니래도 최소한 정확하기는 해야지.”

미쓰자키의 가차 없는 지적에 마코토도 입을 열지 못했다.

“그래서 애송이, 그 시신은 어떻게 됐지?”

“네?”

“가모강 부근에서 쓰러졌다는 시신 말이야. 설마 벌써 사건성 없음으로 결론 내 버린 건 아니겠지?”

“담당 검시관은 사건성이 없다고 판단했습니다. 다만 커렉터의 글 때문에 시신은 아직 우라와니시 서에 안치돼 있습니다.”

“자네는 어떻게 생각하나?”

"네?"

"노인의 사망이 사건인지 사고인지를 묻는 게 아니야. 부검할 필요가 있을지 없을지를 묻는 거다."

"물론 변사라면 모든 시신을 부검할 필요가……."

"뭐야? 그걸 아는 데도 아직도 어물쩍대고 있나? 얼른 관할로 튀어 가서 부검 여부를 확인해. 거북이도 자네보다는 빠르겠군."

"아, 네."

더는 반론할 힘도 없는지 고테가와는 순순히 지시에 따랐다.

"잠깐, 애송이."

"또 뭡니까?"

"무작정 혼자 가서 어쩔 생각이지? 저기 마코토 선생도 데려가도록. 반푼이 둘이 가면 딱 일 인분이 될 테니."

"네? 저 혼자요? 캐시 교수님은……."

그러나 미쓰자키는 대답 없이 교실 안으로 들어가 버렸다. 캐시는 장난스러운 미소와 함께 손을 흔들며 미쓰자키를 뒤따랐다.

이제는 슬슬 혼자서 보고 판단해 보라는 의미일까. 마코토는 미처 고민할 새도 없이 이미 교실을 나간 고테가와를 따라갔다. 캐시가 옆에 없는 건 불안했지만 그보다 오롯이 혼자 검안하러 간다는 흥분이 앞섰다.

마코토가 조수석에 올라타도 고테가와는 입을 꾹 다물고 있었다.

“기분이 안 좋아 보이네요.”

“……응. 안 좋아.”

미쓰자키에게 멍청이라고 한 소리 들은 게 상처가 된 걸까. 그러나 고테가와는 뜻밖의 말을 입에 담았다.

“치매를 앓고 돈을 펑펑 쓰게 된 부인과 그 부인에게 폭력을 당하는 남편. 보험금의 수령 액수가 오르자 남편이 죽었어. 사인이 뭐든 간에 기분 좋을 이야기는 아니지.”

“기분 좋은 살인 사건도 있나요?”

“없지.”

“혹시 남자 입장에서 남편이 부인에게 살해당한 걸 생리적으로 받아들이기 힘든 거 아니에요?”

“아니, 별로. 오랜 세월 같이 산 부부라도 돈 문제가 얽히는 순간 금이 가는 경우는 여럿 봐 와서. 그리 새삼스러운 것도 아니야.”

그 말에 마코토는 전에 들었던 이야기가 떠올랐다. 고테가와가 아직 학생이었을 때, 부친의 빚과 모친의 바람기로 집안이 뿔뿔이 흩어졌다고 했다.

“모든 부부가 다 그런 건 아니에요.”

“글쎄. 우리가 사건으로 접한 부부와 가정에는 그런 사례가 많아서 말이지. 일단 색안경을 한 번 끼게 되면 벗기가 어려워.”

그의 옆얼굴을 보다가 문득, 이 남자는 여성을 불신하는 게 아니라 어머니를 불신한다는 걸 깨달았다.

"뭐 그런 것에 구애받지 않고 진실을 밝혀내는 게 경찰의 임무이기는 하지만."

고테가와가 변명처럼 이야기를 맺고 얼마 지나지 않아 차가 우라와니시 경찰서에 도착했다.

"저건 또 뭐지?"

청사 앞을 지나려 할 때 불현듯 고테가와가 중얼거렸다. 그의 흥미를 끈 것이 무엇이었는지는 차에서 내리자마자 알 수 있었다. 현관에서 조금 떨어진 곳에 열 살쯤 되어 보이는 남자아이가 서성이고 있다. 고테가와는 조금도 주저하지 않고 아이 쪽으로 다가갔다.

"어이, 꼬맹이. 경찰서에는 무슨 일로?"

갑작스러운 질문에 소년은 몸을 움찔했지만 고테가와는 아이의 어깨를 부드럽게 감싸고 놓아 주지 않았다. 그리 강압적으로 보이지 않는 것은 힘 조절이 절묘해서일 것이다.

"아, 저는…… 아무것도."

"아무것도 아닌 녀석이 경찰서 앞을 어슬렁대겠어? 아저씨가 좋은 거 하나 알려 줄까? 너 정도 나이 때는 무슨 짓을 저질러도 죄가 되지 않아."

고테가와는 소년 눈높이까지 허리를 숙이고 콧등이 닿을 만큼 얼굴을 바싹 들이댔다.

"못된 짓을 저질렀어도 솔직하게만 털어놓으면 대부분 용서받지. 하지만 입 다물고 있으면 나중에 밝혀졌을 때 예삿일로 그치지 않는단다."

위협하는 분위기는 아니다. 소년의 반응을 살피며 타이르고 있다. 이 막돼먹은 형사에게 이런 기술이 있을 줄은 몰라서 마코토는 내심 놀랐다.

"상대의 입장이 되어 생각해 보면 이해하기 쉽지. 너도 친구들한테 못된 짓을 당했을 때 곧장 사과받으면 마음이 금세 풀리지? 하지만 시간이 많이 흐르고, 하물며 어른들이 조사에 나서서 마지못해 사과를 받으면 쉽게 풀릴 리 없지. 그것과 마찬가지야. 대충 알겠니?"

그러자 소년은 조심스레 고개를 끄덕였다.

"좋아. 그럼 우선 이 형님한테 솔직히 털어놓는 거다. 귓속말이라도 좋으니."

다른 곳에 데려가 물으면 아이가 틀림없이 긴장할 것이다. 거기까지 내다본 거라면 아이 다루는 솜씨가 보통이 아니라고 할 수 있다.

여자에 대해서도 이 정도로 잘 다룰 줄 알았다면 좋았을 텐데.

그러나 두 사람의 모습을 바라보다가 깨달았다. 아이를 다루는 게 능숙한 게 아니다. 그 자신이 어린아이 같은 면이 있으니, 아이의 마음을 이해하는 것이다.

"내 이름은 고테가와라고 해. 네 이름은?"

"쇼타……."

쇼타는 풀죽은 목소리로 이름을 대고는 고테가와의 지시대로 더듬더듬 고백을 시작했다. 말없이 듣고 있던 고테가와의 얼굴은 시간이 지날수록 심각하게 바뀌었다.

"집 안에서 큰 소리를 내고 창밖을 보니 할아버지가 쓰러져 있었다고?"

"네."

"어떻게? 좀 더 자세히 말해 주겠어?"

"으윽, 하는 소리가 들렸어요. 쓰러지는 모습은 못 봤고요."

"마코토 선생, 사람이 심부전으로 사망할 때 신음 같은 걸 내나?"

"호흡이 어려울 수는 있지만, 반드시 신음을 낸다고는 할 수 없어요."

"그 할아버지는 너희 집 근처에서 쓰러졌잖아. 도움을 요청할 마음은 안 들었니?"

"쓰러진 채로 움직이지 않았어요."

고테가와는 가슴에서 휴대전화를 꺼냈다. 옆에서 보니 인터넷에 접속해 사쿠라 구 주변 항공사진을 검색하고 있었다.

"너희 집이 어디야?"

그러자 쇼타는 이거요, 하고 손가락으로 화면을 가리켰다. 마코토가 옆에서 보니 주택가 한구석이었다.

"그 사건이 일어난 곳이군."

고테가와가 낮게 중얼거렸다.

"좌우에 집들이 많아. 도움을 요청할 수 없는 곳이 아니야…….

마코토 선생. 심부전이라는 건 일단 증상이 나타나면 도움을 요청하지 못할 정도인가?"

"그것도 딱 잘라서 말할 수 없어요. 개인차가 있어서요."

"근처에서 큰 소리가 좀 났다고 심부전이 일어날 수 있나?"

고요한 실내에서 느닷없이 큰 소리를 듣는다면, 평소 심장에 문제가 있는 환자는 커다란 충격을 받을 것이다. 그러나 심부전을 일으킬지는 병의 정도나 증상에 따라 다르다. 또 히라카타가 쓰러진 곳은 실외다. 차 소리 등 사방에서 소음이 들리는 곳이다.

"아무리 생각해도 아이가 낸 소리 정도로 심장이 멎을 것 같지는 않아요."

"그렇단다, 꼬맹이. 할아버지가 돌아가신 게 네 잘못은 아니야."

고테가와는 쇼타의 머리를 쓰다듬으며 말했다.

"정말요?"

"뭐야. 형 말을 못 믿겠어? 그래도 안심해. 형이 아니더라도 이 누님이 네 무죄를 증명해 줄 테니."

쇼타가 마코토에게 눈을 돌렸다. 기대와 존경이 담긴 눈빛이라 겸연쩍어질 정도다.

"젊고 실력이 뛰어난 시신 전문 의사 선생님이셔. 형은 못 믿어도 이 선생님은 믿어도 돼."

고테가와는 마지막으로 쇼타에게 연락처를 묻고 엉덩이를 툭 두드리며 말했다.

"자, 뒷일은 우리한테 맡겨라."

쇼타는 두 사람에게 손을 흔들고 도로 건너편으로 달려갔다.

"자, 그럼 마코토 선생. 이걸로 부검해야 할 이유가 하나 늘었네."

장난스러운 말투지만 불쾌하지는 않았다.

고테가와와 마코토는 담당자의 안내로 영안실에 들어가 히라카타의 시신과 대면했다.

팔다리가 가는 노구였다. 이미 사후 하루가 지나 검푸른 시반이 하복부를 파고든 상태다. 겉으로는 눈에 띄는 외상이 없지만 가슴 가에 희미하게 수술 자국이 보였다. 심부전의 대표적 증상은 부종과 부푼 정맥. 그러나 시신에 그런 징후는 보이지 않았다.

"병력이 있습니까?"

마코토의 물음에 담당자가 대답했다.

"검시관의 요청으로 조사해 보니 예전에 심장 질환으로 한 차례 수술을 받았더군요. 검시관도 그 사실을 바탕으로 심부전 소견을 굳힌 것 같습니다."

"담당 검시관이 누구죠?"

"스미 검시관입니다."

또 스미가 맡은 건인가. 이번에 부검해서 새로운 사실이 밝혀지면 또다시 스미의 실책을 고발하는 형태가 된다. 여러 번 그의 체면을 구기는 결과를 낳는다.

그러나 마코토는 속으로 즉시 부정했다. 체면 같은 것보다 훨씬 중요한 게 있음을 최근 1년간 깨닫지 않았는가.

미쓰자키에게 부검해야 할지를 묻기 위해 스마트폰에 손을 뻗었다. 그러나 도중에 멈췄다. 교실을 나갈 때 미쓰자키는 부검 여부를 직접 확인해 오라고 했다. 고테가와를 향해 말했지만 동행을 명받은 자신에게 내린 지시이기도 하다.

스스로 결정하자, 마코토.

잠시 고민하고서 마코토는 고테가와를 보며 말했다.

"고테가와 형사님. 이 시신은 사법해부할 필요가 있어 보여요."

"그럴 줄 알았어."

고테가와는 의기양양하게 미소 짓고 담당자를 돌아봤다.

"시신을 우라와 의대로 옮겨 주십시오."

"하지만 검시관의 허가가 없으면……."

"허가는 나중에 꼭 받겠습니다. 지금은 시간을 낭비할 수 없어서요."

고테가와는 태연스레 말했지만 마코토는 내심 불안했다. 지금껏 정식 절차를 밟지 않고 시신을 부검실로 옮긴 적은 많지만, 전부 미쓰자키라는 이름에 도움을 받은 결과였다. 그러나 이번 결정은 마코토의 판단과 고테가와의 단독 행동에 따른 것이다. 만약 스미 검시관의 판단대로 사인이 심부전으로 밝혀지면 누가 어떤 책임을 지게 될까. 비용과 체면이 걸린 문제다. 두 사람만 처분받고 끝날 것 같지도 않았다.

그러나 가슴 한구석에서 목소리가 들렸다. 그 목소리를 무시하는 건 지금껏 법의학 교실에서 배운 교훈을 무시하는 것과 마찬가지다.

어떻게든 되겠지.

마코토는 고테가와와 함께 시신 운송 준비를 시작했다. 고작 1년 전까지만 해도 자신이 이렇게 물색없이 몸으로 부딪치고 보는 사람이 될 줄은 꿈에도 몰랐다. 미쓰자키처럼 자신감이 뒷받침된 행동이라면 모를까, 속에서는 또 한 명의 마코토가 불만을 줄줄 늘어놓고 있다.

시신을 봉투에 넣어 들것 위에 싣자 영안실 문이 열렸다.

눈앞에 선 사람은 조금 전까지 상대하던 담당자가 아니었다. 나이는 50대, 야쿠자를 한층 구깃구깃하게 만들면 나올 것 같은 험악한 인상의 남자다. 도무지 경찰 관계자로는 보이지 않았다.

고테가와의 반응은 뜻밖이었다.

"와타세 반장님……. 무슨 일로 이런 곳까지."

"그건 이쪽이 할 말이다. 커렉터가 엮여 있어서 우라와니시서에 와 봤더니만, 본부에서 누가 내려와 히라카타의 시신을 우라와 의대로 옮겨 달라 지시했다더군. 설마 하고 달려오니 설마가 사람 잡을 줄이야. 또 단독 행동인가?"

마코토는 흉포한 얼굴을 한 남성을 뚫어지게 바라봤다. 이 사람이 고테가와의 말에 종종 등장하는 와타세라는 상사인가.

융통성이라고는 없어 보인다. 권위가 담긴 말투와 다른 사람을 노려보는 시선. 고테가와의 말처럼 상대하기 어려워 보이는 남자였다.

"그쪽은 우라와 의대 법의학 교실 사람인가? 처음 보는 얼굴이군. 혹시 새로 왔다는 쓰가노 선생?"

마코토는 와타세가 힐끗 쳐다보며 묻는 기세에 눌려 그렇다고 웅얼거리며 대답했다.

"검시관 요청으로 시신을 옮기는 건가?"

그 말에는 고테가와가 대답했다.

"아뇨. 아닙니다."

"그럼 또 네 독단적인 결정인가?"

마코토가 끼어들려고 했지만 고테가와가 손을 들어 제지했다.

"네. 제 독단적 결정입니다. 정황상 단순한 자연사로는 보이지 않습니다."

"보이지 않는다? 시신의 소견에 미심쩍은 부분은 없지 않나?"

고테가와는 입을 다물었다. 이 질문에는 마코토가 대답할 수밖에 없다.

"재, 재고의 여지는 있지만 이 시신에는 심부전 특유의 증상이 별로 나타나 있지 않습니다. 사인 규명 관점에서 사법해부가 필요하다고 생각합니다."

그러자 와타세가 마코토를 돌아봤다. 졸린 듯 반쯤 감긴 눈인데도 살기가 뿜어져 나온다.

"그렇군. 쓰가노 선생의 의견이 뭔지는 알겠어. 하지만 그 의견을 이어받아 의대에 부검을 요청한 검시관이 없지 않나?"

"그건 그렇지만……."

"한마디로 경험치 낮은 그쪽의 감에 이 고집불통이 올라타 폭주하고 있다는 얘기군."

배려라고는 느껴지지 않지만 틀린 말은 아니어서 반박할 수 없었다.

"관할 쪽에는 나중에 허가를 받을 거라든지 대충 적당한 구실을 둘러대겠지. 그런데 넌 그 사법해부 비용을 대체 어디에 청구할 작정이지? 우라와니시? 아니면 현경 본부? 미리 말해 두지만 부검에 쓸 예산은 그 재수 없는 커렉터 탓에 양쪽 다 바닥나기 일보 직전이야. 시신 배를 까 보는 건 좋은데 아무것도 안 나올 경우 대책이 있나?"

"제 월급에서 사법해부 비용만큼 삭감하는 건 어떻습니까?"

"내가 지금 그런 얘기를 하는 것 같나? 돈으로 해결되는 게 있고 해결되지 않는 게 있어. 아직도 그걸 모르나?"

위압적인 일갈에 마코토는 자기도 모르게 몸이 굳었다. 고테가와를 보니 이미 이런 상황에 익숙한지 태도에 별다른 변화는 없었다.

"뒤늦게 사건성이 있다고 밝혀지면 더 수습할 수 없어집니다. 화장을 마치면 사인 규명이든 뭐든 불가능하죠. 만약 이번 일이 아내가 보험금을 노리고 꾸민 계획 살인이면 물증이 소멸되고 마는 겁니다. 부검한다면 지금밖에 없어요."

고테가와의 반론에 와타세는 코웃음을 쳤다.

“멍청하긴. 그런 이유는 초등학생도 대겠다. 검시관과 과장을 납득시킬 생각이라면 좀 더 그럴싸한 이유를 들고 와야 하지 않겠나?”

마코토는 두 사람의 대화를 듣다가 기시감을 느꼈다. 이 기시감의 근거는 뭘까 하고 찾다가 문득 깨달았다. 와타세의 위압적인 말투에 빈정거림을 더하면, 미쓰자키가 평소 입에 담는 말과 비슷해진다.

즉 고테가와는 현경 본부에서는 와타세, 법의학 교실에서는 미쓰자키에게 욕을 먹고 있는 셈이다. 그렇게 생각하자 고테가와의 흔들림 없는 맷집이 이해됐다. 양쪽에서 두 사람에게 당하면 낯짝이 두꺼워질 수밖에 없는 것이다.

“그렇지만 반장님. 방금 커렉터가 엮인 건으로 오셨다고 하셨죠. 근데 굳이 이곳까지 행차하실 이유가 있습니까? 대략적인 상황은 전화나 메일로 전달받으셔도 충분할 텐데요.”

“우라와니시 서가 임의동행 했다고 해서, 같이 이야기를 들었지.”

“임의동행이요? 누구를 말입니까?”

“히라카타의 부인 다쓰코.”

“네?”

고테가와와 마코토가 동시에 목소리를 높였다.

“다쓰코는 치매 아닙니까?”

“치매라도 가벼운 외출은 할 수 있고, 완벽하지는 않지만 의사소통도 가능해. 관할도 처음부터 사건 가능성을 아예 버린 건 아니야. 본인들만 진실을 추구한다는 망상은 집어치워."

"그래서 어떻게 됐습니까? 다쓰코의 말에 수상쩍은 부분은 없었나요?"

"수상쩍고 뭐고 없어. 의사의 진단이 떨어진 진짜 치매다. 치매 환자가 낭비벽이 생기거나 가족에게 폭력을 행사한 건 전례가 있지만, 남편 보험금을 노려 살인을 꾸미는 건 전대미문이지. 혹시 그런 사례를 들어 본 적 있나? 쓰가노 선생."

갑작스러운 질문에 마코토는 당황했다.

"치, 치매는 지능 수준이 정상 이하로 떨어지는 질병이니 치매 환자가 치밀한 살인 계획을 세우는 건 가능성이 낮기는 합니다."

"그럼 반장님, 치매를 가짜로 연기할 가능성은 없습니까?"

"그것도 쓰가노 선생한테 물어보면 되겠네."

고테가와가 도움을 요청하듯 돌아보자 마코토는 차근차근 설명했다.

"치매 진단은 질문지로 할 때가 많은데, 더 정확한 건 MRI와 SPECT 검사예요. 알츠하이머성 치매의 경우 해마가 위축되거나 혈류가 둔해지는데 영상 진단으로 이 두 가지를 확인할 수 있어요."

"아까 의사가 진단을 내렸다고 했지? 다쓰코는 그 MRI와 SPECT 검사를 모두 받았더군. 영상 진단을 거쳐서 치매로 진단받은 거야. 해마 크기나 혈류를 의도적으로 조절할 수 있는 초능력이 없는 한 치매를 가짜로 연기하는 건 불가능하겠지."
와타세의 말에 고테가와는 침묵에 잠겼다.

3

"잠깐만요."
두 사람에 대화에 끼어든 마코토는 자신이 입을 연 걸 깨닫고 깜짝 놀랐다.
와타세가 마코토를 힐끗 쳐다봤다. 볼수록 흉악한 얼굴에다 절대 남의 말을 들을 것 같지 않다. 이런 사람에게 나는 맞서려는 걸까.
"부인이 치매였는지 아닌지를 떠나 시신은 우라와 의대로 옮기겠어요. 아직 경험이 많지는 않지만 저도 시신 전문가예요. 사법해부 필요성이 있다고 판단한 이상 그렇게 협조해 주셨으면 합니다."
"그렇다면 부검해서 아무것도 안 나왔을 경우 책임질 자신도 있겠지? 쓰가노 선생."
가만히 있어도 위압적인데 노려보는 눈빛은 야쿠자 그 자체다. 그래도 마코토는 말을 멈추지 않았다.
"여기서 왜 책임 이야기가 나오죠?"

"뭐?"

"지금은 부검해서 사인을 규명하는 게 최우선이에요. 책임 추궁 같은 건 그다음에 해도 늦지 않아요."

"그야말로 세상 물정 모르는 발언이군."

"저한테는 세상 물정보다 알아야 하는 것들이 많아서요."

"이봐. 경찰이든 대학이든 규칙과 매뉴얼이란 게 있어. 이를 데 없이 성가시기는 해도, 절차를 밟음으로써 책임을 분산할 수 있게 되니까. 그렇다면 반대로 규칙을 무시하고 자기주장을 관철하는 데는 그만한 각오도 있어야 하지 않겠나? 그게 바로 책임이라는 거야."

"저 같은 사람의 감투로도 괜찮다면 언제든 걸겠어요."

마코토가 그렇게 선언하자 와타세의 미간에 명함도 꽂힐 만큼 깊은 주름이 패었다.

"진심으로 하는 소린가?"

"장난으로 직위 같은 건 걸지 않아요."

그제야 와타세는 "그래" 하고 시선을 고테가와로 되돌렸다.

"그럼 넌 쓰가노 선생과 함께 가서 부검 결과를 보고하도록."

"……괜찮으시겠습니까?"

"내가 괜찮고 안 괜찮고를 떠나 저 젊은 선생이 끝까지 해 보겠다잖아. 매일같이 우라와 의대에 신세를 지는 우리 1과로선 도울 수밖에 없겠지."

그렇게 말하고 와타세는 뒤도 돌아보지 않고 영안실을 나갔다.

"뭔가 태풍 같은 분이네요."

마코토가 들것을 다시 밀며 중얼거리자 뒤에 있던 고테가와가 불만 섞인 목소리로 대답했다.

"매일 그 태풍의 피해를 보는 나는 오죽하겠어."

왠지 동정해 주고 싶은 마음도 들었지만 그보다 한마디 하고 싶은 마음이 앞섰다.

"그런데 왜 관할 영안실 안에까지 찾아오는 거죠? 그건 고테가와 형사님을 못 믿어서 아닌가요?"

"이봐. 그건 좀……."

"얼마나 무서웠는지 아세요? 무시무시한 사람이라고 듣긴 들었지만 실제로 만난 건 처음이에요. 아까 그 자리에서 목 졸려 죽는 건 아닐까 싶었다고요."

"……그런 분위기는 아니던데."

"네?"

"그쪽은 알아채기 힘들었겠지만 반장님은 시종일관 마코토 선생을 존중하는 태도였어."

"그게요?"

"마코토 선생의 주장을 순순히 받아들여 줬잖아."

"그렇다면 엄청나게 비뚤어진 감정 표현이네요. 그런데 저를 왜 존중해 주신 거죠?"

"원래 조직에 어울리지 않는 사람을 편애하는 인간이야."

마코토는 조직에 어울리지 않는 건 그쪽도 마찬가지예요, 하는 말이 목구멍까지 올라왔지만 참았다. 말하면 또 똑같은 말로 되받아칠 것 같아서다. 저 비뚤어진 교수 주변에는 왜 항상 비슷한 사람들만 모이는 걸까.

마코토와 고테가와가 우라와 의대에 도착하자 캐시가 이미 부검 준비를 해 두고 있었다.

"오. 기다리느라 목이 빠질 뻔했습니다."

"교수님, 저희를 기다린 겁니까? 아니면 시신을 기다린 겁니까?"

"대답을 듣고 싶습니까?"

고테가와는 고개를 절레절레 흔들고는 시신을 부검실로 옮겼다.

세 사람이 부검복으로 다 갈아입었을 무렵 타이밍이라도 잰 것처럼 미쓰자키가 나타났다.

다소 비뚤어지고 특이하기는 해도 미쓰자키는 역시 부검실의 제왕이다. 그가 발을 들인 순간 부검실 안 공기가 단번에 얼어붙는 게 느껴졌다.

"그럼 시작한다. 시신은 70대 남성. 검시관 견해로는 심부전. 몸 표면의 수술 자국은 기존 병력에 의해 생긴 것이고 그 밖의 외상은 보이지 않음. 메스."

마코토가 메스를 건네자 미쓰자키는 시신 앞으로 다가갔다. 익숙한 Y자 절개와 뒤이은 갈비뼈 제거. 시신의 지방분이 적은 탓인지 절단음이 매우 건조하게 들렸다.

원래라면 들릴 리 없는 절단음이 들린 것은 미쓰자키를 제외한 세 사람이 호흡조차 주저할 만큼 이 의식에 홀려 있어서다. 메스든 늑골 가위든 단순한 도구에 지나지 않는 것들이 미쓰자키의 손에 들어간 순간 의지를 품은 생물로 변신한다. 정확한 포인트에 칼끝을 대고 근조직 결을 따라 살을 잘라 간다. 그 움직임은 몇 번을 봐도 질리지 않았다.

언젠가는 나도 집도의가 될 것이다. 마코토는 요즘 들어 그런 생각을 자주 하게 되었지만, 미쓰자키의 메스 움직임을 볼 때마다 결심이 무너졌다. 경험치 차이로는 설명할 수 없는 역량의 차이를 절감하게 된다.

또 미쓰자키의 의식儀式에는 시신을 향한 존경심이 흘러넘친다. 미쓰자키는 상대가 익사체든 불탄 시신이든 결코 함부로 다루지 않는다. 마치 미술품을 다루듯이 신중하게 몸을 열어 간다. 이 10분의 1이라도 좋으니 산 사람도 정중하게 대해 준다면 항간에 도는 말들도 좋아질 텐데. 그러나 미쓰자키 본인은 그런 걸 조금도 바라지 않을 것이다.

"늑골 가위."

갈비뼈를 절단하는 소리도 젊은 시신보다 가볍다. 조직과 마찬가지로 노화한 뼈가 물러지는 것은 당연한 일이지만 소리로 직접 들으니 괜스레 더 애달팠다.

인간의 몸은 정직하다. 늘 긴장하며 젊음을 유지하려고 노력해도 내부를 들여다보면 노화가 진행되고 있다. 근육이 쇠퇴하고 지방이 깎이고 혈액이 응고된다. 지금까지 관리를 게을리한 생활습관이 장기의 색과 형태를 바꿔 간다.

심장에 지병이 있었다는 히라카타의 육체는 그 표본이었다. 노화와 운동 부족, 그리고 정신적인 스트레스가 겹쳐 모든 기관이 쇠약해진 듯 보였다.

"관상 동맥에 플라크 없음."

플라크(동맥경화성 병변)가 한 번 파탄, 붕괴되면 관상 동맥 내막에 혈전이 생긴다. 플라크가 없다면 우선 심근경색 가능성은 낮다고 할 수 있다.

다음으로 심장을 절개한다. 미쓰자키의 눈이 심장 내부를 정밀하게 살피는 것이 옆에서도 보였다.

"동맥, 정맥 둘 다 폐색부는 보이지 않음. 사이질의 부종 및 심근에도 응고, 괴사 징후는 보이지 않음."

미쓰자키의 말투는 담담했지만 내용은 심부전 견해에 대한 반박이었다.

"심장 비대 또는 좌심실 확장도 보이지 않음. 따라서 심근증 가능성도 희박. 심근의 혼탁이 없으므로 심근염도 제외."

뒤로 갈수록 점차 긴장감이 높아졌다. 부검 소견이 모조리 기질적 병변 특징을 없애고 있다. 남은 가능성은 병변이 아닌 치사성 부정맥 정도다.

만약 히라카타의 사인이 병변이 아닌 치사성 부정맥이라면 심부전 증상이 나타나지 않은 게 당연하다. 부검으로 증명할 수 없고 법의학 실무로도 돌연사로 진단할 수밖에 없다. 즉 스미의 견해가 옳았고, 반대로 마코토의 판단은 틀렸다는 뜻이 된다.

처음으로 맡은 검안. 부족한 경험과 모든 의학 지식을 동원해 사법해부를 강행한 결과가 이건가.

미숙한 부검의의 실수. 마코토의 얼굴에 핏기가 가셨다. 이쪽의 심장에 부정맥이 생길 것만 같다. 와타세 앞에서 부린 허세가 곧장 부메랑이 되어 돌아온다. 자신의 책임을 면할 수 없다.

아니, 비단 나에서 끝이 아니다. 사정이 어쨌든 간에 이건 우라와 의대 법의학 교실의 실책이기도 하다. 책임자인 미쓰자키에게 화살이 가지 않을 리 없다.

어쩌지.

결국 내 부족함으로 모든 이에게 폐를 끼치고 말았다.

밀려드는 자책에 마코토가 번민하는 와중에도, 미쓰자키의 메스는 그와 상관없이 쇄골하 정맥에 닿았다.

"피하 공간 절개."

마코토의 시선이 그곳에 고정됐다.

쇄골 아래에 나타난 것은 타원형의 삽입형 제세동기였다. 본체에서 뻗은 두 개의 리드선이 쇄골하 정맥에서 우심실과 좌심방으로 이어져 있다.

심장은 하루에 약 10만 번의 수축과 확장을 반복한다. 그 박동을 제어하는 것이 동결절에서 발생하는 전기 신호인데, 어떤 원인으로 신호가 전도를 멈추면 부정맥을 일으킨다.

이때 전도로傳導路 대신 전기 신호를 심장에 보내는 것이 삽입형 제세동기의 역할이다. 전에는 전자레인지 크기의 외장형이었으나 소형화, 경량화 및 거듭된 성능 발전으로 이제는 주먹 절반만 한 크기로 줄었고, 체온에 따라 박동 수를 바꾸는 기능까지 있다고 한다.

미쓰자키는 메스를 일단 내려놓고 리드선을 두 줄 모두 절단한 뒤 피하 공간에서 제세동기를 꺼냈다.

"캐시 선생. 전극을 연결해 동작 확인."

캐시는 지시에 따라 제세동기를 전용 컴퓨터에 연결했다. 끝부분의 프로그래밍 헤드를 제세동기 본체에 얹고 고주파 신호에 맞춰 내부 동작 상황을 확인한다.

잠시 모니터를 주시하던 캐시가 이윽고 날카롭게 말했다.

"보스. 동작 이상입니다."

마코토는 저도 모르게 캐시를 돌아봤다. 고테가와는 놀란 얼굴이었다. 아마 자신도 비슷한 표정일 것이다.

"미쓰자키 교수님. 그럼 히라카타 씨의 돌연사 원인이 제세동기 이상이었던 겁니까?"

"그냥 우연히 이상이 생겼다고 생각하나? 애송이, 이 병력 기록 보이나? 이 남자는 수술을 받은 뒤에도 정기적으로 통원했어. 제세동기 확인이 목적이었겠지. 정기적으로 체크한 제세동기가 갑자기 이상을 일으킬 만한 이유를 떠올려 보도록."

그 말에는 마코토가 대답했다.

"강한 전자파……. 제세동기는 강력한 자기장에서는 오작동을 일으킬 수 있습니다."

전자파 하면 곧장 떠오르는 게 휴대전화와 가정용 전자레인지이지만 완전히 달라붙어 있는 수준이 아니면 영향을 미치지 못한다. 휴대전화는 일본 총무성이 15센티미터 이상 떨어뜨려 사용하라는 지침을 내린 바 있다.

그렇다면 대체 무엇이 영향을 미쳤을까.

"아직도 모르겠나? 애송이, 이 시신이 어디서 발견됐지?"

"아아……."

고테가와는 그제야 떠올린 듯 신음했다.

"현장 바로 위에 고압선이 있었습니다."

"2주쯤 전부터 그 주변을 산책 코스로 삼았다고 했지. 한 번이 아니라 여러 차례 고압선 바로 아래를 왔다 갔다 하면 제세동기에 이상이 발생할 수 있다는 걸 본인도 알았을 거야."

"그렇다면……."

"몸에 제세동기를 심은 환자에게는 의사도 주의사항을 단단히 일러 주지. 생명과 직결된 일에다, 몸 안에 정밀 기계를 심은 마당에 그런 중요한 사항을 잊을 리 없지 않겠나? 아마 본인은 위험을 충분히 인지한 상황에서 그 부근을 산책했을 거야. 굳이 철탑 고압선이 아니어도 전자파가 강한 곳이 군데군데 있으니 도중에 치명적인 영향이 생겼을 가능성이 있지."

"자살……이라는 말씀이신가요."

"그 뒤로는 그쪽에서 조사할 일이야. 내가 알 바 아니지."

미쓰자키는 등을 홱 돌리고 복부 봉합을 시작했다.

고테가와는 맹렬한 기세로 부검실을 뛰쳐나갔다. 마친 성난 개 같았다.

한편, 마코토는 깊은 안도감으로 하마터면 허리가 꺾일 뻔했다.

미쓰자키에게 반드시 전해야 할 말이 있었다.

"미쓰자키 교수님. 감사합니다."

시선을 고정하고 묵묵히 손을 움직이는 미쓰자키에게 마코토는 깊숙이 고개를 숙였다.

"저는 교수님과 상의도 하지 않고 독단적으로 부검을 결정했습니다. 만약 이상이 발견되지 않았다면 교수님과 우라와 의대에 크나큰 폐를 끼칠 뻔했습니다."

"크나큰 폐를 끼치게 되면 어쩔 생각이었지?"

"네?"

"사표 한 장 써서 내고 창피 좀 당하면 끝날 일이라 생각했나?"

"그, 그건……."

"책임 추궁은 뒤로 미루고 일단 부검부터 시켜 달라고 큰소리쳤다고? 현경의 그 꼴통도 어안이 벙벙했겠지. 말단이 그런 소리를 해 댔으니."

그 야쿠자가 쓸데없는 소리를.

"됐어. 젊을 때 책임 운운하는 건 핑계에 불과하니."

지금은 그보다 다른 것을 소중히 하라.

분명 그런 뜻일 것이다. 그리고 원하는 것은 이 시신이 가르쳐 준다.

마코토는 새삼 미쓰자키의 손끝에 온 신경을 집중했다.

"결국 완전히 헛발질만 했어."

이틀 뒤 법의학 교실을 찾아온 고테가와는 들어오자마자 자신의 잘못을 인정했다.

"히라카타 시게미가 산책 코스를 가모강 부근으로 바꾼 건 정신적으로 궁지에 몰린 끝에 강가를 보고 싶어서, 같은 이유가 아니었어. 철탑에서 뻗은 고압선을 따라간 결과지. 보험금을 세 배로 설정한 것도 다쓰코의 사주가 아니야. 그 역시 시게미 자신이 자살을 계획하고 벌인 일이었어."

"자살 증거라도 나온 건가요?"

마코토가 묻자 고테가와는 고개를 저었다.

"아니. 증거는 없어. 고압선 아래를 여러 번 왔다 갔다 한 건 본인의 의지였겠지만 그것과 제세동기가 오작동을 일으킨 것 사이의 인과관계는 증명할 수 없으니까. 미필적 고의에 의한 살인은 있어도 미필적 고의에 따른 자살은 들어 본 적도 없어. 우리 반장님은 소극적 자살이니 뭐니 했지만."

언제 죽든 상관없다. 다만 그 상대는 자기 자신. 이는 분명 보기 드문 사례일 것이다.

"시게미의 죽음을 자살로 가정하면 다쓰코와의 부부 관계도 다르게 볼 수 있어. 다쓰코가 치매를 앓기 시작하면서 남편을 학대한 건 사실이겠지만, 시게미는 그런 다쓰코를 미워하기는 커녕 자신이 먼저 죽으면 아내가 어떻게 될지 걱정했어. 집 안에 병구완을 맡을 만한 사람이 없으니까. 노인 요양원에 들어가려면 거액의 돈이 필요하고."

"그래서 보험금 액수를 올린 거군요."

"그래. 그리고 절대 자살로 보이지 않는 방법으로 죽어서 보험금을 남기려고 했어. 실제로도 제세동기가 오작동을 일으킨 사실만으로는 자살, 타살을 판단할 수 없으니까. 그럴지도 모른다는 가능성만 암시할 뿐이지. 결국 보험사도 돌연사라는 명목으로 보험금을 지급할 수밖에 없을 것 같아."

그렇다면 마코토가 무리하게 밀어붙인 사법해부는 결국 아무 쓸모도 없었던 셈이다.

자책감이 다시 고개를 드는 순간, 평소와 다른 자상한 목소리가 귓가에 닿았다.

"그래도 마코토 선생의 행동은 도움이 됐어."

"그렇게 위로해 주지 않으셔도 돼요……."

"이번 일이 악의가 아닌 선의에서 발생했을 가능성을 밝혀냈잖아. 겉으로 드러난 게 어떻든 간에 히라카타 부부가 사랑으로 연결돼 있었다는 걸 보여 줬어. 그건 결국 의미가 있었다는 말 아닌가?"

고테가와는 조금 겸연쩍어 하며 말했다.

오랜 세월 함께 살아온 부부 사이에 오직 균열만 있었다고 단언할 수 없다.

인연이 생겨나고, 끝까지 남는다. 히라카타는 자신의 몸을 희생해서까지 그것을 보여 줬다. 옆에서 보기에 옳지 않은 것일 수 있어도, 그것은 히라카타가 할 수 있는 최선의 방법이었다.

히라카타는 어떤 생각으로 매일 그 고압선 아래를 지나다녔을까. 그 심정을 떠올리자 가슴이 찌릿찌릿했다. 그러나 결코 불쾌한 통증은 아니다. 그동안 잊고 있었던 감정을 다시 떠올리게 하는, 부드러운 통증이었다.

마코토의 가슴속에 막 따뜻한 기운이 퍼지려는데, 불현듯 불쾌한 얼굴이 떠올랐다.

"하지만 현경 입장에선 이런 마무리가 마음에 들지 않겠어요. 특히 그 와타세 씨라면 절차를 무시하고 사법해부까지 강행했는데 결국 헛수고에 그쳤다고 불평하셨을 것 같은데요."

그러자 고테가와는 콧잔등을 긁으며 변명처럼 말했다.

"불평한 건 맞지만 부검 결과나 마코토 선생에 대한 불평은 아니야. 불평은 다른 곳에 대한 거지. 아니, 그 녀석에게는 불평을 넘어 온 힘을 다해 저주하고 있달까. 부검 결과를 보고할 때는 나야말로 목 졸려 죽는 게 아닐까 싶었어."

"누구를 저주해요?"

"누구겠어. 커렉터지. 이번 일로 숨겨진 사실을 밝히기는 했지만 누군가를 검거할 수 있었던 건 아니야. 굳이 말하자면 현경의 부검 예산이 더 빡빡해졌고 우라와 의대 법의학 교실이 이리저리 휘둘렸을 뿐이지. 녀석이 노리는 게 대체 뭐냐고 분노를 이글이글 불태우고 있어."

"고테가와 형사님. 항상 와타세 씨와 붙어 있으세요?"

고개를 끄덕이는 고테가와를 보자, 비로소 동정심이 들었다.

"정말 무서운 건 말이지. 그 사람은 아무리 불같이 화를 내도 감정과 사고가 따로따로 논다는 점이야. 형사실 안이 쩌렁쩌렁 울릴 만큼 고래고래 커렉터를 욕하지만, 눈빛은 이미 뭔가를 포착한 것 같은 느낌이 들어."

매달다

1

“다녀왔어.”

와카미야 아카네는 집 안에 들어서자마자 액자 속에서 환하게 웃는 언니에게 말을 걸었다. 이 의식을 시작한 지도 벌써 3개월째에 접어들었다.

아카네는 가방을 내려놓고 옷을 갈아입으면서도 언니와 대화를 나눴다.

“오늘은 말이지. 미사키가 고백을 받은 일로 난리가 났어. 고백한 사람이 무려 다카기라고 해서 또 한 번 뒤집어졌고. 걔는 히로미랑 사귀고 있거든. 설마 다른 애들이 정말 모를 거라고 생각하는 걸까? 미사키는 ‘나, 양다리 걸쳐도 될 만큼 쉬운 여자 아니야!'라고 큰소리치기는 했는데, 글쎄. 생각해 봐. 미사키도 양다리를 걸친 적이 있잖아. 결국 도토리 키 재기야."

신기하게도 가슴속에 두루뭉술하게 고여 있던 감정을 입 밖에 내는 순간 명확한 형태가 된다. 명확해지면 옳고 그름을 판단하기도 쉬워진다.

돌아보면 언니 스즈네와 함께 살 때는 둘이 이런 대화를 자주 나눴다. 스즈네는 아카네의 이야기에 일일이 반응해 주지는 않았지만, 아카네는 언니와 대화를 나누면 가슴속 응어리가 풀리는 느낌이라 신나게 떠들었다. 스즈네 역시 자신이 이야기를 들어주면서 생기는 효과를 알고 있었을 것이다.

"미사키도 짠해. 꼭 우리한테 그런 얘기까진 안 해도 될 텐데. 하지만 걔는 외동이고 엄마한테 할 얘기도 아니니……."

그렇다.

자신에게는 묵묵히 이야기를 들어 주는 스즈네라는 존재가 있었기에 고민할 일이 적었다. 일곱 살 위의 언니는 평소 행동거지부터 사고방식까지 어른스러웠고 가장 가까이 있으면서도 가장 믿을 수 있는 선배였다.

그러나 평소 아카네의 이야기에 일일이 반응하지 않는 스즈네가 딱 한 번 아카네의 말에 반대한 적이 있었다. 막 중학교 2학년에 올라간 무렵으로, 아카네는 지금도 생생히 기억한다.

당시 아카네의 반에서는 집단 괴롭힘이 일어나고 있었다. 일부 여학생 무리가 빈말로도 예쁘다고 말하기 어려운 외모의 책을 좋아하는 여자아이에게 정신적 학대를 가했다. 괴롭히는 이유에 뚜렷한 기준은 없다. 괴롭힘에 반기를 든 사람은 그 즉시 다음 표적이 된다. 따라서 평소 그 아이와 거의 교류가 없던 아카네는 방관자처럼 지내고 있었다.

그런 아카네의 태도를 스즈네는 강하게 질책했다. 방관자는 괴롭힘에 가담하는 자와 마찬가지다. 앞에 나서서 그 아이를 보호해 주든지, 선생님께 그 아이를 괴롭히는 무리를 알리든지 하지 않으면 너와 자매의 연을 끊겠다고 했다.

왜 그토록 화를 내는지 묻자 가해자만이 괴롭힘을 가볍게 여길 뿐, 자칫하면 자살의 계기를 줄 만큼 매우 부조리한 행위이기 때문이라고 했다.

반 아이들과의 인연은 몇 년 안에 끝나지만 너와 나의 관계는 평생 이어지니 잘 생각하는 게 좋을 거야.

스즈네의 엄포를 듣고 겁이 난 아카네는 그 아이의 보호막이 되어 주었다. 얼마간 그 아이를 괴롭히는 무리에게서 눈엣가시 취급을 받았지만 학년이 올라가면서 잦아들었고, 결국 그 아이와는 가장 친한 친구가 되었다. 언니 말을 듣지 않고 계속 방관자에 머물렀다면 분명 좋지 않은 결과를 불러왔을 것이다. 스즈네에게는 아무리 감사해도 모자란다고 생각했다. 스즈네가 회사에 취직한 뒤에도, 언니는 아카네의 나침반 그 자체였다.

그런 스즈네가 3월에 자살했다.

공원 숲속에서 목을 매어 죽은 모습을 이른 아침 조깅하던 주민이 발견했다.

얼굴이 창백해진 어머니가 집에 돌아온 아카네에게 그 소식을 전해 줬다. 그런 어머니를 보면서 아카네는 핏기 없는 얼굴이라는 게 어떤 얼굴인지 두 눈으로 확인했다. 그러나 어머니 말로는 소식을 들은 가족들 얼굴도 하얗게 질렸다고 하니 피차일반 아니었을까.

옷도 갈아입지 않고 한달음에 경찰서로 달려갔다. 스즈네의 시신은 이미 영안실에 있었다. 검시라는 절차를 마쳤고 담당 형사는 사건성이 없다고 판단한다며 시신을 거둬 가라고 했다.

부모님은 형사의 말에 이의를 제기했다. 스즈네는 자살할 아이가 아니라고 했다. 아카네도 같은 의견이었다. 한결같이 강하고, 절망이란 감정을 모를 것 같던 언니가 스스로 목숨을 끊는 선택을 할 리가 없다.

그러나 담당 형사는 아카네와 부모님 앞에서 터무니없는 말을 늘어놓았다. 그리고 그것이 자살 원인이었을 거라는 경찰의 견해를 전달했다.

형사의 입에서 나온 말은 아카네와 부모님을 경악하게 했다. 너무도 놀라운 이야기에 아카네와 부모님은 말도 안 되는 소리라고 화를 냈지만 형사는 미안하다는 듯이 증거가 있으니 어쩔 수 없다고 변명했다.

결국 자살로 처리된 스즈네의 시신을 화장해 장례식을 치렀다. 자살이라는 이유가 이유였던지라 참석자가 적어, 슬픔과 쓸

쓸함이 겹쳐진 장례식이었다. 향내가 떠도는 장례식장 안에서 아카네는 이런저런 감정에 머리가 터질 것 같았다.

죽은 자를 이렇게 보내서는 안 된다. 이래서는 언니가 너무 가엾다.

그러나 열여섯 살 여자아이가 목청이 터져라 외쳐도 세상과 경찰은 귀도 쫑긋하지 않았다. 소용돌이치는 감정에 자책감이 더해졌다.

액자 속 스즈네는 환하게 웃고 있다.

사진을 바라보고 있자 점차 시야가 부예졌다.

*

"해부에 들어가기 전 시신에 감사 인사를 하십시오."

마코토가 그렇게 전하자 노인의 시신을 조심스레 내려다보고 있던 의대생들이 서둘러 고개를 숙였다.

해부학 강의실은 열 명이 들어가면 꽉 차는 비좁은 공간이다. 마코토는 냉방기라도 고장 나면 교실 안에 어떤 냄새가 들어찰지 상상해 버렸다.

"그럼 시작하겠습니다."

캐시가 집도를 선언했다. 이 조교수를 잘 아는 사람만이 알아챌 법한, 은근히 의기양양한 목소리다. 평소 사법해부 때는 미쓰자키가 메스를 들지만 사법해부 견학과 해부학 실습에서는 캐시가 진두지휘를 맡는다. 오늘 캐시와 마코토는 해부학 교수의 부탁으로 실습을 도우러 왔다. 해부학 실습은 의대생이면 누구든 통과해야 하는 과정이다.

"시신은 87세 남성. 집도 전에 우선 몸 표면의 특징을 눈으로 확인해 봅시다. 거기 귀걸이 한 학생."

"저, 저 말인가요?"

"시신의 상반신을 일으켜 등에 이상이 있는지 확인해 봅시다."

"제, 제가요?"

"이 안에 귀걸이 한 학생이 또 있습니까? 신중함이 요구되는 작업 외에 쓸데없는 재확인은 이해도가 낮다는 오해를 살 수 있으니 삼가십시오."

처음부터 엄격하다. 마코토는 묘한 부분에서 감탄했다.

지목당한 여학생은 노골적으로 얼굴을 찌푸리며 시신 앞으로 다가섰다. 시신에 손을 댄 순간에는 거의 울 것 같은 표정이었다.

"엉치뼈 부위와 발뒤꿈치에 보이는 변색은 욕창입니다. 욕창은 지속적 압력으로 조직이 허혈 상태에 빠져 괴사를 일으키는 증상이죠. 이 같은 사실로부터 시신은 사망 직전까지 누워 지냈음을 알 수 있습니다. 오케이, 다시 원래대로 돌려주십시오."

캐시는 시신의 가슴에 메스 끝을 갖다 대더니 심호흡을 한 번 하고 아름다운 직선을 그렸다. 미쓰자키만큼은 아니지만, 이 역시 훌륭한 Y자다.

아쉽게도 옆에 늘어선 학생들은 메스가 얼마나 훌륭한 움직임을 보였는지 알아채지 못하고 절개부에서 올라오는 핏방울에 온통 정신을 빼앗겼다. 그래도 꽤 집중하는 모습이다.

그러나 그들의 집중력도 시신의 몸이 열리기 전까지만이었다. 절개부를 통해 체내가 드러나는 동시에 부패 가스가 퍼지자 학생 몇 명이 뒷걸음질쳤다.

"으윽!"

"뭐야, 이 냄새는."

그러자 캐시가 심술궂게 반응했다.

"오, 언빌리버블! 이 체내 가스는 애피타이저 같은 겁니다. 이 정도로 겁먹으면 앞으로 나올 풀코스는 만끽하기 어렵습니다."

왠지 기쁜 얼굴로 메스를 쥔 캐시를 보며 몇몇 학생이 당황한 듯했다.

"자, 거기 있는 베이비 페이스."

"저, 저 말입니까."

"시신의 사인은 폐암입니다만, 실제로 폐를 절제해서 병터를 확인하고 소견을 말해 보십시오. 자, 여기에 양손을 집어넣어야 합니다."

"히이익!"

마코토는 속으로 '모처럼 고인이 남겨 주신 시신인데 그렇게 겁먹어서야 쓰겠니' 생각했지만, 자신도 처음에는 비슷했다는 것을 떠올리자 외려 그럴 만도 하다며 동정심이 일었다. 그리고 절대 입 밖에는 낼 수 없는 말이지만, 고령자 시신은 최근 공급이 끊이지 않아 남아돌 지경이었다.

고령자 시신이 늘어나기 시작한 건 최근 10년 정도의 일이다.

주로 중병을 앓던 노인이 병원의 노고에 보답하고자, 혹은 사회 공헌을 위해 애쓰는 사람들이 사후 시신 기증 등록을 한다. 그들의 시신은 의학부, 치의학부생의 해부학 실습에 쓰인다. 시신 기증 제도는 1950~1960년대, 의대를 목표로 하는 학생이 늘면서 실습에 쓰이는 시신이 부족해지자 이 사태를 엄중하게 본 독지가들이 시신 기증의 필요성을 부르짖으면서 만들어졌다. 덕분에 지금은 상당수의 기증 희망자가 등록을 마쳤다.

그러나 최근의 기증 증가 추세에는 독지가나 환자들의 선의와는 다른 측면이 있다. 고령자 증가와 생사에 대한 가치관 변화가 주된 요인이기는 해도, 그중에서 가족이 없는 독거노인 또는 사후에 가족에게 부담을 끼치고 싶지 않은 고령자가 장례식과 상조 비용 절약을 위해 시신 기증에 서약하는 것이다. 실습에 쓰인 시신은 학교 측에서 비용을 지불해 화장한다. 또 유골을 거둬갈 사람이 나타나지 않으면 학교 안 납골당에 안치한다.

사회 공헌을 위한 기증인지, 아니면 다른 꿍꿍이가 있었는지 시신에 표가 나는 건 아니지만 이런 뒷사정을 알고 나면 역시 순수하게 고마워하기 어려워진다. 아니, 그뿐이면 괜찮겠지만 시간이 지날수록 상황은 더욱 복잡해지고 있다.

우라와 의대에서는 올 들어 이미 300명이 시신 기증 등록을 마쳤다. 그러나 인수해 갈 사람이 없어 화장과 납골 비용을 학교가 부담하게 되는 시신도 많다. 그렇지 않아도 커렉터 문제로 부검 예산이 바닥을 드러내고 있는 지금, 예상 밖의 지출은 우라와 의대 재정에 직격타가 되기 마련이다.

이런 상황이 이어지면 아무리 현경에서 요청이 들어와도 연내 사법해부는 일찍 끊기게 된다. 미쓰자키의 부검에 전폭적 신뢰를 보내는 고테가와 일행은 아쉬워하겠지만 돈 문제만은 어떻게 할 수 있는 게 아니라 방법이 없다.

미련을 남긴 사인 불명 시신과 비용 절약이 목적인 타산적 기증 시신. 둘 다 똑같은 시신이지만 히포크라테스는 과연 양쪽을 동등하게 대하라고 할까.

학생들의 당황과 공포를 지켜보며 마코토는 문득 그런 생각을 했다.

실습을 마친 학생들은 하나같이 시무룩한 얼굴로 해부 실습실을 뒤로했다.

"휴우."

"당분간 소고기덮밥은 못 먹겠어."

"난 내과 지망이라 다행이야."

"해부학 실습은 그냥 낙제할래. 포기야."

마코토가 법의학 교실로 돌아온 후 얼마 안 돼 고테가와가 모습을 드러냈다.

"오, 해부 실습이었나?"

"어라, 어떻게 아셨어요?"

"여기 오기 전 학생들과 마주쳤는데 그 독특한 냄새가 풍기더군. 그리고 점심 전인데도 하나같이 식욕이 없어들 보였어."

자세히도 봤구나 싶었다.

"왠지 그립지 않았어?"

"네? 왜요?"

"여기 온 지 얼마 안 됐을 무렵에 마코토 선생도 미쓰자키 교수님이 부검을 마칠 때 녀석들과 비슷한 표정을 지었어. 설마 벌써 잊어버렸나?"

조금 전 말은 취소다.

괜히 감탄했다가 나만 피 봤다.

"오늘은 또 무슨 일이죠?"

그때 부검실 정리를 마치고 나온 캐시가 단박에 고테가와를 발견했다.

"헬로, 고테가와 형사님. 또 부검 요청입니까?"

"아뇨, 오늘은……."

"아닙니까? 그럼 마코토와 데이트라도 하러 왔습니까?"

그러자 마코토와 고테가와가 동시에 "캐시 교수님!" 하고 외쳤다.

"아무리 머리를 굴려도 답이 안 나오는 문제가 있어서 상담하러 왔습니다."

“원래 여자의 마음은 해답이 그리 쉽게 나오지 않습니다.”

“그게 아니라요! 음, 이미 화장해 버린 시신을 부검하고 싶은데 방법이 있을까요?”

이번에는 마코토와 캐시가 동시에 목소리를 높였다.

“무슨 말을 하시는가 싶었더니…….”

“고테가와 형사님. 당신은 법의학을 수상쩍은 중세 마술과 도매금으로 취급합니까?”

“아뇨. 그러니까 얘기를 좀 끝까지 들어 주십쇼. 실은 이번 일에도 커렉터가 엮여 있는데, 순서가 뒤로 밀렸습니다.”

들어 보니 사건 자체는 올해 3월에 일어났다고 한다. 석 달이나 지났다면 시신을 이미 화장했어도 이상하지 않다.

“이번 건에 대해서도 커렉터가 글을 올렸는데 이미 시기가 지났고 오래전에 시신이 화장되어서요. 수사에 착수하려는 참에 히가 미레이 건과 다른 사건이 연이어 일어나서, 시신이 존재하지 않는 이 건은 나중으로 미뤄졌습니다. 커렉터가 엮인 사건들이 얼추 해결되고 나서야 비로소 이번 건에 착수할 수 있게 된 겁니다.”

3월 28일 사이타마 현 아사카 시에 있는 시로야마 공원 숲속에서 자살한 젊은 여성의 시신이 발견됐다. 시신의 신원은 와카미야 스즈네, 23세. 스즈네는 높이 2미터쯤 되는 나무에 밧줄을 걸어 목을 맸다.

“시신이 발견된 날이 3월 28일, 커렉터의 글이 올라온 게 3월

31일로, 딱 한발 차이에 시신은 화장장으로 향했습니다. 결국 수사본부는 사쿠라 아유미 사건 이후에야 이번 건을 훑어보기 시작했는데, 와카미야 스즈네가 자살로 처리된 데는 실은 다른 이유도 있었습니다."

캐시가 흥미진진해 하는 얼굴로 고테가와에게 다가섰다.

"플리즈, 고테가와 형사님. 자세한 이야기를 들려 주세요."

"시신의 옷에서 명함 지갑과 스마트폰이 나왔는데, 그 스마트폰에 유서가 있었습니다. 유서 내용은 간략했다더군요. '저는 손님의 돈을 횡령했습니다. 폐를 끼쳐 정말 죄송합니다.'"

"손님의 돈을 횡령?"

"와카미야 스즈네는 은행에서 일했는데, 조사해 보니 해당 은행의 40여 고객 계좌에서 총 400만 엔 정도의 금액이 인출돼 어떤 가상 계좌로 이체됐습니다. 그 가상 계좌의 소유자가 바로 와카미야 스즈네입니다."

스즈네는 가상 계좌에 매일 소액을 송금했다. 피해를 본 계좌는 전부 돈이 자주 들락날락하는 고액 소득자의 것이었고, 그래서 더 발견이 늦어졌다고 한다.

"교묘한 수법이죠. 계좌 하나에서 일주일에 약 5만 엔, 그것도 단말기에서 정보를 조작해 ATM에서 출금했습니다. 계좌 주는 대부분 입출금이 잦은 고객들이라 1회 5만 엔가량의 출금을 일일이 확인하지는 못했습니다."

그러나 소수지만 그중에서 정체불명의 출금에 의문을 품은 고객이 나왔다. 문의가 하나둘 접수되자 은행이 조사에 나서면서 계좌 입출금 정보가 조작된 흔적이 나왔다. 그 과정에서 예금 횡령 사실이 발각됐다는 것이다.

"본사에서 특별 감사가 내려오기로 한 날 와카미야 스즈네는 은행을 무단결근했습니다. 소식을 들은 현경 2과가 그녀의 행방을 조사했는데, 조사 사흘 만에 시신으로 발견된 겁니다."

"특별 감사 결과는 어떻게 됐나요?"

"명백히 밝혀졌다는군요. 정보 조작은 모두 그녀의 단말기로 이뤄졌다고 합니다."

"400만 엔도 그녀가 가지고 있었습니까?"

"아뇨. 돈의 행방은 불투명한 상황입니다. 가상 계좌와 집에서도 현금은 나오지 않았습니다. 다만 은행에 단말기 조작 흔적이 남아 있고 가상 계좌 통장이 사망자의 집에서 발견된 탓에 수사본부는 와카미야 스즈네가 횡령범이라는 결론을 내렸습니다. 자살 이유도 유서에 적힌 그대로라고 해석했죠. 가상 계좌가 발각돼 특별 감사에 들어간다는 사실을 안 시점에 자살을 결심했다……. 그것이 수사본부의 추측입니다."

"거기서 커렉터의 글이 등장했군요."

"네. 하지만 사건이 이미 종결된 데다 와카미야 스즈네의 시신도 이미 화장한 뒤였죠. 커렉터의 글은 와카미야 스즈네가 정말로 자신의 의지로 목을 매 자살했는지를 의심하라는 내용이었습니다."

“검시는 누가 맡았습니까?”

“기록을 확인해 보니 스미 검시관이었습니다. 횡령 사건이 드러난 마당에 시신의 상황 또한 아무리 봐도 자살이어서 사법해부는 따로 하지 않았습니다. 아무튼 그런 연유로 미쓰자키 교수님의 의견을 여쭈러 왔습니다.”

“몹시 어려운 문제군요.”

캐시는 팔짱을 끼고 생각에 잠겼다.

“현재 남아 있는 건 서류뿐이고 시신의 신체 일부나 조직이 남아 있는 것도 아니지요.”

“안타깝지만 머리카락 한 올 남아 있지 않습니다. 남은 건 검시 보고서와 시신 검안서뿐입니다.”

“이번 일은 영 힘들어 보이네요.”

마코토는 두 사람 사이에 끼어들었다.

“아무리 미쓰자키 교수님이 법의학 권위자라고 해도 존재하지 않는 시신을 부검하라는 건 너무 억지스러운 이야기예요.”

“나도 그렇게 생각하긴 하는데…….”

고테가와의 말투는 완전히 변명조가 돼 있었다.

“지금까지 상당히 억지스러운 일도 마다하지 않고 반복해 오신 교수님이잖아. 그래서 이번에도 혹시 실력을 발휘해 주시지 않을까 싶었지. 그리고 미리 말해 두지만 이번 일을 처음 제안한 건 내가 아니라 반장님이야.”

예전 같았으면 정말 제멋대로라며 따지고 들었겠지만, 지금은 희한하게도 동정심이 앞섰다. 그 무시무시한 얼굴로 지시를 내리면 당장 법의학 교실로 튀어오지 않고서는 못 배길 것이다.

"일단 서류를 복사해 오긴 했는데 한번 보시겠습니까?"

그렇게 말하고 고테가와는 어깨에 멘 가방에서 서류 뭉치를 꺼냈다.

2

검시 보고서에는 감별 사안으로 다음 아홉 가지가 적혀 있었다.

(1) 밧줄 자국

(2) 안면 울혈

(3) 결막 일혈점

(4) 시반

(5) 피하 출혈

(6) 분뇨 실금

(7) 압박 부분

(8) 부패

(9) 골절

와카미야 스즈네는 스스로 목을 매 자살한 액사인데, 검시 보고서에는 아홉 가지 감별점에 대해 아래와 같이 적혀 있다.

(1) 밧줄 자국은 대각선 위를 향해 있고 교차점이 없으며 인두부 위를 통과함.

액사 사례에서 밧줄 자국은 체중이 가장 많이 실리는 부위부터 시작해 상부로 올라간다. 전경부에서 후상 방향으로 향하는 경우가 많아서 조건과 일치한다.

(2) 울혈 없음.

머리와 얼굴로 향하는 혈류는 심장에서 시작해 내부 경동맥과 추골 동맥을 지난다. 손으로 목을 졸라 죽이는 액살縊殺과 끈 따위로 졸라 죽이는 교살絞殺 사례에서는 정맥 혈류가 방해받는 동시에 동맥 혈류는 유지되므로 피가 일방적으로 흘러 울혈을 일으킨다. 스즈네는 스스로 목을 매 자살한 액사이므로 울혈이 나타나지 않는 게 타당하다.

(3) 결막 일혈점 없음.

이는 (2)와 관련된 것으로 안면 울혈이 일어나면 곳곳에서 모세혈관이 파괴돼 점 모양 출혈을 동반한다. 결막 일혈은 그중 하나인데, 시신에는 울혈이 없으므로 당연히 결막 일혈점도 없었다.

(4) 시반은 하반신에 집중.

목맨 상태로 발견되기까지 꼭 이틀. 시반이 팔다리 끝과 하복부에 집중되는 것은 당연하다.

(5) 피하 출혈 없음.

액살이나 교살일 경우 상대의 손이나 밧줄을 제거하려고 팔을 움직이다가 손톱에 의한 상처가 남을 수 있는데 자살 시신에는 그것이 없다.

(6) 분뇨 실금은 옷을 적신 정도.

사망하면 괄약근이 풀려 분뇨 실금을 일으킨다. 따라서 목을 맸을 때는 시신 바로 아래에 분뇨가 남아 있는 게 보통이다. 그러나 와카미야 스즈네의 실금 양이 얼마 되지 않는 것은 반대로 자살을 암시하는 것으로 볼 수도 있다. 요즘 같은 정보화 시대에 사망하면 실금한다는 것은 이미 많은 이들의 입에 오르내리고 있다. 죽은 뒤 남에게 비참한 모습을 보이고 싶지 않은 젊은 여성이라면 자살을 결행하기 직전 화장실 정도는 다녀왔을 것이다.

(7) 압박 부분에는 함몰 자국 있음.

이 역시 감식 보고 내용과 일치한다.

(8) 부패.

사후 이틀이 경과해 시신 일부에 부패가 진행되었다.

(9) 명백한 골절 소견은 보이지 않음.

마코토는 순간 흠칫했다. 이 부분이 마음에 걸렸다. 표정 변화를 알아챘는지 고테가와가 몸을 앞으로 뺐었다.

"뭐 신경 쓰이는 거라도 있나?"

"이 골절 부분 말인데요……."

여기서 말하는 골절이란 설골 및 갑상연골 골절을 뜻한다. 이 뼈들은 액사와 교살, 액살로 압박당하는 부위 또는 그보다 약간 위쪽에 있어서 압박으로 골절을 일으킬 때가 있다.

마코토의 의심은 자살 판정을 뒤집을 만한 것은 아니었다. 그러나 자신의 신중하지 못한 발언으로 고테가와와 수사본부가 혼란에 빠질 수 있다는 점을 떠올리자 가볍게 입에 담기가 두려워졌다.

망설이고 있자 캐시가 대뜸 뒤에서 얼굴을 확 들이밀었다.

"안 됩니다. 마코토. 고테가와 형사님은 프로페셔널의 입장에서 마코토에게 의견을 묻고 있습니다. 마코토도 프로페셔널로 응대해야 합니다."

그렇다. 마코토는 두려움을 떨치고 고테가와를 바라봤다. 캐시가 이렇게 조언하는 건 캐시도 비슷한 것을 눈치챘기 때문일 테다.

"액사……. 그러니까 목을 매면 그 사람의 모든 체중이 실리므로 액살과 교살보다 훨씬 강한 힘이 작용해요. 액사의 경우 안면 울혈이 나타나지 않는 건 경부를 지나는 동맥, 정맥만이 아니라 추골 동맥도 동시에 압박받기 때문인데, 반대로 말하면 그만큼 강한 힘이 실린다는 뜻이기도 해요."

"아아, 알겠어, 마코토 선생."

고테가와는 이해한 것처럼 손뼉을 쳤다.

"스스로 목을 맨 자살이라면 그 설골인가 갑상연골인가가 부러지지 않은 게 이상하다는 거지?"

"모든 사례가 그렇다고 잘라 말할 수는 없지만 골절은 흔히 발생해요."

"하지만 그 밖의 소견은 모두 액사를 의미한다……. 검시 보고서를 보면 밧줄 자국 이외의 다른 외상도 없었어."

"이건 어디까지나 가능성에 불과하지만, 이를테면 누군가가 경동맥 압박이 아닌 다른 방법으로 질식시킨 후 바로 매달았다면 어떨까요? 그렇다면 시반도 이동하지 않고 다른 요소들도 만족시킬 수 있어요."

"시신이 현존한다면 부검해서 자살, 타살 여부를 밝힐 수 있을 텐데."

"저는 몰라도 미쓰자키 교수님이라면 반드시 밝혀 주셨을 거예요."

고테가와는 아쉬운 듯 흐음, 하고 신음했다.

"유골로는 밝혀낼 수 없나?"

"뼈가 온전하면 몰라도 이미 태워 버린 재 같은 상태 아닙니까?"

캐시는 고개를 절레절레 흔들었다.

"보스는 탁월한 법의학자이지, 마술사가 아닙니다."

"사법해부가 아닌 다른 쪽으로 다시 파 보는 수밖에 없나."

"하지만 고테가와 형사님. 와카미야 스즈네의 방은 이미 수색을 마치지 않았습니까?"

"애당초 수사는 자살을 전제로 했으니까요. 만약 타살을 전제로 다시 본다면 뭔가가 밝혀질 가능성도 있습니다."

'오, 왠지 든든하네' 하고 마코토가 내심 감탄하자마자, 창끝이 마코토를 향했다.

"그럼 마코토 선생. 동행해 주겠어?"

"네? 제가 왜?"

"젊은 여성 집이잖아. 나는 알아채지 못해도 마코토 선생이라면 알아챌 만한 게 있지 않을까 싶어. 캐시 교수님. 마코토 선생을 잠시 빌려도 되겠습니까?"

그러자 캐시는 세상 아쉽다는 표정을 지었다.

"그런 일이라면 저도 할 수 있습니다만."

"캐시 교수님은 취향이 너무 한쪽으로 치우친 탓에 참고가 되지 않습니다. 마코토 선생 쪽이 더 나아요."

더 낫다는 건 또 뭐람. 마코토는 살짝 화가 치밀었지만, 일단은 평범한 여성으로 본다는 말이니 기분을 풀기로 했다.

비노출 경찰차에 올라타자마자 고테가와는 "미안" 하고 사과했다.

"역시 다른 이유가 있었군요."

"실은 피해자의 집에 다루기 힘든 상대가 있어. 나를 포함해 경찰들을 아주 칠색 팔색 하더라고. 수사 관계자인 동시에 경찰이 아닌 사람이라면 마코토 선생이 안성맞춤이라고 생각했어."

"……갑자기 시간 외 근무 수당이라도 받고 싶어지는걸요."

농담으로 한 말이었지만 고테가와의 표정이 대번에 굳었다. 그러나 다음으로 튀어나온 말에는 마코토의 몸이 굳었다.

"다음에 어디 맛있는 가게라도 데려가 줄 테니 그걸로 어떻게 안 되겠나?"

더듬거리는 말투만으로도 평소 자주 하는 말이 아니라는 건 금세 짐작이 갔다.

"새, 생각해 볼게요."

그 대답을 끝으로 두 사람은 한층 더 굳어 버렸다.

어쩐지 불편하기 그지없는 차를 타고 한 시간을 달려 아사키리 시 와카미야의 집에 도착했다. 이미 저녁도 지난 시간이라 집에는 모친과 함께 아카네라는 여동생도 있었다.

"이 시간에 경찰이 대체 무슨 일이죠?"

현관에 나온 모친 기쿠에의 반응을 보니 고테가와가 다루기 힘들다고 말한 사람이 그녀라는 것을 대번에 알 수 있었다. 경찰을 상대로 위축되기는커녕 문지방을 넘어 나오지도 않는다. 옆에 서 있는 동생 아카네는 왠지 불안해 보였다.

"따님의 방에 좀 들어가 봐도 되겠습니까?"

고테가와가 무뚝뚝한 얼굴로 물었지만 기쿠에는 들은 척도 하지 않았다.

"저번에 아사키리 서 형사님과 같이 오셨던 분이죠? 이제 와서 또 무슨 일로?"

"수사의 일환입니다."

"수사는 무슨 수사예요. 스즈네가 은행 돈을 멋대로 쓰고 들킬 때가 되니 자살했다고 하셨죠. 잘도 그런 헛소리를 지껄이더니, 이제 와서 수사요?"

기쿠에는 현관에서 고테가와를 노려보며 말했다. 한 발짝이라도 들어서면 가만 안 둘 기세다.

"다른 사람 돈에 손을 댈 아이가 아니었어요. 저나 남편에게 한마디 말도 없이 자살할 아이도 아니고요. 저는 그 아이를 그렇게 못되고 약한 아이로 키운 기억이 없습니다. 제가 그토록 호소했는데 경찰은 귀도 쫑긋하지 않았죠. 덕분에 아이의 장례식은 정말로 쓸쓸했어요. 친구는 반도 오지 않았고요, 친척들도 거의 참석하지 않았습니다. 지금도 주변에선 범죄자 딸을 키운 집안이라고 뒤에서 손가락질해요. 이게 다 경찰이 스즈네를 범인처럼 다룬 탓이잖아요. 그런데 이제 와서 수사요? 지금 저랑 장난해요?"

기쿠에의 입에서 튄 침이 마코토의 얼굴에도 닿았다. 너무도 살기등등해서 차마 끼어들지 못하겠다. 입을 다물고 이야기를 듣는 동안 마치 자신까지 경찰의 일원이 된 듯한 느낌도 받았다.

"영안실과 취조실에서 그토록 끊임없이 호소했는데 당신들은 단 한 번도 우리 말에 귀 기울여 주지 않았어요. 집에서는 얌전하고 착한 아이도 밖에서는 다른 사람일 수 있다느니 어쩌느니, 말도 안 되는 이유로 우리를 교묘하게 구슬렸죠. 형사님. 스즈네는 말이죠. 이제는 재가 돼 버렸어요. 흙 속에 잠들어 있다고요. 이제 와서 뭘 어떻게 수사한다는 거예요?"

부조리하게 딸을 빼앗긴 모친의 심정은 대략 이해할 수 있다. 마코토의 친한 친구가 병으로 죽었을 때 혼란스러워 하던 그 어머니의 모습이 아직도 기억에 새롭다.

문득 옆에 선 아카네 쪽으로 시선을 돌리자, 그녀는 뭔가 할 말이 있는 얼굴로 어머니와 고테가와를 번갈아 보고 있었다.

마코토의 감이 속삭였다.

저 아이가 돌파구가 될 수 있다.

“저기, 아카네라고 했니?”

처음 입을 연 마코토에게 기쿠에와 아카네는 흠칫 놀라며 고개를 돌렸다.

“넌 어떻게 생각하니? 너도 다시 한 번 조사하려고 찾아온 이 형사님을 내쫓고 싶니?”

그러자 기쿠에가 험악한 얼굴로 끼어들었다.

“잠깐만요. 이번에는 또 이 아이한테 무슨 말을 하려고…….”

“말해 줘, 아카네. 넌 언니가 횡령의 오명을 뒤집어써도 괜찮겠어? 자신의 죄를 인정하고 자살했다는 경찰 발표를 그대로 둬도 상관없니?”

“싫어요.”

아카네는 한 치의 망설임도 없이 대답했다.

“언니는 남의 돈을 훔칠 사람이 아니고, 이유도 말하지 않고 가만히 혼자 자살해 버릴 사람도 아니에요. 제가 가장 잘 알아요.”

“그럼 조사하게 해 주겠니?”

마코토는 고테가와를 기쿠에와 아카네 앞으로 밀었다.

“이 형사님은 말이지. 겉으로는 이래 보여도 도리에 어긋나는 일과 거짓말을 아주 아주 싫어하는 분이셔. 그러니 너희 언니가 정말 횡령도 자살도 할 사람이 아니었다면 반드시 그 증거를 성실하게 조사해 주실 거야. 난 경찰 쪽 사람은 아니지만 그것만은 보증해 줄 수 있단다."

말을 하고 나서야 좀 다른 말로 설득하는 방법은 없었을까 후회가 되었다. 뒤를 돌아보는 고테가와는 뭔가 한마디 하지 않고서는 못 배기겠다는 표정을 짓고 있다.

"알겠어요. 언니 방을 조사해 주세요."

"아카네!"

"상관없잖아. 이미 전에도 한 번 조사했으니까. 그리고 이 두 분은 뭔가 믿을 만해 보여."

아카네가 가운데에 서서 그렇게 말하자, 기쿠에도 마지못해 두 사람을 집 안에 들였다.

스즈네의 방은 아카네의 방 바로 옆이었다.

"휴대전화의 통화 소리 같은 것도 다 들렸어요. 동영상 같은 걸 보는 소리도."

"사건 전날 밤 언니한테 뭔가 이상한 점은 없었니?"

"그런 건 전혀……. 그래서 더 이해가 안 가요."

방은 스즈네가 사망한 뒤에도 손을 대지 않아 모든 게 고스란히 있다고 한다. 그 말대로라면 스즈네라는 인물은 평소에도 깨끗하고 정리정돈을 잘하는 성격이었을 것이다. 13제곱미터 넓이의 방 안에는 벗어 던진 옷가지 같은 것 하나 없고, 잡동사니도 전부 선반 안에 깨끗하게 정돈돼 있었다. 화장대 위도 깨끗했다. 벽에는 유명 화가의 석판화가 한 장 걸려 있었지만 조잡한 느낌은 없다. 어수선한 마코토의 방과는 천양지차였다.

방의 정리정돈 상태가 주인의 정신 상태를 표현한다고까지는 할 수 없겠지만, 궁지에 몰려서 자살을 택한 회사원 여성의 방으로는 도무지 보이지 않았다.

"방이 아주 깨끗하네. 역시 은행에 근무하는 사람들은 이런 부분까지 꼼꼼한 걸까?"

"언니가 그건 아니라고 했어요. 은행에 근무하는 사람들은 압도적으로 B형이 많고, 회사 동료 집을 몇 번인가 가 본 적이 있는데 대체로 상태가 심각했다더라고요."

책장에 꽂힌 책은 금융 관련 전문서와 소설 종류로, 독서 취향이 특별히 편중돼 보이지는 않는다.

"압수품이 있었나요?"

마코토가 묻자 고테가와는 고개를 가로저었다.

"가져갈 만한 건 없었어. 수첩 따위도 없었고. 유일하게 본인 주머니에 있던 스마트폰에 모든 정보가 있었다더군."

"잠깐 좀 볼게."

마코토는 문 앞에 선 아카네에게 양해를 구하고서 화장대 서랍을 열었다. 귀걸이와 반지 등이 들어 있는데 그리 값나가는 물건은 없어 보인다.

뒤이어 옷장도 열어 봤다. 봄옷이 나란히 걸려 있고 코트도 두 벌 있지만 역시 값나가는 브랜드 제품은 아니고 평범한 양판점에서 파는 것들이다.

이상했다. 고테가와의 말에 따르면 스즈네는 고객 돈 400만 엔을 횡령했다고 한다. 그렇다면 좀 더 고가의 옷이나 귀중품이 있을 법도 한데, 하나도 보이지 않았다.

문득 화장품을 확인하지 않았다는 것을 깨닫고 다시 한 번 화장대 위를 훑어봤다.

화장품 사이에 향수 두 종류가 섞여 있는 것이 보였다. 그러나 그 조합이 아무래도 이상했다.

"향수에 뭐 문제라도 있나?"

마코토를 보고 고테가와가 말을 걸었다.

"아뇨, 대단한 건 아닌데……. 이거, 한 병은 국산 오드콜로뉴고 작은 용기에 넣어 매일 쓴 것 같은데, 다른 한 병은 샤넬의 퍼퓸에 심지어 신제품이에요. 한 병에 4만 엔이나 하는 거예요."

그러자 고테가와는 아니나 다를까 전혀 이해하지 못했다는 표정을 지었다.

"미안. 오드콜로뉴와 퍼퓸의 차이를 모르겠어."

"향수는 부향률, 즉 향료의 농도가 높은 것부터 순서대로 퍼퓸, 오드퍼퓸, 오드투알레트, 오드콜로뉴로 분류돼요. 부향률이 다르니 당연히 지속 시간도 달라요. 오드콜로뉴는 고작 두 시간 정도 가는데, 퍼퓸은 일곱 시간 정도는 향이 지속돼요."

"그래서, 뭐가 이상한 거지?"

"이 조합이 너무 언밸런스해요. 분명 오드콜로뉴는 회사에서 일상적으로 쓰던 것 같은데, 이 샤넬은 그러지 않았을 거예요. 저기, 아카네. 혹시 알고 있으면 말해 주겠니?"

"뭘요?"

"언니가 이 퍼퓸을 어떨 때 썼어?"

아카네의 손목에 퍼퓸을 한 번 뿌리자 순식간에 향기가 퍼졌다.

"이거, 휴일에 외출할 때 쓰던 향수예요. 출근할 때는 이 오드 콜로뉴였고요."

예상이 맞았다.

"혹시 언니한테 남자 친구가 있었니?"

"뭐?"

고테가와가 흠칫했지만 아카네는 진지한 눈빛으로 마코토를 쳐다봤다.

"……있었을지도 몰라요."

"확신은 못 하는구나."

"언니는 평소 저한테 그런 얘기를 안 했거든요. 하지만 휴일에만은 이 향수를 뿌려서 혹시 남자를 만나러 가는 게 아닐까 싶었어요."

"고테가와 형사님. 수사 단계에서 그런 사람을 조사했나요?"

"아니. 그런 인물은 못 만났어. 존재 자체가 밝혀지지 않았어."

고테가와의 얼굴이 험악해졌다. 향수 종류로 남자의 존재를 깨달은 마코토를 칭찬하기에 앞서, 그런 사실을 알아채지 못한 자기 자신에게 화가 났을 것이다.

"스마트폰에도 남자 이름은 없었어."

“그건 쉽게 삭제할 수 있으니까요. 통화 기록과 문자도요.”

시간이 지날수록 고테가와의 얼굴에 그늘이 짙어졌다. 만약 휴대전화에서 문제의 인물에 대한 정보가 고의로 삭제된 것이라면 제삼자의 관여 가능성이 커진다. 또 남겨진 유서 또한 제삼자의 관여를 의심해야 한다는 것을 의미한다.

“조금 더 찾아보지. 이번에는 남자 친구의 존재를 증명할 만한 게 있는지 집중적으로 봐야겠어.”

고테가와의 제안으로 이번에는 아카네와 함께 온 방 안을 샅샅이 뒤졌다. 그러나 한 시간 정도 뒤져도 사진이며 편지 한 장 나오지 않았다.

마코토는 어쩌면 당연한 것일지도 모른다고 생각했다. 학교나 업무 관련이면 몰라도 사적인 관계라면 일상 대화나 정보 교환은 주로 스마트폰 앱이나 SNS로 할 것이다. 모든 것은 인터넷상 기록이고, 유형의 물건으로는 존재하지 않는다.

그러나 조사는 헛걸음으로 끝났어도 고테가와의 의욕은 올라 있었다.

“피해자의 스마트폰을 다시 한 번 감식반에 가져가서 분석을 의뢰해야겠어.”

그리고 아카네를 향한 배려도 잊지 않았다.

“네 덕분에 수사의 허점이 발견됐어. 아직 어떻게 될지 모르지만, 반드시 사실을 명확하게 밝혀 줄게.”

그 대사는 나에게도 좀 해 줬으면.

마코토는 순간 그렇게 생각했다.

3

스즈네의 스마트폰을 재입수한 고테가와는 즉시 감식반에 삭제 정보 복구를 의뢰했다.

"초동 단계에서 자살로 판단한 탓에 수사가 계속 뒤로 밀렸어."

"처음부터 잘 조사했다면 이런 수고는 들이지 않아도 됐을 텐데요."

"너무 그렇게 말하지 마, 마코토 선생. 검시관이 사건성이 없다고 판단한 건까지 하나하나 배후 사정을 조사한다면 형사 수가 아무리 많아도 부족할 거야. 그건 사법해부도 마찬가지 아닌가?"

"그야 뭐……."

미쓰자키와 캐시가 나가고 없어서 법의학 교실에는 고테가와와 마코토 둘만 있었다. 이럴 때만큼은 사건이 아닌 다른 이야기라도 주고받으면 어떨까 싶지만, 한편으로는 왠지 사건 이야기를 해야 마음이 놓일 것 같기도 했다.

"복구해 보니 예상대로 나왔어. 사망 전날까지 계속 대화를 주고받았더군. 아카쓰카 다케시라는 남성이야. 통화 기록과 연락처가 삭제돼 있었어."

"사후 삭제된 거죠?"

그렇다면 스마트폰에 적혀 있던 유서도 정말 사망자가 직접 작성한 것인지 의심하지 않을 수 없다.

"오늘 여기 온 건 마코토 선생에게 묻고 싶은 게 있어서야. 저번에 자살로 위장하는 방법 중 하나로 경동맥 압박이 아닌 다른 방법으로 질식시킨 직후 목을 매다는 방법을 얘기했었지?"

"네. 근데 그건 어디까지나 하나의 예시로……."

"우리는 보통 내가 맡은 사건에만 집중하지만 법의학 교실 선생님들은 다양한 시신을 다루잖아. 겉보기로는 구분하기 어려운 질식사 사례 같은 것도 많이 봤을 테고. 가장 속이기 쉬운 건 어떤 사례지?"

마코토는 생각에 잠겼다. 어설픈 대답으로는 그냥 넘어가지 않을 것임을 자각하고 있었다.

"우선 쉽게 생각할 수 있는 건 일산화탄소 중독이에요."

마코토는 차근차근 설명했다. 인간의 몸은 일산화탄소를 흡입하면 혈액 속 헤모글로빈과 결합해 산소 운반 능력이 저하된다. 결국 몸 안에 산소가 공급되지 않아 현기증과 구토를 일으키고 끝내는 의식 장해와 심기능 및 호흡 정지를 일으킨다.

"일산화탄소 중독사는 표면상 소견으로 안면 울혈처럼 뚜렷한 것이 없고, 시반이 눈에 띄지 않으면 혈액 검사로 헤모글로빈 수치를 구하지 않는 한 좀처럼 알아보기 어려워요."

"일산화탄소 중독 사고를 자주 접하긴 하지."

"가스난로나 팬히터 같은 개방형 난방기는 실내 공기를 연소하고 배기가스를 실내에 배출하는 구조로 돼 있어요. 당연히 밀폐된 공간에서는 일산화탄소 농도가 점차 높아지고 공기 중 산소 농도가 떨어져 불완전연소를 일으키죠. 그런 염려가 있으니 제조사들이 제품 설명서에 주기적으로 환기하라고 적어 두는 거예요."

"밀폐된 공간에서의 사망률이 얼마나 되지?"

"공간의 넓이에 따라 달라지기는 하는데, 공기 중 일산화탄소 농도가 0.16퍼센트만 돼도 두 시간 안에 사망에 이를 수 있어요."

"두 시간이라……. 꽤 빠르군. 일산화탄소 중독사 같은 건 차 안에 배기가스를 집어넣는 경우 정도만 떠오르는데."

"죽음이라는 건 의외로 우리 가까운 곳에 존재한답니다."

그 말에는 고테가와도 동감이었다. 형사 일을 하다 보면 실감하게 마련이다. 도시에는 매일같이 시신이 넘쳐난다. 다만 경찰과 매스컴이 그런 것들을 능숙하게 감추기 때문에 눈에 잘 보이지 않을 뿐이다.

"근데 지금 은폐 방법 같은 걸 물어서 어쩌시려는 거예요? 이런 건 수사가 어느 정도 진행되고서 떠올려야 하는 문제 아닌가요?"

"예비지식으로 알아 둬서 나쁠 건 없잖아. 그걸 알고 있으면 용의자를 심문하는 방식도 달라질 테고."

“예비지식이라니, 그럼…….”

“지금 아카쓰카 다케시를 만나러 갈 거야. 어제까지만 해도 별로 탐탁지 않아 하던 과장님도 스마트폰에서 정보가 삭제됐다는 게 밝혀지자 태도가 싹 바뀌었어. 다만 자살로 한 번 처리된 사건을 재조사하는 것이니 본격적인 수사라고는 할 수 없지. 단독 행동이야.”

“와타세 반장님은요? 같이 안 가세요?”

마코토의 입에서 그의 이름이 나오자 고테가와는 어깨를 움츠렸다.

“반장님은 지금 커렉터 쪽을 쫓고 있어. 현경이 계속 그놈 하나한테 휘둘리고 있으니 교통정리를 하려는 거지.”

평소에는 별로 보고 싶지 않은 상대지만 소식이 들리지 않으면 묘하게 신경 쓰이는 건 왜일까.

“그 아카쓰카라는 남자는 어떤 사람인가요?”

“잘 모르겠어.”

“잘 모르는데 만나러 가세요?”

“아니, 신원 정도는 조사해 뒀지. 도쿄에서 근무하는 30세 남성. 사는 곳은 스기나미 구에 있는 고급 아파트. 직업은 증권맨. 결혼 이력 없음. 본가는 도치기 현이고 양친 생존. 형제 없음.”

“……잘 아시네요. 뭘 모른다는 거죠?”

“와카미야 스즈네와의 접점. 아카쓰카는 증권맨이고 스즈네는 은행원이었어. 비슷한 업종이기는 해도 두 사람의 근무지가 떨어져 있고 출신지와 학교도 다르지. 지금까지 접점은 하나도 나오지 않았어. 그리고 가장 큰 건 따로 있는데……."

"뭐죠?"

"나이 서른의 앞날이 창창한 미혼 증권맨. 이런 사람은 세간의 기준에서 보면 독신 귀족이라고 할 수 있는데, 아무튼 그런 남자가 왜 은행원을 살해해야 했는지 동기가 전혀 짚이지 않는다는 거야. 지금 그걸 알아내기 위해 만나러 가는 거고."

수사 1과에 배정된 지도 벌써 몇 년이 흘렀다. 그간 배운 숱한 수사 기법 중 하나가 바로 불의의 습격이다.

단순한 참고인 조사라도 사전에 시간 약속 따위 하지 않는다. 상대에게 반격할 기회를 주기 전에 목덜미를 문다.

고테가와가 불현듯 아카쓰카의 근무지를 찾아간 것도 기선을 제압하기 위해서였다. 스즈네의 스마트폰에서 데이터를 삭제한 사람이 정말 그라면, 어떠한 사전 접촉도 없이 형사가 근무지에 불쑥 나타나면 반드시 동요할 것이다. 그러면 그 틈을 파고들며 연이어 질문을 던져 자제심을 무너뜨린다.

대기실에서 기다린 지 15분. 슬슬 고테가와의 인내심이 바닥날 무렵 목표하던 인물이 비로소 모습을 드러냈다.

"안녕하십니까. 오래 기다리셨죠?"

아카쓰카 다케시의 첫인상은 그야말로 빈틈이 없어 보였다.

잘 다린 양복을 입고 머리는 단정하게 가르마를 탔다. 유능

한 증권맨이라는 분위기를 온몸으로 발산하고 있다.

"사이타마 현경 형사부의 고테가와입니다."

명함을 건네도 되지만 고테가와는 일부러 경찰수첩을 내밀었다. 이 역시 상대를 제압하기 위한 기술이다.

"안내 데스크에서 경찰 분이 오셨다는 소리를 듣고 깜짝 놀랐습니다. 저에게 무슨 용건으로?"

두고 봐라. 이 점잔빼는 가면을 벗기고야 말겠다.

"혹시 짚이는 게 없습니까?"

"글쎄요. 전혀."

"실은 와카미야 스즈네 씨의 일로 찾아뵀습니다."

고테가와는 아카쓰카의 얼굴을 응시하며 미끼를 던졌다. 보게 될 것은 경악일까, 아니면 불안일까.

"아아, 와카미야 씨 말이군요. 그녀가 무슨 일이라도?"

아카쓰카는 마치 날씨 이야기라도 하는 것처럼 태평하게 반응했다.

"설마 모르시진 않겠죠. 스즈네 씨는 3월에 사망했습니다."

"네? 뭐라고요?"

아카쓰카는 몸을 앞으로 쭉 뻗고 나직이 외쳤다. 처음 듣는 이야기처럼 반응하는 모습이 만약 연기라면 아카데미상감이다.

"사망했다니……. 어디서 말입니까?"

"정말 모르시는 겁니까? 공원 숲속에서 목을 맨 상태로 발견됐습니다."

"그럼 자살이란 말입니까?"

"아직 판명되지 않았습니다. 그래서 이렇게 조사하는 거고요."

"그렇습니까. 벌써 석 달이나 지난 일이군요…… 아, 저 같은 증권맨들은 평소 보고 듣는 뉴스가 편중돼 있어서 살인 사건이나 연예계 관련 소식 같은 건 잘 모릅니다."

"그래도 스즈네 씨 이름은 아시는군요. 석 달이나 연락이 끊겼는데 혹시 걱정은 안 되셨습니까?"

"연락을 자주 주고받는 사이가 아니라서요."

"그렇습니까? 보아하니 스즈네 씨는 사망 직전 아카쓰카 씨와 자주 통화한 것처럼 보입니다만."

입에 담고 나서야 이런, 하고 후회했다.

꺼내기에 너무 이른 카드였다.

"아아, 휴대폰 통화 이력이 남아 있었나 보네요."

아카쓰카는 이해한 듯 고개를 끄덕였다.

"그렇습니까. 전화번호를 알면 통신 회사에 의뢰해 계약자의 당시 주소를 알 수 있다. 주소를 알아내면 아파트 관리회사 측에 문의해 직장을 알 수 있다. 그래서 이렇게 찾아오신 거군요."

아카쓰카의 거침없는 말을 들으며 고테가와는 속으로 이를 갈았다. 실제 고테가와가 그러한 길을 밟았기 때문이다.

"스즈네 씨와는 어떤 관계였습니까?"

"글쎄요. 고객 이전以前……이라고 하면 맞을까요."

"고객 이전? 그게 무슨 뜻이죠?"

“음, 순서대로 말씀드리죠. 와카미야 씨를 처음 만난 건 올해 2월 소개팅 자리였습니다. 직장 동료가 스즈네 씨의 직장 동료와 아는 사이여서요. 그래서 각자 직장 동료 중 싱글을 초대해 소개팅 자리를 주선했습니다.”

“그 뒤로 교제를 시작하신 겁니까?”

“아뇨, 아뇨. 그 자리에서 명함을 교환하고 두어 마디 주고받았을 뿐입니다. 단둘이 데이트 같은 걸 한 적도 없고요.”

“그건 좀 이상하군요. 그런 상대와 왜 그 뒤로도 연락을 주고받은 겁니까?”

“그게 바로 고객 이전이라는 뜻이죠. 소개팅을 하고 며칠 지나자 그쪽에서 먼저 연락이 왔습니다. 실은 주식 투자를 고려하고 있는데 상담 좀 해 줄 수 있겠느냐고요. 즉 연애가 아니라 주식 투자가 목적이었던 겁니다. 뭐 제 입장에서도 고객이 느는 건 바라 마지않는 일이죠.”

“이전이라는 건 정식 고객은 아니었다는 뜻입니까?”

“그렇습니다. 원래라면 고객 계좌로 등록한 뒤에 정식 고객으로서 상담해 드리지만, 신기하게도 그녀는 그런 걸 꺼렸습니다. 그냥 확실하게 오를 만한 종목만 알려 달라고……. 그, 내부거래라고 하죠? 그런 정보를 제게 요구한 겁니다.”

아카쓰카는 고개를 좌우로 흔들었다.

“고객도 아닌데, 아니 하물며 고객이라고 해도 그런 게 가능할 리 없죠. 그런 짓을 했다가 발각되면 저는 배임 행위로 즉시 해고되니까요. 그래서 에둘러 거절했지만, 스즈네 씨는 집요하게 연락해 왔습니다. 자신에게는 거액의 돈이 필요하고, 돈을 마련하지 못하면 자신은 끝장이라 했습니다."

그 무렵 스즈네는 고객의 예금 계좌에서 400만 엔의 현금을 인출했다. 그 구멍을 메우기 위해 단기간에 돈을 마련하려고 했다면 아카쓰카의 증언도 일리가 있다.

다만 그건 이 남자의 말을 곧이곧대로 믿는다는 가정하에서의 이야기다.

"어째서 거금이 필요한지는 명확하게 말해 주지 않았습니다. 이 일을 하다 보면 상대의 행동으로 대략 이유를 짐작해 볼 수 있는데, 절박한 모습을 보니 다른 사람에게 털어놓기 힘든 이유라는 건 금세 알겠더군요. 그래서 되도록 깊이 연관되지는 않으려고 했습니다만 그녀의 전화 공세는 그 뒤로도 연신 이어졌습니다. 이제는 그만하라고 부탁해도 소용없었죠. 그러다가 한 달 정도 지났을 때였을까요. 그녀로부터 연락이 뚝 끊겼습니다. 이제야 비로소 포기한 건가 싶어 가슴을 쓸어내렸습니다만, 설마 스스로 목숨을 끊었을 줄은……."

"아직 자살로 판정된 건 아닙니다."

"하지만 숲에서 목을 맸다고 하지 않았습니까. 자살 말고 더 의심할 요인이 있는 건가요?"

이 자식, 먼저 선수를 쳐서 물어 올 줄이야. 이런 수법에 넘어갈 내가 아니다.

"처음 말씀드렸다시피 사고와 사건 양쪽 측면에서 수사 중입니다."

"아무리 그래도 벌써 석 달이나 지났는데, 너무 신중한 거 아닙니까?"

고테가와는 화가 치밀었지만 마음을 가라앉히고 와타세의 모습을 떠올렸다.

"경찰은 신중할수록 좋지 않겠습니까?"

"물론 그 말도 맞습니다만……."

"스즈네 씨가 가지고 다니던 스마트폰에서 아카사카 씨와의 통화 기록이 깨끗이 삭제돼 있었습니다. 왜일까요?"

"그걸 저한테 물으셔도……. 하나 떠오르는 건, 자신이 거금을 마련하려고 했던 사실을 다른 사람에게 들키고 싶지 않아서가 아닐까요? 제 전화번호를 보고 연락하면 단기간의 주식 거래로 이득을 보려 한 사실이 드러나니까요. 역시 다른 사람에게 털어놓기 어려운 사정이 있었던 겁니다."

모범 해답으로 액자에 넣어 장식해 두고 싶을 정도다.

"요즘은 경기가 좋아졌다며 일반 서민들도 외환 마진 거래나 소액 주식 투자에 뛰어든다는 보도가 많이 나오죠? 물론 틀린 말은 아닙니다만, 주식으로 돈을 버는 사람이 있다면 반드시 큰 손실을 보는 사람도 있게 마련입니다. 하지만 경기가 좋아질 때에는 손해를 본 사람의 목소리가 잘 묻히곤 하지요."

"스즈네 씨가 그런 사례였다는 말입니까?"

"스즈네 씨처럼 젊은 사람들도 큰 손실을 보고 절망에 빠져 스스로 목숨을 끊는 일이 종종 있습니다. 이런 일을 하고 있으면 그런 사례를 저절로 많이 접하게 되죠."

"소개팅에서 만난 뒤로는 계속 전화 통화만 한 겁니까?"

"아뇨. 두어 번 찻집에 불려 간 적이 있습니다. 그쪽이 정한 가게라 장소 같은 건 기억하지 못합니다만."

"중요한 부분은 어떻게든 얼버무려 나중에 발뺌할 구실을 만드는 대답이군요."

고테가와가 노골적으로 빈정거려 봤지만 아카쓰카는 천연덕스럽게 반응했다.

"제 대답이 마음에 들지 않으셨나 보군요. 죄송합니다. 이 일을 하다 보면 담당자가 추천한 주식으로 손해를 봤다며 불만을 토로하는 고객을 자주 상대하게 돼서요. 말꼬리를 잡히지 않으려다 보면 자연스럽게 이런 투가 돼 버립니다……. 이런, 슬슬 거래 개시 시간이군요. 더 물으실 게 없다면 이만 가 봐도 되겠습니까?"

슬며시 눈을 치뜨고 묻는 아카쓰카를 보며 고테가와는 입술을 깨물었다.

상대가 한 수 위다. 인정할 수밖에 없다. 이쪽에서 뭘 어떻게 물을지 완전히 꿰뚫고 있다. 패를 좀 더 갖추고 상대하러 왔어야 했다.

"3월 27일 밤부터 28일 아침까지는 어디에 계셨습니까?"

"음, 이미 석 달이나 지난 일이라서요. 흐음. 일주일 전이면 몰라도 역시 석 달은……. 만약 어딘가에서 술을 마시고 있었다고 해도 과연 가게 쪽에서 기억하고 있을지 없을지."

"……다음에 다시 찾아뵙겠습니다."

그렇게 마지막 한마디를 남기는 것이 고작이었다.

*

액자 속 언니가 평소보다 더 환하게 웃는 것처럼 보여서 아카네는 안심했다.

언니. 이제야 경찰이 진지하게 조사해 주고 있어.

물론 그것만으로는 충분하지 않다. 범인이 붙잡혀 벌을 받아야 언니의 원통함이 조금은 가실 것이다.

그렇게 의젓하던 언니에게 횡령의 오명을 뒤집어씌우고 살해한 인간. 절대, 절대로 그냥 넘어갈 수 없다.

그 고테가와라는 형사는 그렇게 사려 깊어 보이지는 않지만 왠지 진정성이 보였다. 그 점만으로도 아사키리 경찰서 형사들과는 천양지차다. 당분간 상황을 지켜보자. 뭔가 문제가 생기면 그때 또 생각하면 된다.

스즈네의 사진을 바라보고 있는데, 휴대전화 착신음이 울렸다. 스마트폰을 꺼내 확인하니 그에게서 온 문자였다.

—어땠어?

역시 물어 왔다. 그도 신경 쓰고 있었던 것이다. 아카네도 문자로 답했다.

—아사키리 서가 아니라 현경 형사님이 오셔서 다시 한 번 조사해 주시겠대.

—현경? 이제야 정신을 차렸나 보네.

—언니에게 남자 친구가 있는지 물었어.

—그래서 대답했어?

—응. 있었을지도 모른다고 대답했어.

—그럼 됐네. 스마트폰에서 삭제된 데이터를 복구하면 범인 이름 같은 게 다 나올 거야. 이 이상은 끼어들지 않는 게 좋아 보여.

—응. 계획대로 된 것 같아. 다 네 덕분이야. 커렉터.

4

"아무것도 모르는 것처럼 차분하게 구는 게 마음에 안 들어."

마코토와 대화하는 동안 고테가와는 분한 듯이 이를 박박 갈았다. 미쓰자키 앞에서는 이런 모습을 보이지 않으니 적어도 그 노교수를 상대할 때보다는 마음을 열고 있다는 뜻일까.

"형사에게 범인으로 의심받는데도 눈썹 하나 까딱하지 않다니."

"그만큼 전혀 모르는 일이라 그런 건 아닐까요?"

"내 입으로 이런 말하기 좀 그런데, 아무리 결백한 사람이라도 앞에 서면 수상쩍어하면서 경계하는 게 바로 경찰이라는 존재들이야. 그런데 그 아카쓰카란 녀석은 그야말로 능숙한 느낌이었어. 꼭 형사가 올 걸 예상이라도 한 것처럼."

고테가와가 무슨 말을 하려는지 희미하게 이해됐다.

"능숙한 느낌이라는 건, 이게 처음이 아니라는 뜻일까요?"

"확증은 없지만……. 태도만 봐서는 상습범이나 다름없어. 정확히 몇 번째부터라고는 못 하겠지만 도난, 폭행, 방화 등 원래 같은 범죄를 반복하는 녀석들에게는 기이한 내성이 생기게 마련이야. 뭐라고 잘 표현은 못 하겠는데 아무튼 그쪽 세계에 있는 녀석들 특유의 냄새가 있어."

현재 법의학 교실 안에 있는 건 두 사람뿐이다. 뭔가를 포착하면 꼭 한마디 거드는 캐시도, 독설이야말로 자신의 존재 의의라고 믿어 의심치 않는 듯 보이는 미쓰자키도 없다.

하지만 이 눈치 없는 벽창호는 사건에 관한 이야기만 열심히 떠들고 있다.

"실은 마코토 선…… 아니, 법의학 교실 모두가 봐 줬으면 하는 게 있어."

마코토의 이 소소한 안달감 따위 전혀 눈치채지도 못하고, 고테가와는 가져온 가방에서 파일을 꺼냈다.

"와카미야 스즈네 사건이 3월 28일. 그 앞뒤로 혹시 비슷한 사건이 있었는지 뒤져 보니 이런 게 나왔어."

고테가와가 내민 파일에는 검시 보고서가 들어 있었다.

"올해 2월 2일 와코 시에 있는 부동산 중개업소에서 근무하던 도키에다 가호라는 여자 회사원이 똑같이 공원에서 목을 맨 상태로 발견됐어."

보고서에 기록된 아홉 군데 감별점을 보고 화들짝 놀랐다. 와카미야 스즈네의 보고서를 그대로 옮겨 적은 듯한 내용이었다.

"고테가와 형사님, 이건……."

"괜히 비슷한 사건이라고 한 게 아니야. 도키에다 가호는 회사 자금 3천만 엔을 착복한 혐의를 받은 상태에서 죽었어. 그런데 3천만 엔의 행방은 지금까지 밝혀지지 않았다더군. 동료 증언으로는 사귀던 남자 친구가 있었는데, 어디 사는 누구인지 다른 사람한테는 일절 말하지 않은 모양이야. 유서는 휴대폰에 입력돼 있었고 관할 서가 만약을 위해 통화 기록도 조회해 봤지만 특정 남성은 등록돼 있지 않았어."

들으면 들을수록 비슷하다.

아니, 이건 거의 같은 사건이라고 해도 무방하지 않을까.

"하지만 그걸 왜 저한테만 설명하시는 거예요?"

약간의 기대를 담아 물었지만 돌아온 대답은 역시 마코토를 실망시켰다.

"유품으로 돌려준 휴대폰을 다시 받아 분석해 볼 생각이야. 그래서 사망자의 집에 연락했는데 고인의 부친이 왜 조금 더 빨리 조사해 주지 않았느냐며 화를 내더군."

이 역시 스즈네와 마찬가지다.

“관할 서에서 사건을 맡았을 때 딸은 자살 같은 걸 할 아이가 아니니 철저하게 조사해 달라고 했는데 어이없이 자살로 처리해 버렸다고 해. 그때는 그랬으면서 이제 와서 왜 그러냐고…….”

그 심정은 가슴이 저릴 만큼 이해됐다.

“사법해부뿐만 아니라 부검의와 비용, 설비까지 부족하다고 설명했더니, 실제로 업계에 있는 사람에게서 직접 사정을 듣고 싶다고 하셨어.”

“그래서…… 절?”

“응, 미안하게 됐네.”

그렇다. 마땅히 미안함을 느껴야 한다.

특히 이런 이야기를 꺼내는 타이밍이 가장 미안할 일이다.

“저한테도 거절할 권리가 있겠죠?”

“물론이지만 거절하지 않았으면 해. 거절하면 우라와 의대의 체면이 깎일 테니.”

“왜죠?”

“나는 발이 좁아서 이런 걸 부탁할 법의학 관계자가 우라와 의대 법의학 교실 사람들뿐이거든.”

그럼 다른 두 분께 부탁하면, 하고 말을 꺼내다가 문득 깨달았다.

“캐시 교수님께 부탁하면 틀림없이 유족과 트러블을 일으키겠지. 미쓰자키 교수님께 부탁하면 트러블 전에 왜 먼저 알려 주지 않았느냐고 버럭버럭 화를 내실 거야. 둘 다 법의학 교실에 대한 인상이 안 좋아져."

"……모르는 사람이 들으면 대체 뭔가 싶겠네요."

"아는 사람이 들으면 그야 그렇다고 납득할 이야기지."

마코토는 탄식했다. 아무래도 거절할 권리가 없어 보였다.

도키에다 가호의 집에 도착하자 예상대로 현관 앞에서 부친에게 한 소리 들었다.

"그때는 아무리 간청해도 귓등으로도 안 들었습니다. 그러다가 이번에는 손바닥 뒤집듯 결정을 뒤집어 가호의 유품을 다시 달라고요? 제멋대로 구는 것도 정도가 있는 거 아닙니까?"

도키에다 가호의 부친 도키에다 히로유키는 고테가와와 마코토를 현관에 그대로 세워 두고 연거푸 불만을 늘어놓았다. 그의 태도에서 사건 당시 관할 경찰서가 얼마나 일을 대충 처리했는지가 보였다.

"그래서 이렇게 다시 찾아뵌 겁니다."

평소 다른 사람 앞에서 고개를 잘 숙이지 않는 고테가와가 고분고분하게 고개를 숙였다.

"초동 수사가 미진했다는 건 부정하지 않겠습니다. 그러므로 더욱 보강 수사를 세밀하게 하고 싶습니다. 아버님께서도 만약 따님이 자살이 아니었다면 진실을 밝히고 싶지 않으십니까?"

한없이 진지하나 이렇게 말주변이 없어서 상대를 설득하기란 쉽지 않다. 옆에서 들으면서 걱정이 된 마코토는 고테가와를 돕

기로 했다.

"꼭 경찰의 책임으로만 돌릴 수는 없습니다."

"뭐라고요? 그쪽한테는 또 다른 사정이 있다는 겁니까?"

"말씀드리기 송구한 이야기지만 저희가 모든 사망자를 부검할 수 있는 건 아닙니다. 나라의 예산이 절망스러울 만큼 부족해서요. 부검 비용은 각 경찰서에서 지출하고 있으니 당연히 절충이 필요합니다. 부검의도 매우 부족한 상황이고요."

"확실합니까? 어제 신문에서도 봤는데 일본은 의사와 변호사가 지나치게 많다던데요."

"둘 다 조건이 좋은 조직과 장소에 쏠려 있습니다."

부검의가 얼마나 열악한 환경에 있는지, 곧장 불평할 거리가 산더미만큼 떠올랐지만 이 앞에서 구구절절 이야기해 봐야 소용없다는 건 알고 있다.

"그런 건 전부 그쪽 사정 아닙니까. 우리 가호를 부검할 돈과 수고를 아낀 이유가 되지 않습니다. 범죄를 밝히는 게 경찰 일입니다. 그리고 의사가 할 일은 병의 원인과 사인을 찾는 것이고요. 당신들 공무원은 항상 그래요. 자신들이 일을 소홀히 한 원인을 모조리 조직 상황이나 예산 탓으로 돌리죠. 그냥 다 여러분이 스스로 맡은 일을 열심히 했으면 끝날 일 아닙니까?"

도키에다의 말이 가슴 아프게 파고들었다. 많은 이들이 공무원이라는 직책을 걸고넘어지지만, 이 남자는 딸의 죽음을 소홀히 다뤘다는 원한이 더해졌으니 오죽할까 싶었다.

일을 마무리하는 데는 민간과 공무원이 따로 없고, 완수할 수 없는 일을 조직과 예산 탓으로 돌리는 이는 민간에도 많다. 꼭 조직의 상황이나 예산 문제라고는 할 수 없다.

마코토가 비난받는다고 여겼는지 고테가와가 둘 사이에 끼어들었다.

"따님과 비슷하게 세상을 뜬 여성 분이 있습니다."

"뭐요?"

"만약 연쇄 살인 사건이라면 또다시 똑같은 사건이 발생할 가능성이 있습니다."

"범인이 붙잡혀도 가호가 살아 돌아오는 건 아니죠."

그 말에는 역시 화를 참을 수 없었을 것이다. 고테가와의 표정이 대번에 바뀌었다.

여기서 화를 내면 안 돼.

마코토가 고테가와를 말리려 할 때였다.

"그만해요, 아빠."

도키에다의 등 뒤로 중학생 정도로 보이는 남자아이가 다가왔다.

"쓰구오……."

"더 이상 꼴 보기 싫어요. 언제까지 그렇게 집착할 거예요?"

"조용히 있어라."

"누나의 스마트폰을 제가 쓰기로 했으니 이제 제 거예요. 그럼 제 걸 형사님께 빌려드리는 것도 제 마음이에요."

"쓰구오!"

"그리고 제 방에 다른 사람을 들이는 것도 제 맘이에요. 저기요, 형사님. 그런 곳에서는 대화하기 힘드니 제 방으로 오세요. 차는 못 내드리지만."

쓰구오는 부친을 힐끗 쏘아보고 등을 돌렸다. 다른 집안 사정에 참견하는 취미는 없지만 부친과 아들 사이의 관계가 미묘해 보인다. 어쨌든 고테가와와 마코토는 기회를 놓치지 않고 집 안에 발을 들였다.

쓰구오의 방은 계단을 오르면 바로 왼편에 있었다.

"이 반대쪽이 누나 방인데 그곳에는 멋대로 들어가시면 안 돼요. 거긴 엄마 아빠의 허락이 필요해요."

퉁명스러운 말씨는 마코토와 고테가와를 향한 것일까. 아니면 부모님을 향한 것일까.

"가호 씨가 자살이 아닌 것으로 판명되면 저 방도 조사해야 해."

"이미 전에 한 번 뒤지고 갔어요. 특별히 미심쩍은 부분은 없다며 그냥 빈손으로 돌아가던데요."

쓰구오의 방은 평범한 남자 중학생의 방이었다. 선반 위에 놓인 캐릭터 피겨와 장난감. 묘하게 전문가 같은 느낌을 주는 컴퓨터 주변 기기들도 요즘 남자 중학생들에게는 표준 장비일 것이다.

마코토는 방 안을 둘러봤지만 쓰구오가 누나와 함께 찍은 사진은 한 장도 없었다. 아니, 마코토 역시 사진은 휴대전화에만

들어 있으니 쓰구오 같은 세대라면 더욱 그럴 것이다.

"커렉터의 글이 그렇게 효과적이었나요?"

느닷없이 쓰구오가 물었다.

"현에서 시신이 나올 때마다 현경 홈페이지에 글이 올라오는 탓에 형사님들이 바쁘게 움직이고 있다던데요."

"그런 얘기는 어디서 들었지?"

"인터넷에 다들 난리예요. 누나 사건을 재조사하려는 것도 다 발등에 불이 떨어져서 그런 거라고."

"왠지 불만스러워 보이네."

"아까 아빠 앞에서는 그렇게 말했지만 저도 그때 수사를 제대로 하지 않은 경찰이 원망스러운 건 똑같아요. 가족 중에서 누나와 가장 말이 잘 통했고 친했거든요."

고테가와는 점차 험악한 분위기를 발산했다.

"따로 개인적으로 항의하고 싶어서 우리를 이곳에 부른 건가?"

그 말에는 반응하지 않고 쓰구오는 서랍에서 빨간 케이스에 담긴 스마트폰을 꺼냈다.

"제 말에 거짓은 없어요. 다만 가족의 죽음을 소홀히 취급당해 원망이 쌓인 사람이 있다는 걸 기억해 주셨으면 해요."

쓰구오가 휴대전화를 앞으로 내밀었다. 고테가와는 마치 아이와 경쟁하는 것처럼 휴대전화를 빼앗았다.

마코토는 무심코 웃음을 터뜨릴 뻔했다. 외모와 달리 두 사람의 정신 연령이 거의 비슷해 보여서다.

"누나한테 사귀는 남자가 있었나?"

"몰라요."

"사이가 좋았다며."

"아무리 사이가 좋아도 하지 않는 이야기가 있어요. 가족이라도 형제와 남매는 다르잖아요."

두 사람의 대화를 들으며 마코토는 와카미야 스즈네의 집에서 아카네와 나눈 대화를 떠올렸다.

쏙 빼닮은 상황과 비슷한 가족 관계. 그러나 죽은 이의 이성 관계를 알아보는 능력은 아카네 쪽이 훨씬 뛰어나다. 이는 남녀 차이이기도 하겠지만 어쩌면 정신 연령의 차이일지도 모른다.

"분석이 끝나면 곧 돌려주지."

"서두르지 않으셔도 돼요. 범인만 제대로 잡아 주신다면."

"아직 살인으로 밝혀진 건 아니야."

"자살 같은 걸 했을 리 없다니까요."

"그걸 어떻게 확신하지? 네가 아는 건 집 안에서의 누나였어. 성인한테는 밖에서 쓰는 얼굴이라는 게 따로 있는 법이야."

"엄청나게 강한 사람이었어요."

"뭐?"

"저 같은 건 감히 맞설 수도 없을 만큼 생명력이 강한 사람이었어요. 그런 누나가 회삿돈에 손을 댄 게 밝혀진 것 정도로 자살할 리 없어요. 정말로 누나가 회삿돈을 횡령했다면 쇼핑으로 돈을 펑펑 쓰다가 자수하든지, 아니면 외국으로 도피했을 거예요."

칭찬인지 비난인지 모를 말이지만 경찰의 공식 입장에 불만을 품고 있는 것만은 확실해 보인다.

"……사망자의 성격으로 기억해 두지."

"또 하나 기억해 주셨으면 하는 게 있어요."

"또?"

"만약 누나 사건을 조금 더 진지하게 수사하기만 했다면 다음 사건은 안 일어나지 않았을까요?"

쓰구오가 두 사람을 뚫어지게 바라보며 말했다.

이번 일이 만약 연쇄 살인일 경우 쓰구오의 지적은 그야말로 지당하므로 고테가와를 포함한 경찰 쪽에 변명의 여지는 없다. 또 거기에 조직과 예산 문제 따위는 아무 관련도 없다.

고테가와는 입을 한일자로 굳게 다물었다.

*

고테가와는 쓰구오에게서 건네받은 스마트폰을 즉시 현경 본부 감식과에 넘겼다. 그리고 결과가 나오자마자 한달음에 아카쓰카의 직장으로 향했다.

적진에 뛰어들 거면 최소한의 무기는 갖춰라. 평소 와타세에게 귀에 못이 박일 만큼 듣는 말이지만 그 '최소한'에 대한 인식이 상사와는 하늘과 땅 차이다.

그 무지막지한 남자는 적의 퇴로를 전부 차단하고 칼, 활, 독침, 총, 거기에 대포까지 준비하는 게 최소한이라고 생각하는 듯하나, 고테가와에게 최소한은 호신용 단도 정도였다. 적과 맞서는 순간 딱 한 번 칼을 휘둘러 치명상을 입히면 그만이라고 생각했다.

증권사 대기실에서 기다리고 있자 아카쓰카가 예의 그늘이라고는 없는 얼굴로 당당하게 걸어왔다.

"아아, 고테가와 형사님이셨죠? 와카미야 씨 건으로 아직 조사할 게 더 남았습니까?"

"아뇨. 오늘은 다른 일로 왔습니다. 아카쓰카 씨. 혹시 도키에다 가호라는 여성을 알고 있습니까?"

가호의 스마트폰을 분석한 결과 역시 스즈네와 마찬가지로 최근 통화 기록은 모두 아카쓰카의 이름으로 채워져 있었다.

고테가와의 예감은 적중했다. 두 여성의 비슷한 죽음 뒤에는 아카쓰카 다케시가 숨어 있었다.

"아아, 도키에다 씨 말입니까. 알다마다요."

아카쓰카는 순순히 털어놓았다. 고테가와가 예상한 바였다.

"2월 초순이었을까요. 친구로부터 그녀가 자살했다는 소식을 들었죠. 그리 친한 사이는 아니어서 장례식에는 못 갔습니다."

"한쪽은 증권맨, 다른 한쪽은 부동산 중개소에서 근무하는 여성. 두 사람의 접점은 대체 뭐였습니까?"

"도키에다 씨 동료가 제 대학 후배여서요. 그냥 그 정도 관계였습니다."

“그 정도 관계 치고는 연락이 잦았던데요.”

“와카미야 씨랑 똑같습니다. 명함을 교환하자마자 주식 투자로 자산을 관리하고 싶으니 확실히 주가가 오를 만한 종목을 알려달라고 하더군요. 그런 걸 알면 저희도 이 고생을 하지 않을 거고, 애초에 그런 건 내부 거래에 해당하죠. 하지만 그녀도 끊임없이 전화해 일방적으로 요구해 왔습니다.”

아카쓰카는 곤란하다는 표정으로 머리를 긁적였다.

“와카미야 씨든 도키에다 씨든 제게 그런 면에서만 매력을 느낀 것 같아서 솔직히 기분이 상합니다. 저한테 접근하는 여성들은 대부분 그렇더군요.”

“그리고 두 사람 다 스스로 목을 맸다?”

“듣자 하니 도키에다 씨도 회삿돈에 손을 대서 아주 곤혹스러운 처지였다던데요. 돈 문제에 시달리는 여성은 몸을 팔든지 죽음으로 책임지는 선택지밖에 없는 걸까요.”

세상 여성들이 들으면 불같이 화를 낼 말을, 안색 하나 바꾸지 않고 태연하게 입에 담는다.

“우연 치고는 일치점이 너무 많습니다. 이번에도 사망자 스마트폰에서 당신과 나눈 통화 기록이 깨끗이 삭제돼 있었고요.”

“그건 전에도 말했다시피 본인이 횡령한 돈 문제로 고민했다는 사실을 은폐하려고 그런 거라니까요. 그 이상의 의미는 없습니다.”

“당신은 그렇게 말하지만 도키에다 가호가 횡령한 것으로 추정되는 3천만 엔의 행방은 지금껏 밝혀지지 않았습니다."

"요즘 젊은 여자들한테 3천만 엔을 쥐어주면 한 달도 안 돼 다 써 버릴 겁니다. 그냥 이 부근 호스트바를 탐문 수사하는 게 더 나아 보이네요."

고테가와는 자신의 자제심에 감탄했다. 예전 같았으면 말이 끝나기도 전에 주먹이 먼저 나갔을 것이다.

"두 사건에 공통으로 관련된 인물은 아카쓰카 씨뿐입니다."

"그건 그쪽에서 억지로 그렇게 끼워 맞춰서죠. 매일 어디선가 사람이 목을 매 자살하는 사건이 일어납니다. 어떻게든 갖다 붙이면 반드시 공통점이나 관련성이 나오게 마련이고요. 이번 건도 그냥 우연 같은 거예요. 그리고 솔직히 말씀드리면 이렇게 찾아오시는 거, 아주 민폐입니다."

"수사하는 처지에서는 그냥 우연이라고 넘길 수 없습니다."

"그야 그러시겠죠. 하지만 제발 부탁이니 알리바이를 증명 못 한다고 저를 용의자 취급하는 건 그만둬 주셨으면 하네요. 넉 달이나 전의 알리바이를 증명할 사람은 은둔형 외톨이나 입원 환자 정도일 테니까요. 그리고,"

아카쓰카는 의미심장하게 미소 지었다.

"가장 중요한 시신은 형태 하나 남아 있지 않잖아요?"

5

“그러니까 가택 수사 한 방이면 끝낼 수 있습니다.”

현경 본부 형사실에서 고테가와는 강하게 주장했지만 마주하는 와테세는 코웃음을 칠 뿐이었다.

“회삿돈을 횡령한 끝에 목을 매 자살한 두 여자에게 공통된 지인이 있었다……. 그 정도로 영장이 나올 것 같나?”

“그 두 사람의 죽음에는 커렉터의 글도 엮여 있습니다. 자택, 정 안 되면 시신을 운반할 때 쓴 것으로 추정되는 자가용이라도 조사하면 반드시 뭔가 나올 겁니다.”

“3월부터 커렉터가 글을 몇 번이나 올렸지? 현경 본부와 관할 경찰서, 그리고 우라와 의대 법의학 교실이 매일같이 휘둘렸지만 대체 어떤 성과를 올렸나?”

와타세는 당장이라도 한 대 칠 것처럼 고테가와를 노려봤다. 이러니 수사 1과보다는 조직 폭력 대책과가 어울린다는 말이 나오는 거지만, 고테가와에게 이런 건 이미 일상이다.

“모조리 허탕인 건 아닙니다. 사쿠라 아유미 건과 히가 미레이 건은 살인으로 입건하지 않았습니까.”

“그럼 반대로 허탕 친 게 몇 건이지? 타율로 치면 1할 이하, 프로야구라면 2군행도 모자라 자유 계약 선수로 풀릴 만한 성적이야.”

그렇게 말하면 대꾸할 말이 없지만 그렇다고 주장을 굽힐 수도 없는 노릇이다.

아카쓰카 다케시가 범인이 확실하다. 고테가와의 감이 그렇게 말하고 있다. 수사 1과에 배정된 지 이제 몇 년차니 와타세의 연륜에는 못 미치지만, 그간 이런저런 거짓과 절망을 맛보며 경찰로서의 후각을 얻었다.

피의자 체포 현장이 아닌 이상 수색은 영장을 발부받아 할 수밖에 없다. 그러나 법원에 영장을 청구하는 것은 경부 이상 계급으로 정해져 있다. 즉 일개 순사부장인 고테가와가 간절히 부르짖는다 한들 소용없는 것이다.

"매일 입에서 단내가 날 만큼 지적해도 조금도 나아질 기색이 없군. 너는 생각하는 게 전부 얼굴에 드러나."

"네?"

"내가 고개를 끄덕이기만 하면 당장에라도 영장을 받을 수 있다고 생각하겠지?"

허를 찌르는 말이었다.

"내가 감과 기세만 믿고 수갑을 꺼낼 사람으로 보이나?"

"……아닙니다."

와타세가 그렇게 단세포가 아니라는 건 그의 밑에서 일하면서 금세 깨달았다. 거칠고 폭력적인 것은 겉모습뿐이고 속에는 각종 간계와 계략이 똬리를 틀고 있는 무시무시한 사람이다.

"넌 지금 법원을 너무 얕보고 있어. 영장 청구에는 필요성을 증명할 자료가 필요해. 판사가 납득할 만한 자료가 아니면 영장에 도장을 찍어 주지 않는단 말이다."

그건 고테가와도 알고 있었다. 그러나 중요한 시신이 이미 재가 되고 없다. 부검도 할 수 없는 상황인데 어떻게 판사를 설득하라는 말인가.

"아카쓰카에게 동기는 있나?"

갑자기 와타세의 말투가 변했다.

"와카미야 스즈네의 400만 엔, 도키에다 가호의 3천만 엔. 전부 당사자가 횡령한 사실은 있지만 돈의 행방은 아직껏 밝혀지지 않았지. 만약 아카쓰카에게 동기가 있다면 돈 문제라는 게 가장 그럴듯해. 아카쓰카에게 거액의 빚이 있다든지 아니면 거금이 흘러간 흔적이 있는지 조사해 봤나? 설마 영장이 없어서 자산 조사에 착수하지 못했다고 변명하려는 건 아니겠지?"

"현재 상황에서는 은행 조사가 고작입니다. 하지만 거액의 돈 흐름은 포착하지 못했습니다."

"주식으로 먹고사니 큰돈이 자주 왔다 갔다 하겠지. 그가 거금을 필요로 할 만한 이유는 얼마든 널려 있어. 그리고 꼭 그게 아니더라도 네 가설에서는 사망한 두 사람이 일산화탄소 중독으로 살해된 거 아닌가? 그렇다면 그에 걸맞은 무대 장치가 필요할 테니 철저하게 집을 수사하면 뭔가 증거가 나올 수도 있겠지."

"그렇다면……."

"하지만 피해자들이 돈 문제로 고민했다는 것 정도로는 판사를 설득할 수 없어."

와타세는 눈빛을 번득이며 말했다.

"와카미야 스즈네나 도키에다 가호 건은 이미 한 번 자살로 처리된 건이야. 그걸 다시 철회하고 살인으로 입건하려는 건데 공통된 지인이 돈 문제로 고민했다는 정도의 사실을 적어 내 봐야 비웃음만 사고 끝날 게 뻔하지 않겠나? 그 두 가지 사건이 자살이 아니라는 걸 시신과 부검 없이 판사에게 납득시켜야 하는 거다."

다른 사람 입으로 들으니 지금 자신이 하려는 일이 얼마나 어려운 일인지 절절히 느껴졌다.

"이건 마치 모자에서 비둘기를 꺼내는 거나 마찬가지네요."

"그래, 그렇다고 할 수 있지. 하지만 나한테 영장을 청구시킬 요량이라면 그런 마술 같은 짓이라도 하라는 말이다. 가끔은 이마가 아니라 뇌에도 땀을 흘리도록 해."

*

"시신이 필요해."

법의학 교실에 얼굴을 들이밀자마자 고테가와는 혼잣말처럼 중얼거렸다. 정면에 서 있던 마코토는 저도 모르게 미간을 찌푸렸지만 의자에 앉아 있던 캐시는 마치 동지라도 발견한 듯 양손을 맞댔다.

"그러지 말아요, 고테가와 형사님. 그런 무시무시한 말을 꺼내는 사람은 저 한 명으로 족합니다."

"무시무시할 것도 말 것도 없습니다. 시신이 있어야만 그 남자의 덜미를 잡을 수 있습니다."

고테가와는 아카쓰카를 만나 조사해 온 내용을 두 사람에게 전했다. 본인은 냉정하게 이야기한다고 생각하겠지만 군데군데 분한 감정이 묻어 나왔다.

"이제 와서 이런 말하는 게 죽은 자식 나이 세기 같은 짓이라는 건 저도 잘 압니다. 하지만 판사에게 영장을 청구할 재료가 너무 부족하네요. 모처럼 마코토 선생이 검시 보고서의 허점에 대해 조언도 해 줬는데, 그 역시 아홉 개의 감별점 중 하나가 특이하다는 해석 정도에 그칩니다."

듣고 보니 고테가와의 말이 타당했다. 부검하지도 않았는데 검시 보고서에 트집을 잡는 건, 책을 읽지 않고 목차만 가지고 독후감을 쓰는 거나 마찬가지다.

캐시가 허공을 올려다보며 탄식했다.

"오, 이렇게 되고 보니 역시 일본의 화장이라는 풍습은 법의학자에게 백해무익하다는 게 느껴집니다. 땅에 묻었다면 나중에라도 얼마든지 진실을 밝혀낼 수 있을 텐데요."

"묘도 함부로 팔 수는 없어요."

마코토가 은근히 나무랐지만 캐시는 얼굴을 살짝 찡그릴 뿐 반성하는 기색은 없었다.

“하지만 말입니다, 마코토. 나폴레옹과 베토벤처럼 역사적인 인물들의 사인이 지금까지 거론되는 건 시신이 남아 있었기 때문입니다. 그런 의미에서 시신이 필요하다는 고테가와 형사님의 발언은 폴리스맨으로서 지극히 내추럴한 욕구 표출입니다.”

“내추럴하든 어쨌든 이대로 있으면 아카쓰카를 놓치게 됩니다. 그것만은 용납할 수 없습니다.”

역시 앞뒤 가리지 않고 정의감을 불태우는 건 여전하다. 다음 말은 더욱 허를 찔렀다.

“빨리 붙잡지 않으면 분명 세 번째 희생자가 나올 겁니다.”

“그게 무슨……. 형사님이 두 번이나 찾아가 조사했는데 또 일을 저지른다고요?”

“확실한 증거도 없이 앞으로도 계속 감시하는 건 불가능해. 그리고 수사원 수에도 한계가 있고. 마코토 선생, 잘 들어. 녀석은 두 건의 위장 공작을 성공했다고 스스로 믿고 있어. 그런 체험에 맛 들인 녀석은 세 번째, 네 번째를 반복하게 마련이야. 살인이라는 건 원래 습관이 돼.”

“세 번째 희생자가 나오면 그때야말로 즉시 부검을…….”

“캐시 교수님!”

마코토와 고테가와가 동시에 외쳤다.

그러나 마코토는 외친 뒤에 잠시 고민했다. 캐시의 말은 너무 직설적이지만 지적 자체는 타당하다. 와카미야 스즈네와 도키에다 가호의 타살 가능성을 제시하려면 부검이 가장 효과적인

데, 그러려면 반드시 시신이 필요하다. 그렇다고 해서 과거에서 시신을 소환하는 건 마술사가 아닌 이상 불가능하다.

"하지만 마코토."

캐시는 묘하게 자조 섞인 투로 말했다.

"현실에 보디가 없으면 우리 법의학 교실 멤버들이 관여할 수 없습니다. 고테가와 형사님 임무가 됩니다."

"그야 그렇지만……."

대답하며 옆을 훔쳐보자 고테가와도 자각하고 있는지 겸연쩍은 표정을 짓고 있었다.

이봐.

평소에 온갖 잘난 척은 다 하면서 가끔 그런 얼굴 보이지 말아줘. 반칙이잖아.

어쨌든 지금 눈앞에 닥친 문제는 고테가와의 상사에게 수색영장을 청구하게 할 만한 재료를 찾는 일이다.

뭔가 방법이 없을까. 고테가와와 고테가와의 상사도 눈치채지 못한 단서는 없을까.

그러나 아무리 머리를 굴려도 묘안은 떠오르지 않았다.

상황이 변한 건 열흘째 되는 날이었다.

마코토가 홀로 법의학 교실을 지키고 있는데, 책상 위 전화의 내선 램프가 깜빡였다. 법의학 교실 옆에 있는 시신 기증 단체를 찾는 전화다. 아무리 기다려도 받을 기색이 없자 마코토는 내선 버튼을 눌러 직접 전화를 받았다. 소카 경찰서에서 걸어 온 문의 전화였다. 우라와 의대에 시신 기증을 등록한 이가 사망했다고 한다. 마코토는 단체 관련자가 부재중이라고 전할 생각으로 대충 흘려듣다가 기증 시신의 상태를 접하자마자 목소리를 높였다.

"사인은 그게 확실한가요?"

그리고 터무니없는 생각을 떠올렸다.

스스로도 기가 찰 만한 발상에 처음에는 그냥 웃어넘기려 했지만, 생각하면 할수록 이것 외에 다른 방법은 없는 것 같았다.

전화를 끊고 다시 생각을 정리한 다음, 머릿속에서 계획대로 돌려 보자 미쓰자키와 윗선이 격노할 만한 문제가 산더미처럼 떠올랐다.

그래도 마코토는 떠오른 아이디어를 버릴 수 없어 잠시 후 마음을 정하고 고테가와를 호출했다.

"만사 제쳐 두고 지금 당장 시신 운반차를 끌고 법의학 교실로 와 주세요."

"만사 제쳐 두고라니 무슨 일이야? 지금은 이쪽도 다른 건으로……."

"위장 자살 건으로 영장을 청구하게 될 수도 있다면요?"

"15분이면 도착할 테니 기다려."

"아, 그리고 그전에 준비해 주셨으면 하는 게 있어요."

약속대로 고테가와는 딱 15분 만에 왔다.

"말한 대로 시신 운반차를 끌고 왔어. 현경에서 요청도 없었는데 무슨 일이지? 설마 시신 운반차로 드라이브라도 하려는 건 아니겠지?"

"멋진 드라이브가 될 수 있겠네요. 목적지는 소카 시예요. 사정은 가는 길에 설명할 테니 지금 당장 출발해요."

고테가와는 기선을 제압당하고 운전석에 올라탔다.

"그래서, 목적지는?"

"소카 경찰서요."

시신 운반차가 고속도로에 진입하자 때가 됐다는 듯 고테가와가 입을 열었다.

"법의학 교실에는 늘 신세를 지고 있고 마코토 선생은 적어도 나보다는 신중한 사람이라고 믿고 있어서 자세한 건 묻지 않았어. 대체 무슨 일이야?"

"지금부터 소카 경찰서에 가서 시신을 한 구 받을 거예요. 현장 상황과 남겨진 유서를 통해 담당 검시관이 사건성 없는 자살로 판단했다고 해요. 사망자는 50대 여성. 사인은 일산화탄소 중독. 자가용에 배기가스를 주입했다고 해요."

"응? 혹시……."

"여성은 생전에 시신 기증을 희망했어요. 하지만 아무리 검시관이 사건성이 없다고 판단했어도 변사체인 이상 기증은 불가능해요."

"설마……. 와카미야 스즈네와 도키에다 가호 시신 대용으로 쓸 생각인가?"

"네. 일산화탄소 중독사 시신을 목맨 자살 상태로 만들 거예요. 그 소견이 두 사람의 검시 보고서랑 비슷하게 나온다면 와타세 씨가 영장을 청구할 수 있을 만한 재료가 되지 않을까요?"

실물이 존재하지 않는다면 비슷한 것을 데이터로 채용한다. 발상으로서는 문제가 없지만 대상이 시신이라면 이야기가 달라진다. 지금껏 그런 비슷한 사례를 들어 본 적도 없다.

"사망자에게는 가족이 없다고 해요. 따라서 사후 처리나 장례식 비용을 고려해 사전에 기증 단체에 등록했겠죠."

"……실로 어마어마한 발상이군, 마코토 선생. 놀랄 노 자야."

"미쓰자키 교수님 밑에 있다 보면 자연히 이렇게 돼요."

"꼭 그래서만은 아닌 것 같은데."

"부검과 장례에 필요한 비용을 이쪽에서 부담해야 할 텐데, 이번에는 부검 비용을 수사 비용으로 변통할 수 있을까요?"

고테가와의 입꼬리가 축 내려갔다.

"시신 운반차까지 가져온 마당이야. 이제 와서 거절할 거라고 생각한 건 아니겠지? 이제는 거의 책사가 다 됐네."

"제 입장에선 예상되는 문제 중 하나라도 줄여 두고 싶어요."

"그렇겠지. 소카 서 쪽은 괜찮다고 해도, 우리 서는 이미 바닥을 드러낸 부검 비용을 한층 쥐어짜야 해. 예산과 윗선 눈치만 살피는 과장님은 그렇다 쳐도, 반장님한테는 어떻게 설명해야 할지……."

"두려우세요?"

"그 사람을 두려워하지 않는 건 시신뿐일걸."

"꼭 설득해 주세요. 고테가와 형사님은 이미 공범이니까요."

그러자 고테가와가 소리 내어 탄식했다.

"미쓰자키 교수님께 가르침을 받았다고 하면 납득할 수밖에 없겠지. 아무튼 부하는 상사를 고를 수 없다는 게 문제야."

"그건 저도 동감이에요."

소카 경찰서에 도착하자 미리 얘기를 해 둔 덕에 시신 인도 절차는 원만하게 이뤄졌다.

자살한 여성은 가족 없이 홀로 살았다고 한다. 시외에 있는 가전 양판점에서 일했는데, 불륜 상대인 상사에게 차이면서 보란 듯이 죽음을 택했다고 한다. 시신이 발견된 지 스물네 시간이 지나 사후 경직도가 가장 높은 상태다. 이대로 시간이 경과할수록 스즈네와 가호가 놓였던 조건에서 멀어질 것이다.

마코토는 필요한 서류에 서명하고 담당 형사에게 재차 확인했다.

"이걸로 이 시신은 우라와 의대의 관리하에 놓이는 거죠?"

"네."

"죄송합니다. 시신을 좀 확인하려고 하는데 잠깐 자리를 비켜 주시겠습니까?"

담당 형사가 밖에 나가자 영안실에는 마코토와 고테가와만 남았다.

정말 죄송합니다. 당신의 몸을 수사에 활용하게 되었어요. 더는 희생자를 늘리지 않기 위한 조처이니 모쪼록 이해해 주셨으면 합니다.

마코토는 두 손을 모으고 미리 준비해 온 밧줄을 꺼냈다.

"그럼 부탁드려요. 고테가와 형사님."

"이거 정말로 공범이 된 기분이군."

고테가와는 툴툴거리면서도 들것 위에 올라가 천장에 도르래를 설치했다. 도르래를 설치하기 위한 도구도 가져와 달라고 마코토가 미리 말해 두었다.

"자, 다 됐어."

고테가와는 도르래의 강도를 확인하고 마코토에게 밧줄을 건네받아 끝을 매듭지었다. 탐탁지 않은 일이지만 시신을 건네받은 의미를 살리려면 어쩔 수 없다.

시신을 들것째로 옮긴 뒤 원형으로 묶은 밧줄에 시신의 머리를 넣었다.

"이다음부터는 나 혼자 할 테니 마코토 선생은 밖에 나가 있든지 고개를 돌리고 있어."

앞으로의 작업은 위장 공작이 남자 한 명의 힘으로 가능한지를 시험하는 의미도 있으므로 혼자 해 보겠다는 뉘앙스였다.

"안 돼요."

마코토는 일언지하에 거절했다.

"이 계획을 떠올린 사람이 저예요. 끝까지 지켜봐야지, 안 그러면 책임을 회피하는 것 같아서 싫어요."

그러자 고테가와는 이해했다는 듯이 고개를 가볍게 끄덕였다.

밧줄 한쪽을 도르래에 걸고 서서히 잡아당긴다. 시신은 밧줄에 매달려 점차 상반신이 세워지더니 줄이 팽팽해지자 천장에 매달린 형태가 됐다. 모든 체중이 실렸을 때 축 늘어진 목 언저리에서 삐걱하는 소리가 들렸다. 고테가와는 벌레라도 씹은 표정이었다.

"마코토 선생."

"네."

"해 보니 알겠는데, 이런 짓을 할 수 있는 놈한테는 인간의 피가 흐르지 않을 거야."

시신을 목매단 상태로 두고 두 시간이 흐르자 누군가 문을 노크하는 소리가 들렸다.

"슬슬 철수해야겠군."

고테가와와 마코토는 천천히 시신을 내리고 도르래와 밧줄을 재빨리 정리했다. 수사를 위해서라고 해도 옆에서 보면 범죄 행위 그 자체이므로 죄책감이 상당했다.

그러나 이걸로 아카쓰카가 벌인 위장 공작을 거의 재현한 셈이 된다. 지금 이곳에 누워 있는 건 스즈네, 가호와 같은 수법으로 살해당한 시신이다.

두 사람은 시신을 운반차에 싣고 소카 서를 뒤로했다. 백미러에서 경찰서 건물이 더 이상 보이지 않게 되자마자 겨드랑이 밑에서 땀이 흠뻑 배어나왔다.

"조금 전 고테가와 형사님이 하신 말씀, 백 퍼센트 동감이에요."

"응?"

"이런 짓을 아무렇지 않게 벌이는 인간은 분명 정상이 아니에요."

우라와 의대로 돌아가자 법의학 교실 안에 도깨비가 진을 치고 기다리고 있었다.

"지금 둘이 무슨 짓을 벌였는지 알고 있나?"

미쓰자키는 평소보다 낮은 목소리로 말했다. 억양이 없는 만큼 강렬한 분노가 이쪽에도 고스란히 전달됐다. 보아하니 아무래도 마코토의 아이디어를 이미 꿰뚫어 본 듯했다.

일산화탄소 중독으로 사망한 시신을 목매단 상태로 만든다. 우선 그 행위만으로 사체 손괴죄를 물을 수 있다. 사망자에게 가족이 없다는 게 불행 중 다행이지만 그래도 위법 행위임은 틀림없다.

"처음 계획을 떠올린 사람이 저예요. 그러니 모든 책임은 제게……."

"아닙니다, 미쓰자키 교수님. 이야기를 다 듣고 시신을 소카서에서 가져온 게 접니다. 그러니 시신 인도는 저한테 책임이,"

"질 수도 없는 책임에 대해 지껄이기는. 정말 얼간이들만 모였군."

미쓰자키는 두 사람의 변명을 단칼에 자르고 들것에 다가가 시신을 내려다봤다.

"마코토 선생. 사후 몇 시간 지났지?"

"스물네 시간 정도입니다."

"사후 경직이 최고조일 때군. 얼른 부검실로 옮기도록."

"교수님, 그럼."

"제멋대로 일을 벌인 것에 대해서는 나중에 단단히 각오해 둬. 하지만 지금은 모처럼 얻어 온 시신이 쓸모없어지기 전에 해야 할 일을 해야겠지. 얼른 몸을 움직여. 어물쩍거리다간 또 그쪽의 멍청이 상사가 방해하러 올 테니."

고테가와와 마코토는 재빨리 눈빛을 교환하고서 시신을 실은 들것을 부검실로 옮겼다. 그 뒤로 다시 목소리가 들렸다.

"집도는 마코토 선생이 맡아."

마코토는 소스라치게 놀라 뒤돌아봤다.

"여기까지 발을 담근 이상 끝까지 스스로 책임져야 하지 않겠나?"

6

부검실에는 고테가와와 캐시뿐 아니라 미쓰자키도 들어왔다. 마코토는 무심코 물었다.

"왜 교수님까지……."

"손 하나 까닥하거나 입도 벙끗하지 않을 테니 걱정 마."

요즘은 대학원생을 가르치며 집도를 맡을 때가 종종 있지만 미쓰자키 앞에서 메스를 쥐는 것은 이번이 처음이었다. 걱정하지 말라니 그야말로 무리한 부탁이다.

"왜 우두커니 서 있지? 소견 말 안 하나?"

"아, 네."

미쓰자키의 재촉 한마디에 손가락이 떨리기 시작했다. 마코토는 양손에 힘을 넣었다.

"시, 시신은 50대 여성. 경부에 밧줄 자국 있음. 밧줄 자국 부위에는 표피 박리가 확인됩니다. 또 자국은 앞 목에서 후상 방향을 향하다가 후두부에서 소실돼 전형적인 밧줄에 의한 목 졸림을 암시합니다. 분뇨 실금 흔적 있음. 시반은 선홍색으로 하복부에 집중. 피하 출혈 흔적은 없고 압박 부분에는 밧줄에 의한 함몰이 확인됩니다. 안면 울혈과 결막 일혈점은 없지만, 반대로 말해 그것이 있으면 액사 소견과 일치해……."

"메스를 들기 전에 무슨 쓸데없는 말이 그리도 많지? 집도 전에 선입견을 구구절절 늘어놔서 어쩌자는 건가?"

"죄, 죄송합니다."

"사과할 시간 있으면 메스부터 들도록."

"……메스를."

보조를 맡은 캐시에게 메스를 건네받고 시신 목 부근에 집어넣는다. 단단하게 느껴지는 건 사후 스물네 시간이 지나 사후 경직이 최고조에 달해서일까. 흙빛의 기증 시신과는 감촉이 전혀 달랐다.

불현듯 유통기한이라는 단어가 머릿속에 떠올랐다. 시신에 이런 말을 붙이는 건 불손하게 느껴지지만 시신도 역시 살아 있다. 시간 경과에 따라 내부는 녹아내리고 조직은 변질된다. 시간이 흐를수록 부패 때문에 사인을 구분하기 힘들어진다. 실제로 메스를 들어 보니 미쓰자키가 일분일초를 아끼는 이유가 절실히 이해됐다.

칼이 지나간 자리에 경동맥이 나타났다. 아직 변색이 진행되지 않아 생전 상태를 유지하는 듯이 보인다.

미쓰자키를 힐끗했지만 노교수는 그저 팔짱을 끼고 부검대에 놓인 시신을 가만히 노려보고 있다.

"다음으로 가슴을 열겠습니다."

메스로 약간 비뚤어진 Y자를 그렸다. 메스가 움직이자마자 핏방울이 툭툭 튀어나오는 것은 움직임이 느리기 때문이다. 미쓰자키가 집도할 때는 절개 후 약간의 시간 차를 두고 핏방울이 올라왔다.

이런 바보. 비교할 게 따로 있지.

마코토는 스스로를 질책하며 팔을 움직였다. 피부를 열자 드러난 장기와 조직은 아직 생물로서의 색을 유지하고 있다.

"장기와 혈액은 시반과 같은 선홍색. 목 졸림에 의한 질식사와는 명백하게 다릅니다. 각 장기에는 울혈과 폐부종이 많이 보이므로 혈액을 채취합니다."

마코토는 직접 혈관에서 혈액을 채취해 캐시에게 건넸다. 검사 방법은 몇 가지 있지만 일산화탄소 중독을 의심하는 상황이므로 흡광도 측정이 가장 간편하다.

검사 혈액을 탄산나트륨 수용액으로 희석하고 차아황산나트륨을 더해 용해시켜 흡광도를 측정한다. 그다음 538nm과 555nm의 흡광도 비율을 구하고 검량선으로 혈중 일산화탄소 헤모글로빈 농도를 구한다.

잠시 뒤 캐시의 감정 없는 목소리가 부검실 안에 울려 퍼졌다.

"헤모글로빈 농도 78퍼센트."

인간은 통상 헤모글로빈 농도가 60퍼센트를 넘은 시점에 혼수상태에 빠지고, 70퍼센트가 넘으면 호흡이 정지한다.

"시신의 표면 소견은 목 졸림에 의한 사망으로 생각할 수 있지만, 해부와 혈액 검사에 의해 나온 사인은 일산화탄소 중독으로 판명됐습니다. 안면 울혈과 결막 일혈점이 없는 것은 사후 스물네 시간 이후 경부를 압박해서입니다. 따라서……."

"따라서 전에 발생한 두 자살 사건을 반드시 목 졸림에 의한 사망으로 볼 수 없다는 건가?"

미쓰자키의 말이 날카롭게 가슴을 파고들었다. 소카 경찰서에서 제대로 된 설명 없이 시신을 건네받은 사실은 둘째 치고 와카미야 스즈네와 도키에다 가호 건은 누구한테 들었을까. 황급히 고테가와 쪽을 봤지만 그도 놀란 듯 고개를 흔들었다. 혹시나 싶어 캐시를 바라보자 이 붉은 머리 조교수는 노골적으로 시선을 피했다.

"비교 대상으로 삼는다고 해도 검시 판정을 뒤집고 싶은 시신들은 20대 여성이지. 그러나 이 시신은 50대인 데다 사후 스물네 시간이 지났다. 왜 조금 더 조건이 비슷한 시신을 찾아오지 않았지? 어차피 무모한 짓을 벌일 거라면 세부까지 속속들이 확인해야 하는 거 아닌가? 시신을 쓸모없이 낭비할 작정인가?"

"하지만 온전히 조건에 맞는 시신은 좀처럼……."

"그럼 나타날 때까지 기다려야지. 촌각을 다투는 일도 아닌데 섣불리 움직인다? 그런 걸 두고 바로 졸속이라고 하지."

지적은 처음부터 끝까지 타당해서 반박할 수 없다. 꾸중 듣는 학생처럼 말없이 있자 미쓰자키가 한마디 더 보탰다.

"확인이 끝났다면 얼른 봉합해."

각오를 다지기는 했지만, 내가 한 짓은 결국 헛수고였나. 자책과 패배감으로 팔이 무거워졌다.

"이봐, 애송이."

"네?"

"이 시신의 부검 보고서를 참고 자료로 첨부할 생각인가?"

"아, 네. 그렇게 해서 반장님이 납득하실지는 알 수 없지만……."

"마코토 선생. 보고서를 다 쓰면 나에게 넘기도록."

"네?"

"보충 의견을 덧붙여 주지. 이 녀석의 상사는 심사가 배배 꼬인 데다 젊은이들의 의견은 들은 척도 않는 철저한 권위주의자야. 마코토 선생의 이름만 적힌 보고서 따위 거들떠보지도 않을 게 뻔해."

"저, 하지만 시신을 손괴해 버린 점은……."

"흥. 보고서 한 장으로 두 사건을 입건할 수만 있다면 그 권위주의자도 눈 한쪽 정도는 감아 줄지 모르지. 그게 아니더라도 수사 1과 약점이라면 얼마든지 내 손아귀에 있어."

그 말을 듣고서야 마음이 놓였다. 그리고 이 노교수의 말 한마디에 일희일비하고 있는 자신을 깨달았다.

언젠가는 이 속박에서 벗어나고 싶다고 생각했다. 하지만 적어도 지금은 아니다.

*

아카쓰카의 가택 수사에는 와타세가 동행했다. 고테가와도 상사와 함께 움직이는 건 익숙하지만 오늘만큼은 안절부절, 가만히 있기가 어려웠다.

원인은 조금 전 법원에서 막 발부받은 수색 영장이다. 와타세가 직접 법원에 가서 받아왔지만 얼굴은 여전히 벌레 씹은 표정이었다.

"사건과 아무 관련도 없는 부검 사례를 참고 자료로 첨부한 건 이번이 처음이군. 그럴 만도 하지. 그런 어처구니없는 망상을 하는 녀석은 많지 않으니."

그럼에도 전례를 중시하는 판사를 결국 설득했으니 대단한 교섭력이라고 탄복하지 않을 수 없다. 판사가 전부터 와타세와 친한 사이였다고는 하지만.

"처음 말을 꺼낸 게 대체 누구지? 너? 아니면 그 쓰가노라는 젊은 선생?"

마코토에게 책임을 전가하고 싶지 않아서 고테가와는 입을 다물었다. 어차피 거짓말을 해 봐야 들킬 게 뻔하다.

"형사와 법의학자가 친해지는 건 상관없지만 상대를 잘 고르라고."

그 말은 역시 흘려들을 수 없었다.

"그게 무슨 뜻입니까?"

"콤비란 건 말이지, 한쪽이 액셀러레이터라면 다른 한쪽은 브레이크 역할을 해야 해. 만약 둘이 동시에 액셀을 밟으면 어떻게 될까? 그야말로 폭주가 펼쳐지는 거지. 정확히 지금 너랑 그 선생이 딱 그 꼴이고."

"반장님은 마코토 선생을 딱 한 번 보셨을 뿐 아닙니까."

"굳이 여러 번 봐야 알겠나? 자신도 없으면서 충동적으로 내달리는 타입이더군. 너랑 똑같이."

짚이는 바가 있어서 역시 반박할 수 없었다.

"미쓰자키 교수가 에둘러 못도 박았어."

와타세는 못마땅하게 말했다.

"우리 애를 꾀지 말라는 식이던데. 무슨 내가 불량학생 보호자라도 되나? 화딱지 나게."

아카쓰카의 집은 세련된 아파트였다. 지하에 있는 거주자용 주차장에 아카쓰카의 차가 세워져 있는 것도 확인했다. 수사원들은 와타세와 고테가와를 뒤따랐다.

현재 시각 밤 11시 30분. 이미 조사를 통해 이 시간에 아카쓰카가 주로 집에 있다는 것도 확인했다.

잠옷 차림으로 현관에 나온 아카쓰카는 와타세와 고테가와를 보고 어안이 벙벙해진 듯했다.

"아카쓰카 다케시. 집을 수색한다. 이건 압수 수색 영장이다."

아카쓰카는 와타세가 내민 수색 영장을 구멍이 생길 만큼 뚫어지게 응시했다.

"영장을 이토록 뚫어지게 쳐다보는 녀석은 오랜만이군."

"이게 무슨……. 증거도 없는데 이런 게 나온다고요?"

"그래, 그쪽 말대로 이게 무슨 교통 위반 딱지처럼 쉽게 나오는 건 아니니까. 그러니 발부받은 보람이 있었으면 좋겠군."

와타세는 아카쓰카를 거실 소파에 앉히고 맞은편에 앉았다.

"요란하게 들이닥쳐서 미안하군. 하지만 그쪽 직장은 매일매일 더 소란스럽지 않나? 그러니 조금만 참아 줘."

수사원들이 가구와 서랍을 뒤지는 모습을 보며 아카쓰카는 불안을 감추지 못했다. 전에 직장에서 보인 태도와는 하늘과 땅 차이였다.

결국 그건 결코 자신에게 수사의 손길이 미칠 일은 없을 거라고 우습게 여긴 끝에 나온 허세였나. 두 명의 시신이 이미 재가 된 이상 의심을 받을 순 있어도 영장이 나올 거라고는 꿈에도 예상하지 못했을 것이다.

그래도 아카쓰카는 항의를 멈추지 않았다.

"만약 이렇게 강제로 뒤져서 아무것도 나오지 않으면 사이타마 현경에서는 어떻게 책임질 겁니까?"

"책임이라."

와타세는 그렇게 말하며 가슴을 뒤로 쭉 젖혔다. 오만하기 이를 데 없는 몸짓이지만 다 아카쓰카의 화를 더욱 돋우기 위한 연기다.

"방을 어지럽히고는 있지만 가구를 부수거나 살림에 손해를 끼치는 건 아니지. 압수한 물건들도 조사를 마치면 즉각 돌려줄 테니 물적인 손실은 제로야."

"또 억울한 무죄 사건을 만드는 거 아닙니까?"

"그쪽을 피의자로 검찰에 송치해 죄를 씌운다면 그렇게 되겠지만, 현 상황은 어디까지나 수사 단계야. 결백하다면 그냥 얌전히 있어도 되지 않겠나?"

"혐의를 받는 것만으로도 제 신용에 흠집이 생깁니다."

"그냥 조사뿐이라면 따로 기자 발표도 하지 않아. 이 아파트 근처에도 매스컴 관계자로 보이는 이는 없더군. 수사해서 혐의를 벗으면 그 이상 추궁당할 일도 없지. 그래도 당최 정신적 고통을 못 견디겠다면 손해 배상으로 위자료 청구든 뭐든 해도 돼."

와타세는 반쯤 감은 예의 그 눈으로 아카쓰카를 보았다. 의심이 가득한, 마치 더러운 오물을 내려다보는 듯한 눈빛이 상대에게 압박감을 주는 건 이미 계산했을 것이다.

"하지만 이쪽도 이렇게 요란하게 들이닥친 데는 그에 상응하는 이유가 있게 마련 아니겠나? 그 의문만 해소된다면 지금 당장 수사원들을 돌려보낼 수도 있지."

아카쓰카의 눈에 조금이지만 희망의 기운이 감돌았다. 그러나 이 역시 와타세의 교섭술 중 하나에 지나지 않는다.

"혹시 돈에 쪼들린 적이 있나? 백만, 천만 단위로."

"전 그냥 성실하게 하루하루를 사는 회사원입니다. 무모한 짓을 벌이거나 분수에 맞지 않는 사치는 부리지 않습니다."

"인간은 꼭 무모한 짓을 벌이지 않아도 늪에 빠질 때가 있지. 그쪽이 말하는 분수란 게 평범한 사람의 기준보다 크다면 늪도 그만큼 깊을 테고."

"무슨 말을 하려는 겁니까?"

그러자 와타세는 수색 영장을 흔들어 보였다.

"우리가 이런 종이 한 장만 기다리며 그냥 손가락 빨고 있었을 것 같나? 영장이 없어도 조사할 방법은 산더미야. 그중 하나가 바로 그쪽의 업무 내용이었지. 고객의 자산 운용을 담당한다지?"

"네, 그렇습니다."

"그럭저럭 우수한 트레이더라던데."

"그냥 다른 사람들만큼 합니다."

"하지만 그런 사람도 실수할 때가 있더군. 1월에 거액의 매수를 걸었는데 예상과 달리 주식이 급락했지. 고객한테는 비밀로 한 무단 매수였다던데, 맞나?"

이건 주식 거래 데이터를 아직 입수하지 못한 상태에서, 그의 직장 동료를 통해 들은 소문에 지나지 않았다. 그러나 아카쓰카는 어깨를 들썩일 만큼 크게 동요했다.

"고객의 자산이 큰 폭으로 감소한 사실은 없습니다."

"그야 그렇겠지. 손실을 내도 곧장 다시 메워 두기만 하면 발각되지 않으니. 하지만 그 직후 도키에다 가호가 3천만 엔이나 되는 현금을 횡령했다가 결국 목을 맨 사실이 겹쳐진다면 아무래도 의심할 수밖에 없지 않겠나? 그 3천만 엔의 행방이 지금껏 밝혀지지 않은 것도 그렇고. 게다가 비슷한 일이 와카미야 스즈네에게도 일어났지."

"그건 전부 소문에 불과하지 않습니까?"

"뭐 증거가 없으니 그 말이 맞아. 하지만 반대로 증거만 있으면 진실성을 갖게 되겠지? 미리 말해 두지만 수색 영장 적용 범위는 이 집만이 아니야. 당연히 근무처의 데이터 열람도 포함되지. 그래도 계속 돈에 쪼들린 적 없다고 주장할 셈인가?"

아카쓰카의 얼굴에 다시 동요의 기색이 보였다. 그리고 변명인지 반박인지를 하려고 입을 열려는 순간, 수사원 중 한 명이 달려와 와타세에게 귓속말을 했다.

“아카쓰카 다케시 씨. 기뻐하도록. 그쪽한테 좋은 소식이야. 손해 배상과 위자료 청구 소송 없이 끝날 것 같군.”

“네?”

“지하 주차장에 세워 둔 그쪽 차를 조사했는데, 업자에게 의뢰하면 흔적이 남으니 차량 내부 청소를 스스로 했나 보지? 근데 나는 그 ‘DIY’라는 것에 회의적이라서 말이야. 누가 아니랄까 봐 방금 차내 콘솔 부분에서 배기가스 분자가 채취됐다고 하는군.”

아카쓰카의 입이 떡 벌어졌다.

“알코올 같은 걸로 구석구석 닦은 모양인데 손이 미치지 않은 곳이 남아 있었던 모양이야. 의식을 잃은 상대를 조수석에 태우고 미리 정해 둔 장소로 직행. 밖에서 배기가스를 주입. 그리고 타이밍을 잰 다음 나무에 매단다. 단순한 수법이지만 증거만 남지 않으면 들키지 않을 거라 생각했나?”

“하, 하지만 배기가스가 역류하는 경우도 있습니다. 머플러가 눈 같은 걸로 막혔을 때라든지.”

“그쪽은 최근 1년 동안 머플러가 막힐 정도로 눈이 퍼붓는 곳에서 차를 운전한 적 있나? 뭐 그런 식으로 어떻게든 꽁무니를 뺀다고 해도 또 하나의 잔여물에 대해서는 그럴 수 없을걸. 조수석 시트 안쪽에서 뭔지 모를 분비액 같은 게 채취됐어. 이게 두 명의 희생자 중 누군가의 실금 흔적이라면 이번에는 그쪽이 목에 밧줄을 걸 차례겠지?”

다음 날 저녁 시간이 지난 무렵 고테가와와 마코토는 다시 도키에다 가호의 집을 찾았다. 전날 아카쓰카 다케시 체포 소식이 뉴스로 보도돼서인지 두 사람은 어려움 없이 집 안으로 들어갈 수 있었다.

방문을 열자 쓰구오가 침대에 걸터앉아 있었다. 두 사람의 방문을 예상했는지 놀라는 기색은 없다.

"뉴스 봤어요. 드디어 잡혔네요."

십 년 묵은 체증이 내려간 것처럼 평온한 얼굴이었다.

"그때 가져간 누나의 스마트폰을 돌려주러 왔다. 그리고……."

"네, 알아요. 저를 체포하러 오셨겠죠."

"……왜 그렇게 생각하지?"

"이 방에서는 차가 다 보이거든요. 그냥 휴대폰만 돌려주러 왔다면 비노출 경찰차 두 대는 필요 없겠죠. 의사 누나를 데려온 건 아버지에 대한 최소한의 배려겠고요."

필요 이상으로 머리가 잘 돌아가는 아이다. 아니, 누나에 대한 복수를 실행한 시점에서 이미 어린아이 취급은 불가능하지 않을까.

"네가 커렉터라는 걸 인정하나?"

"전에 오셨을 때 저기 있는 컴퓨터를 유심히 보셨죠. 의심을 사고 있구나 싶었어요."

"경찰청 사이버 범죄 대책반의 도움으로 3월 이전을 포함한 커렉터의 최초 글에 대해 끈기 있게 IP 주소를 추적해 왔지. 그러다 간신히 도달한 게 바로 이곳 주소였어."

"여러 서버를 거쳐서 안전할 줄 알았는데."

순순히 고개를 떨궜지만 이걸로 끝이 아니다.

"하지만 널 커렉터라고 가정하면 이해가 안 되는 점이 하나 생겨. 도키에다 가호의 시신에 관한 정보는 아는 게 당연한데, 두 번째 피해자 와카미야 스즈네에 관한 상세한 정보는 제삼자인 네가 어떻게 알았지? 당장 떠오르는 건 스즈네 씨 측근으로부터 정보를 제공받았을 가능성인데."

그 순간 쓰구오의 안색이 변했다.

"실은 여기 오기 전 와카미야 스즈네의 여동생인 아카네를 만나고 왔다. 스마트폰에 너와 나눈 문자들이 남아 있더군."

"……걔가 뭐라고 하던가요?"

"아직 아무 말도 하지 않았어. 의리를 지킬 생각이겠지. 하지만 이 정도로 증거가 갖춰졌다면 입 다물고 있어 봐야 소용없어. 누나의 죽음에 의문을 품어 온 넌 경찰이 제대로 일 처리를 해 주지 않아서 화가 났겠지. 거기에 아카네가 합류했을 테고. 아닌가?"

쓰구오는 눈빛에 반항기가 서렸지만 왠지 슬픈 기운도 느껴졌다.

"제가 경찰의 무능함을 비판하는 글을 트위터에 올렸더니 꽤 많이 공유가 됐어요. 그중 자기도 같은 생각을 하고 있다는 아이를 만나서……."

"그게 아카네와 처음 알게 된 계기인가."

"네."

그다음은 굳이 설명할 것도 없다. 두 사람은 자신들의 언니, 누나의 죽음에 같은 남성이 연관돼 있다는 것을 알고 있었다.

"꼭 그렇게 성가신 짓을 해야 했나?"

"고작 중고등학생 두 명이 아카쓰카라는 남자가 수상하니 조사해 달라고 해 봐야 들어 주기나 하겠어요? 저도 아카네도 수박 겉핥기식 수사만 하는 경찰들을 믿을 수 없었어요. 그렇게 똑똑했던 누나를 속인 아카쓰카이니 경찰도 쉽게 속일 수 있을 것 같았고요. 하지만 정체불명의 누군가가 두 사람의 죽음에 의문이 남는다, 왜 조금 더 성실하게 조사하지 않느냐고 계속해서 글을 올리면 재수사 정도는 고려해 주지 않을까 싶었어요."

그래서 커렉터라는 정체불명의 괴한을 만들어 낸 것인가.

현경 본부를 끊임없이 쥐고 흔든 범인을 붙잡고 보니 중학생이었다. 고테가와는 내일 신문 지면을 상상하며 어깨를 축 늘어뜨렸다. 얼굴을 마주한 마코토도 곤혹스러워 하는 표정인 걸 보니 아마도 비슷한 생각을 하고 있을 것이다.

그러나 결말이 아무리 양두구육이라 해도 커렉터 사건은 이걸로 마무리된다.

"같이 가 줘야겠어."

"저…… 이제 와서 이런 말해 봐야 소용없겠지만, 제 죄가 무겁나요?"

"글쎄. 위력威力 또는 위계僞計에 의한 공무집행방해겠지. 커렉터 때문에 현경 본부와 우라와 의대 법의학 교실 기능이 한때 마비된 건 확실하니. 아무리 중학생이라 해도 순순히 넘어갈 수는 없을 거야."

고테가와의 말을 듣고 쓰구오는 힘겹게 허리를 일으켰다.

"고작 그것 좀 썼다고 잡혀갈 줄이야."

쓰구오가 마지막으로 내뱉은 말이 이상하리만큼 귓가에 맴돌았다.

폭로하다

1

고테가와가 현경 본부 복도를 걷고 있을 때 건너편에서 낯익은 얼굴이 다가왔다.

"아, 고테가와다."

그를 발견한 히메카와 유키에가 눈을 빛내며 달려왔다.

"오랜만이네. 잘 지냈어?"

인사하며 어깨를 퍽 치는 통에 방심하고 있던 고테가와는 순간 무릎이 꺾였다. 하마터면 쿼당 소리가 복도 전체에 울려 퍼질 뻔했다.

"……히메카와. 아무리 상대가 직장 동료더라도 조금은 여성스럽게 인사해 달라고 몇 번이나 충고했지."

"아하하, 미안미안. 하지만 고테가와, 쭉 와타세 반장님 밑에 있잖아. 그럼 좀 거친 쪽이 평소 생활 리듬에 맞지 않을까 했지."

"하루 종일 그런 대우를 받는 게 즐겁겠어?"

"근데 힘들긴 해도 재미없지는 않잖아. 수사 1과에 배치되고 나서 적어도 심심하지는 않다고 하지 않았어?"

"심심하지 않은 게 아니라 심심할 틈이 없는 거야."

"부럽네. 정 싫으면 나랑 바꾸는 건 어때?"

"나더러 분필 들고 다니라고?"

"주차 위반자들 변명 듣는 게 좀 짜증 나긴 해도 속도위반 차량을 쫓는 건 나름 스릴 있다고."

"살인범을 쫓는 게 더 스릴 있을걸."

"그건 그러네."

유키에가 키득키득 웃었다. 그 웃음소리에 고테가와는 희미하게 위화감을 느꼈다.

히메카와 유키에는 고테가와와 같은 해에 현경 본부에 들어온 동기다. 그러나 그런 사실을 넘어 유키에와는 묘하게 마음이 잘 맞았다. 배치된 부서는 수사 1과와 교통과로 서로 달랐지만 상사를 향한 불평불만은 비슷해서 술자리에서는 마치 동성 친구처럼 편하게 수다를 떨었다.

타고난 여장부여서 대화를 하고 있어도 이성으로 느껴지지 않는다. 팔 힘도 세서 현경 본부 주최 유도 대회에서 맞붙었을 때는 판정패를 당했다. 만나면 부서가 달라서 더 자유롭게 근황을 주고받는 사이였다.

"하지만 수사 1과도 요새 좀 조용해지지 않았어? 그 커렉터인지 뭔지 하는 관심병 종자도 붙잡았잖아."

"일단은 그렇지."

"일단은 또 뭐야?"

"아직 본인이 모든 걸 털어놓은 건 아니니까."

"아아, 그렇구나. 범인이 중학생이랬지? 막상 붙잡히니 겁먹어서 횡설수설하는 건가?"

"아니. 횡설수설은커녕 아주 침착한 상태야. 나이가 나이인 만큼 처분이 무겁지는 않을 거라 생각하고 있는지도 몰라. 답변에도 전혀 막힘이 없어."

"그럼……."

"증언 내용 일부의 앞뒤가 안 맞아."

"조금이라도 죄를 가볍게 만들려는 거 아냐?"

"음, 그런 아이로는 안 보인다는 게 문제야."

고테가와는 머릿속으로 도키에다 쓰구오의 얼굴을 떠올렸다. 반항만이 살길이라 여기는 전형적인 사춘기 남자아이지만 이따금 죽은 누나를 향한 마음도 내비친다. 허세를 부리기는 해도 마음을 잘 감추는 타입은 아니다. 감질나게 사실을 털어놓으며 경찰을 농락할 만한 기술은 없어 보였다.

고테가와가 본인의 느낌을 담아 말하자 유키에는 이해한다는 듯이 고개를 끄덕였다.

"음. 네가 그렇게 생각하는 거라면 대략 맞겠지. 넌 여심 같은 건 몰라도 중딩 심리 같은 건 잘 읽으니까. 정신연령이 비슷해서."

"어이."

"그 법의학 교실 여선생이랑도 데이트 한 번 한 적 없지?"

느닷없는 지적에 숨이 턱 막혔다.

"그런 건 또 어디서 들었어!"

"아, 역시 본인만 모르는구나. 생각해 봐. 시체 냄새가 풍기는 퀴퀴한 법의학 교실에 젊고 예쁜 여자가 섞여 있으면 당연히 눈에 띄겠지? 그리고 그 여자 옆에는 항상 수사 1과의 소도둑 같은 놈이 붙어 있고. 소문이 도는 게 당연하지 않겠어?"

"일이니까 어쩔 수 없다고."

"식상한 변명을 늘어놓기 전에 포커페이스부터 좀 배우는 게 어때? 정말 너처럼 속을 알기 쉬운 사람도 없을 거야. 가끔은 와타세 반장님을 좀 보고 배워. 그렇게 살다가는 세상살이 고달파져."

"보고 배웠다가 오히려 더 고달파질 것 같은데."

"혹시 여태껏 상사랑 마음을 못 텄어? 좋겠네. 긴장감이 끊이지 않는 직장 환경이라."

"넌 어때?"

"응?"

"다른 사람한테 이러쿵저러쿵할 시간에 너야말로 상대를 만드는 게 어때. 경찰은 직장에 있는 시간이 기니까 조금이라도 한가할 때 찾아 둬야지, 서른 넘기고선 위험해."

"지금 그 말 성희롱이야."

"남자는 괜찮고 여자를 상대로는 안 되는 건가?"

"원래 성희롱이란 게 그런 거야. 몰랐다면 이번 기회에 잘 배워둬."

시원시원하게 말을 끝낸 유키에가 갑자기 입을 가리고 고개를 숙였다.

"왜 그래?"

"……아니야. 요새 몸 상태가 좀 안 좋아서……. 설사 증세도 좀 있고."

위화감의 정체가 이거였나.

목소리에 힘이 없고 독설도 예전 같지 않다. 안색도 나쁘다.

"갱년기 장애인가?"

"저기 말이지. 아무리 상대가 20대 여자여도 그 말도 성희롱이야. 조심해. 웃어넘길 사람 나밖에 없어."

"그래. 너도 무심한 한마디로 소도둑놈들 순정에 상처 주지 않도록 조심해."

대화를 마치고 걸어가는 유키에의 뒷모습에서도 피로가 묻어난다. 교통과 일이 생각보다 더 힘든 걸까.

조만간 또 한잔하러 가야겠다. 그런 생각을 하며 취조실로 향하는데, 이번에는 엘리베이터 근처에서 또 다른 얼굴과 맞닥뜨렸다.

"아, 고테가와. 수고 많네."

스미가 심각해 보이는 얼굴로 고테가와에게 인사했다. 그러나 이 검시관은 평소에도 이런 표정이라 감정을 읽기가 어렵다.

"여전히 수사 1과는 바쁘군."

"형사과에 다녀오셨습니까?"

"검시 보고서에 설명이 필요한 부분이 있어서 말이야. 참, 그러고 보니 커렉터를 붙잡았다며?"

"검시관님도 관심 있으셨습니까?"

"물론이지. 그놈 때문에 사이타마 현경이 이리저리 휘둘렸으니. 단순한 사고를 무리하게 수사하니, 부검으로 돌리니 해서 보통 때와는 달리 다들 힘들었잖아."

"지금도 후유증에 시달리는 중입니다."

그 말은 고테가와의 개인 의견이라기보다 수사 1과 전체의 분위기였다. 관할 경찰서보다는 다소 낫다지만 현경 본부도 인원과 예산에 한계가 있다. 원래라면 단순 사고나 자살로 처리할 건에 커렉터 글이 올라왔다는 이유로 인원을 투입하고, 우라와 의대 법의학 교실을 필두로 사법해부를 맡는 각 대학에도 폐를 끼쳤다. 연말이 되려면 아직 멀었건만 부검에 쓰일 예산은 바닥을 드러낸 상태이고, 부검에 종사하는 팀원들도 피로에 질게 찌들어 있다.

"그렇지만 범인이 중학생일 줄이야. IP 주소를 교묘하게 위장했다고 해서 성인 짓이라고 생각했는데."

"요즘 중학생들을 우습게 보면 안 됩니다. 디지털에 강한 세대니까요. USB 메모리를 입에 물고 태어난 것 같은 녀석들입니다."

"해외 서버를 경유하는 것 정도는 손쉽게 한다는 말인가. 아날로그 세대가 진두지휘하는 수사 1과도 고생이 많겠군."

스미는 범인에게 흥미를 보이면서도 왠지 남의 일처럼 말했다.

생각하면 그럴 만도 하다. 수사 1과 형사와 법의학 교실 사람들은 계속해서 커렉터에게 휘둘렸지만, 스미를 포함한 검시관들은 커렉터가 엮여 있든 아니든 모든 변사체 검시를 맡고 있으니 기존 업무량 면에서 차이가 없다. 커렉터가 모습을 드러낸 3월 전부터 통상 운행을 해 왔고, 고테가와나 마코토처럼 특별히 고생할 일도 없었다.

"아무리 그래도 중학생이라니. 우리 큰애랑 비슷한 나이라 남일 같지 않군."

남 일 같지 않은 부분은 그쪽인가. 그러고 보면 평소 동료나 상사를 직장인으로만 보지 한 집안의 가장으로 본 적이 거의 없다.

"설마 검시관님 큰아이도 커렉터 같은 짓을 할 가능성이 있습니까?"

"아이 양육과 교육은 아내에게 다 맡겨 두고 있어서 말이지. 애들에 대해 물으면 솔직히 대답을 망설일 수밖에 없어. 그 중학생한테도 사상적 배경이라든지 범행에 이르게 된 확고한 동기 같은 게 있었나?"

"지금 조사 중입니다만 묘한 사상을 추종하거나 중2병에 걸린 것 같지는 않습니다. 그냥 어디에나 있을 법한 건방진 꼬맹이에요."

"그런 아이가 현경 본부를 혼란에 빠뜨리는 지능범이 돼 버리는 게 현대 사회의 병리겠지. 그렇게 생각하지 않나?"

스미가 심각한 얼굴로 말했지만 그것이야말로 고테가와에게는 남 일이었다. 현대 사회의 병리 따위 신경 쓸 시간에 커렉터 진술 조서를 한 자라도 더 써야 한다고 생각했다.

"저는 이만 그 현대의 병리인지 뭔지를 조사하러 가겠습니다."

"아아, 그래. 방해해서 미안하네."

즉시 고개를 숙이는 모습을 보면 제 일처럼 느끼는 의식은 희박해도 제대로 된 사회인은 맞다. 고테가와는 마주 인사하고 그대로 취조실로 향했다.

붙잡혔을 때부터 지금까지 커렉터, 즉 도키에다 쓰구오의 태도에 변화는 없었다. 오만하거나 비굴하게 굴지도 않고 그저 비슷한 나이대 남자아이 특유의 토라진 눈빛으로 고테가와를 흘겨볼 뿐이었다.

"자, 그럼 시작해 볼까."

고테가와가 인사 대신 선언하자 곧장 쓰구오가 반응했다.

"몇 번을 물으셔도 대답은 똑같아요."

"글쎄. 바로는 떠오르지 않는 기억이 시간이 지날수록 되살아나는 경우가 종종 있지. 같은 질문을 계속하는 것도 그런 이유고."

"비효율적 아닌가요?"

"원래 인간 자체가 비효율적이야."

"어휴, 말이 안 통해."

"누나의 복수를 하겠다고 나선 너도 만만치 않지. 자각하도록."

"자각하고 있으니 다 얘기하고 있잖아요."

"다라고 할 수 있을까? 네가 지금껏 털어놓은 건 누나 도키에다 가호와 와카미야 스즈네에 대한 것뿐이고, 그 뒤 153건의 글에 대해서는 계속 시치미를 떼고 있지."

"그건 정말 모른다니까요. 제 컴퓨터도 다 조사하지 않았어요?"

쓰구오의 지적에 틀린 말은 없다. 그의 신병을 확보한 후 감식반에서 압수한 컴퓨터를 철저히 분석했지만 결과는 허탕이었다. 쓰구오가 해외 서버를 경유해 현경 홈페이지에 접근한 흔적은 단 두 건밖에 없었다.

감식과 직원 중 한 명은 이런 말을 남기기도 했다.

"이 정도 지식과 능력이 있다면 현경 홈페이지에 접근한 흔적도 없앨 수 있지 않을까요?"

기술적으로 불가능하지 않다고 하니 수사 1과도 그 가능성을 의심하고 있지만, 취조 담당을 맡은 고테가와에게는 여전히 의문이 남았다.

시신에 관한 자세한 정보에 대해서다.

"누나의 시신이 어떤 상태였는지는 가족인 네가 당연히 알 수 있었겠지. 와카미야 스즈네의 시신에 대해서도 그 동생 아카네에게 들었을 거야. 하지만 다른 건들은 어떻게 정보를 입수했지?"

커렉터가 쓴 글에는 공통점이 있다. 시신 발견 날짜와 시신의 손상 정도가 적혀 있다는 것이다. 계획된 살인이라면 범인이 아닌 이상 알 수 없는 정보다. 그렇기에 수사본부 일원들은 커렉터의 글이 올라올 때마다 재수사에 돌입했던 것이다.

"그러니까 모른다고 했죠. 전 그냥 누나의 억울함을 풀어 주고 싶어서 경찰의 눈을 아카쓰카 쪽으로 돌리려 했을 뿐이에요. 아카네에게 도움받은 것도 그 애 언니가 같은 남자한테 속았다는 걸 알아서예요. 다른 자살과 사고 같은 건에는 제가 관여할 이유가 없잖아요."

"관여할 이유가 없는 골칫거리를 만들어 즐기는 걸 쾌락 범죄라고 하지. 수사본부에서는 그렇게 보는 의견도 적지 않아."

"다들 바보예요? 그런 짓을 해서 저한테 이득이 될 게 뭐가 있는데요? 사리분별 못하는 세 살짜리 애들 장난도 아니고."

"그래, 네 말이 맞아. 그 이득 될 거 없는 세 살짜리 장난 같은 짓을, 너보다 나이가 훨씬 많은 수많은 사회 부적응자들이 즐기면서 하고 있지. 그게 현실이야."

쓰구오는 순간 놀란 것처럼 눈을 크게 떴지만 금방 불만스러운 얼굴로 돌아왔다.

"지금 절 그런 놈들과 똑같이 취급하는 거예요? 누나의 억울함을 풀어 주고 싶은 저 나름의 절실한 마음으로 한 일인데, 그런 중2병 환자 같은 놈들이랑 똑같은 취급을 한다고요? 정말 어이가 없네요."

중학생에게 중2병이라고 질타당하는 건 대체 어떤 기분일까. 고테가와는 상상해 봤다.

"방금 수사본부 안에서 그런 의견도 적지 않다고 하셨죠?"

"그래."

"형사님은 어떻게 생각하세요?"

수사원의 사적 견해를 용의자 앞에서 말하는 건 칭찬받을 일이 아니다. 이쪽 수사 방침을 전달하는 거나 마찬가지이기 때문이다.

그래도 눈앞에 앉은 쓰구오를 보고 있자 왠지 가만히 있을 수 없었다.

"집에서 체포될 때 네가 한 말 기억하냐? '고작 그것 좀 썼다고 잡혀갈 줄이야'라고 했지. 그 말이 영 마음에 걸려."

"그건 진심이었어요. 제가 올린 건 고작 두 건인데, 그 정도로 현경 본부가 들이닥쳐 절 잡아가는 건 코미디라고 생각했으니까요."

체포될 때 자기도 모르게 내뱉은 말이 거짓말 같지는 않았다. 도키에다 가호와 와카미야 스즈네 건 외의 수사 정보를 쓰구오가 알고 있었다는 확증도 없다. 있는 것이라곤 여죄를 추궁하면 언젠가 털어놓을 거라는 수사본부의 예상뿐이다. 실제로 구리스 과장이 그런 말을 했을 때 옆에 있던 와타세는 들으라는 듯이 "그게 가장 안심할 수 있는 결론이기는 하죠" 하고 독설을 내뱉었다. 적어도 그는 수사본부의 희망적 관측 따위에는 일고의 가치도 없다고 생각하고 있을 것이다.

그렇다. 커렉터가 쓴 일련의 글이 모두 쓰구오의 소행이라는 건 어디까지나 수사본부의 희망적 관측에 지나지 않는다. 최근 몇 개월 동안 커렉터에게 이리저리 휘둘린 데서 온 분노와 피로가 수사본부를 안일한 해결책으로 이끄는 것이다.

이럴 때에도, 아니 이럴 때라서 더욱 와타세는 고테가와가 취조실에 들어가기 전, 말했다.

"잘 들어. 정말 제대로 된 취조를 하고 싶다면 어설픈 기자 나부랭이들처럼 결론을 미리 낸 상태에서 사안을 분석해서는 안 돼. 술술 잘 풀리는 이야기에 혹하지 마. 어딘가에서 잘 풀리면 다른 어딘가에서 막히게 마련이야. 그리고 의혹에 휘둘리지 말고 오로지 사실과 논리만 가지고 생각하는 거다."

여전히 선문답 같은 조언이지만 사실과 논리만 가지고 생각하라는 말만은 머리에 쏙 들어왔다. 우라와 의대 법의학 교실에서 몸소 체감했기 때문이다.

표면의 상태에 현혹되지 않고 몸을 절개해 장기의 손상 정도를 직접 확인하고 논리적으로 사인을 규명한다. 그것은 현대 과학 수사가 중요시하는 정신 그 자체다.

"형사님. 상식적으로 생각해 보세요. 누나와 아카네의 언니에 대한 거면 몰라도 다른 사건 사고에 대한 수사 정보를 제가 어떻게 알겠어요?"

그것은 고테가와가 수사 회의에 참석해 의문점으로 제기한 것이기도 했다. 그러나 구리스 과장의 대답은 극히 간단했다.

"그 정도 기술이 있으면 현경 본부 메인 컴퓨터를 해킹했을 가능성도 있지 않나?"

구리스의 말을 그대로 전하자 쓰구오는 기가 찬다는 표정을 지었다.

"그분 제정신이에요? 보안이 철통같은 관공서 메인 컴퓨터를 해킹하는 게 고작 IP 주소를 바꿔치기하는 것과 비슷한 줄 아세요? 경찰들은 그런 것도 모르나?"

물론 아는 사람도 있겠지만 판단을 내리는 윗선 중에는 없을 것이다. 평소에도 피부로 느끼는 거지만, 쓰구오 앞에서는 말할 수 없다.

"하나를 보면 열을 알 수 있다는 말이 있지? 사이버 범죄에 한 번 손을 댄 이들은 매일매일 연습을 거듭해 실력을 갈고닦지. 왜냐면 그들 대부분은 정규직 취직도 못하는 식충이에다 연습에 투자할 시간은 넘쳐나니까."

"……그거, 누구 의견인가요?"

"글쎄. 세간에 도는 일반론이랄까. 해커에 대한 이미지가 그렇지 않나?"

"대체 몇 년 전 얘기예요? 저기요, 형사님. 요즘 해커들이 그럴 것 같아요? 기업, 아니 심지어 국가로부터 스카우트되기를 기다리며 움직이는 사람들이라고요."

쓰구오는 다시 불만 가득한 표정으로 돌아갔다.

"괜히 체포됐어요."

"뭐?"

"경찰이 이토록 무식한 줄 알았으면 쉽게 체포될 일도 없었을 텐데."

구리스 과장과 주변 인물들에게 들려 주고 싶은 말이다.

"솔직히 이야기하면 믿어 줄 거라 예상했는데."

"그건 미안하군. 하지만 아무리 누나를 위해서라고 해도 현경 본부를 혼란에 빠뜨린 건 사실이야. 당분간 벌 받았다 생각하고 하늘을 원망하도록."

"당분간요?"

"너희 반에는 순 바보들만 모였나?"

"갑자기 그게 무슨……. 바보도 있기는 한데 다는 아니에요."

"이래 봬도 경찰은 거대한 조직이다. 사이타마 현경만 해도 1만 1천 명 이상의 경찰이 근무하고 있지. 1만 1천 명이라고, 1만 1천 명. 그중에는 네 말대로 무식한 인간도 있겠지만 그렇지 않은 이들도 많아."

고테가와는 쓰구오와 눈을 마주치고 설득조로 말했다.

"걱정하지 마. 우리 본부에는 말이지. 감에만 의존하는 수사나 자기 보신을 위한 수사, 억울한 자를 잡아들이는 수사를 누구보다 싫어하는 미스터 고리타분 씨가 있으니까."

"그냥 큰소리치러 오신 거예요? 수사본부의 의혹을 풀 단서도 없으면서?"

고테가와의 이야기를 듣던 마코토는 어이없어 하며 팔짱을 꼈다.

"근거도 없으면서 왜 그런 헛된 기대를 품게 만드는 거죠?"

"근거는 없지만 자신은 있어."

"어떤 자신요?"

"이래 봬도 꼬맹이의 거짓말 정도는 분간할 수 있어. 저지르지도 않은 죄를 인정하게 하는 일은 안 해."

"그렇다고 고테가와 형사님이 법의학 교실에 올 필요는 없잖아요."

"힌트가 필요해."

"네?"

"난 쓰구오의 증언이 옳다고 믿고 있어. 그리고 그렇게 가정하면 와카미야 스즈네 건 이후에는 두 번째 커렉터가 글을 썼다는 뜻이 돼. 즉 모방범이라는 말이지. 이 모방범은 관할 안에서 나온 변사체에 대한 정보를 쥐고 있었어. 반대로 말하면 시신 상태를 알고 있는 관계자 중에 두 번째 커렉터가 숨어 있다는 뜻이야."

"고테가와 형사님."

조용히 두 사람의 대화를 듣던 캐시가 끼어들었다.

"그건 한마디로 현경 관계자를 의심하고 있다는 뜻입니까?"

"가능성이 아예 없다고는 할 수 없죠. 다만 이런 얘기를 현경 본부 안에서 큰 소리로 떠들 수는 없는 노릇 아니겠습니까."

"고테가와 형사님의 보스는 뭐라고 했습니까?"

"아주 기본적인 말만 하시더군요."

고테가와가 입술을 쭉 내밀자 정면에 선 마코토가 웃으며 그를 바라봤다.

"가능성이든 뭐든 떠나 이 일련의 사건을 통해 누가 가장 이득을 봤는지를 생각하라고……."

"지극히 타당한 말이군요."

"그래서 생각해 봤습니다. 커렉터가 글을 올리기 시작하면서 생긴 게 뭔지. 그걸로 이득 본 자가 누군지. 가장 먼저 떠오르는 건 부검 횟수가 엄청나게 늘었다는 점입니다. 그리고 부검 횟수가 는다는 건, 당연히……."

마코토가 고테가와의 말을 잘랐다.

"형사님. 설마 법의학 교실 관계자를 의심하시는 건가요?"

"음, 그렇다고 여기 우라와 의대 법의학 교실 사람들을 의심하는 건 아니야. 현경이 부검 요청하는 곳은 우라와 의대 말고도 많으니까."

"상황은 어느 학교든 비슷해요. 완전히 봉사활동이라고까지는 할 수 없지만 부검 한 건이 있을 때마다 얼마나 적자를 보는지 형사님은 알고 계시죠? 부검 횟수가 늘수록 학교 예산이 압박받는 구조예요. 애초에 경찰이 예산만 충분히 편성했으면 저희도……."

자칫 이야기가 묘한 방향으로 튈 것 같아 고테가와는 서둘러 궤도를 수정했다.

"그러니까 힌트가 필요해서 여기 온 거야. 사법해부가 늘어서 누가 이득을 봤는지 이곳 사람들이라면 뭔가 짚이는 게 있지 않을까 싶어서. 분명 어느 의대든 주머니 사정은 비슷할지 모르지만 그래도 부검 실적이 늘면 알게 모르게 이득을 보는 곳이 있지 않을까?"

고테가와가 물어도 마코토와 캐시는 얼굴을 빤히 마주 볼 뿐이었다. 아무래도 쓸 만한 게 나올 것 같지 않다.

두 사람에게 질문해서 답을 얻을 수 없다면 그다음은 미쓰자키에게 같은 질문을 던질 수밖에 없다. 그러나 예의 그 말투로 한 소리 들을 것이 눈에 선하다.

어떻게 말을 꺼내야 할까.

고테가와는 이런저런 질문과 답을 떠올렸지만 결국 기회는 다음으로 미뤄졌다. 그 이틀 뒤에 사이타마 현경의 경찰관이 자살하는 사건이 발생했기 때문이다.

오전 7시 40분. 현경 본부 근처 독신자 기숙사 옥상에서 몸을 던진 이는 교통과에 근무하는 히메카와 유키에 순사부장이었다.

2

와타세에게서 처음 소식을 들었을 때 고테가와는 속으로 장난치는 건가 싶었다.

"히메카와가 투신 자살요? 설마. 농담이시죠? 그저께 복도에서도 만났습니다. 자살할 낌새 같은 건……."

"내가 이런 농지거리를 할 사람으로 보이나?"

독신자 기숙사는 현경 본부에서 엎어지면 코 닿을 거리에 있다. 고테가와는 만사 제치고 일단 현장으로 달려갔다.

사이타마 현경 기숙사는 현내 40군데에 있었는데, 유키에가 살던 곳은 본부 근처에 있었지만 여자 기숙사여서 고테가와는 한 번도 발을 들이지 못했다.

먼저 도착한 수사원들은 하나같이 표정이 좋지 않았다. 그럴 만도 하다. 눈앞에 있는 시신은 자신과 똑같은 경찰이다.

파란 텐트를 지나자 곧장 무참한 광경이 눈에 들어왔다. 아스팔트 위에 피 웅덩이가 만들어져 있다. 아스팔트가 피를 흡수하지 못해 양이 더 많아 보이는 것을 감안해도 제법 많은 출혈량이었다.

유키에는 알몸 상태로 시트 위에 눕혀 있었다.

"일찍 오셨군요."

돌아보며 말한 이는 후루야 검시관이었다. 검시관 경력 10년이 넘었지만 늘 공손한 말투에 누구에게든 예의를 갖춘다. 고테가와를 포함한 수사 1과 팀원들이 전폭적인 신뢰를 보내는 검시관 중 한 명이었다.

고테가와는 합장하는 것도 잊고 시신을 향해 다가갔다.

꿈도, 거짓말도 아니다. 시트 위 시신은 틀림없는 유키에였다.

발견된 지 얼마 되지 않아서 피부에 아직 붉은 기가 남아 있다. 그러나 머리 손상 정도는 매우 심했다. 뒤통수에서 측두부에 걸쳐 석류 같은 균열이 보인다. 뇌 점액도 흘러나와 있다.

고테가와는 말없이 시신의 얼굴을 응시하다가 비로소 손을 모았다.

평정심은 이미 사라졌다. 그 대신 떠오른 것은 그저께 본 유키에의 웃는 얼굴이었다.

그렇게 웃고, 떠들고, 스스럼없이 지내던 동료가 지금은 무참한 시신이 돼 있다. 가까운 이의 죽음은 이미 여러 번 경험해 왔지만 지금도 충격에 익숙하지 않다. 흔히들 가슴에 구멍이 뻥 뚫린 느낌이라고 하는 상실감은 채우려 해도 그리 쉽게 채워지는 게 아니었다.

잠시 옛일을 회상하는 동안에도 유키에의 체온은 점차 떨어지고 있다. 시신의 얼굴을 보고 있자 이쪽까지 체온이 낮아지는 느낌이었다.

"……후루야 검시관님. 사인이 뭡니까?"

"두개골 골절에 따른 뇌좌상입니다. 다른 외상은 찾아볼 수 없습니다. 8층 옥상에서 거의 수직 낙하했더군요. 머리를 충격에서 보호하려 한 흔적도 없습니다. 계획한 자살이에요."

"의식을 잃고 다른 누군가에게 밀려 떨어졌거나 했을 가능성은 없습니까?"

그러자 후루야는 곤란한 듯 머리를 긁적이더니, 손짓으로 고테가와를 텐트 밖으로 데려갔다. 내리쬐는 햇빛 속에서 후루야는 피 웅덩이 바로 위에 있는 기숙사 건물 옥상을 가리켰다.

옥상에는 추락 방지용 철조망이 사방으로 펼쳐져 있었다.

"보시다시피 저렇습니다. 저 철조망 높이, 낮게 잡아도 2미터 이상은 되겠죠. 아무리 여성의 몸이라도 그것을 짊어지고 저 철조망을 넘는 건 무리입니다. 본인이 스스로 뛰어내린 걸 목격한 사람도 있고요."

"누구죠?"

"그건 다른 분께 확인해 주십시오."

고테가와는 서둘러 기숙사 건물로 향하는 수사원들 속에서 같은 반 소속의 스가타를 붙잡았다.

"고테가와. 자네도 왔나. 그러고 보니 히메카와 유키에와 동기였지."

"자살이 확실한 겁니까?"

"본인이 철조망을 기어올라 떨어지는 모습을 출근하던 직원이 목격했어. 철조망 뒤쪽에서는 직접 쓴 유서도 나왔고."

설명을 마친 스가타는 그제야 배려 없이 말을 해 버린 것을 후회하는 듯한 표정을 지었다.

“유서, 보겠나? 조금 전 감식반에 넘겼는데.”

“부탁드립니다.”

스가타의 안내로 유키에가 거주했다는 504호실로 이동했다. 열린 방문을 통해 감식반원과 수사원들이 끊임없이 드나들고 있다.

안을 엿보고 흠칫 놀랐다. 남자 못지않게 씩씩한 유키에였지만 거실 풍경은 평범한 20대 여성의 방과 다르지 않았다. 캐릭터 봉제 인형에는 더더욱 놀랐다. 동료의 비밀을 엿본 듯한 죄책감과 놀라움이 섞여 평소의 넉살은 자취를 감췄다.

집에서 받은 인상은 집주인처럼 명랑하고 온화했다. 사적인 감정을 억누르고 냉정하게 관찰했지만 어디에도 죽음의 기운은 느껴지지 않았다.

“여기, 유서를 받아왔네.”

스가타의 목소리에 돌아보자 비닐봉투에 든 종이가 보였다.

“감사합니다.”

편지지에는 잔잔한 꽃무늬가 들어가 있었다.

여러분께

사랑해서는 안 될 사람을 사랑해 버렸습니다. 그래서 벌을 받습니다. 지금껏 친절을 베풀어 주셔서 감사합니다. 은혜를 갚지 못하고 먼저 떠나 정말로 죄송합니다.

죄송합니다.

죄송합니다.

히메카와 유키에

가늘고 힘없는 필체였다.

"경찰 관계자들에게 남긴 유서 같아. 부모에게는 다른 유서를 남겼어. 그 옆에는 구두 한 켤레가 있었고. 전형적인 자살이지. 구두를 신은 상태로는 철조망을 오르지 못하니까."

"본인 필적이 맞습니까?"

"교통과 문서에 필적이 남아 있어서 지금 감정 중일세. 다만 아마추어의 눈으로 봐도 십중팔구는 맞아 보여."

"잉크로 쓴 겁니까?"

"주방 테이블에 펜이 놓여 있더군. 그걸로 직접 적은 것 같아. 인쇄한 건 아니야."

고테가와는 다시 편지지에 시선을 떨궜다.

사랑해서는 안 될 사람을 사랑했다. 내용 자체만 놓고 보면 불륜 끝에 자살을 선택한 것처럼 읽힌다.

불륜이라니.

고테가와의 머릿속에서 쾌활했던 유키에의 모습과 유서의 내용이 겹쳐졌다. 그러나 남는 것이라고는 위화감뿐이다. 유서 내용이 사실이라면 자신의 사람 보는 눈이 터무니없었다는 말이 된다.

아니, 애초에 여심이란 건 남자가 이해할 수 없는 게 아닐까.

고테가와는 자기도 모르게 옥상으로 향했다. 다리가 꼭 남의 다리 같다. 그곳에서도 수사원과 감식반원들이 쉴 새 없이 움직이고 있었다.

도로 쪽 철조망 바로 밑에 구두가 놓여 있던 자리가 분필로 표시되어 있다. 구두는 이미 감식반원이 가져간 듯했다.

다시 철조망을 올려다보니 확실히 높았다. 단순히 추락 방지용이라고 해도, 어지간한 각오가 없는 한 넘어갈 수 있을 것 같지가 않다. 경치에 홀려 자기도 모르게 뛰어내릴 만한 위치도 아니었다.

수사원들이 저마다 임무에 몰두하는 곳에서 고테가와는 왠지 모를 고독감에 휩싸였다. 불현듯 일상에 공허한 구멍이 뚫려 몸 전체를 삼켜 버릴 것 같은 공포가 온몸을 사로잡았다.

수사 1과에 배정된 지 얼마 되지 않았을 무렵, 사건 하나를 맡으며 초등학생 남자아이를 알게 됐다. 금세 친해져 아이 집에서 저녁을 함께 먹기도 하고 힘든 일을 도와주기도 했다. 고테가와에게 형제가 없어서인지 정말로 친동생처럼 느껴졌다.

그런데 그 아이가 다음 사건의 피해자가 됐다. 시신의 상태는 끔찍했다. 인간을 향한 일말의 존중도 느껴지지 않았다. 그때, 고테가와 안의 일부가 파괴되었다.

—피해자의 원통함을 풀어 주려는 건 괜찮아. 하지만 지나치

게 감정을 이입하지 마. 감정에 몸을 맡기다 보면 눈에 보일 것도 안 보이게 되니까.

언젠가 와타세에게 들은 말이었다. 사건 이후 자칫하면 폭주하는 자신을 다그칠 때마다 떠올렸다. 그 말을 떠올리면 신기하게도 냉정을 되찾을 수 있었다.

그러나 전혀 효과가 없을 때도 있다. 지금이 바로 그때였다.

속속들이 알고 지내던 이의 죽음은 이토록 허무한 것일까.

함께 웃었던 사람의 죽음은 이토록 정신을 쇠약하게 만드는 걸까.

고테가와는 제자리에 우두커니 서서 생각에 잠겼다.

현경 본부로 돌아가자 유키에에 관한 정보가 모이기 시작했다. 과가 다르다고는 해도 한 식구에게 벌어진 일이다. 수사원들의 움직임은 평소보다 날랬다.

집에서 입수한 소지품, 문구류, 지문, 머리카락, 그리고 직장에 남은 모든 것들이 증거품으로 놓였다. 와타세는 한데 놓인 증거품들을 냉정한 눈빛으로 내려다봤다.

"자살은 틀림없는 건가."

혼잣말이었겠지만 고테가와는 이번만큼은 가만히 듣고 넘길 수 없었다.

"반장님 입장에서는 얼른 결론짓고 싶으시겠죠."

"뭐?"

"증거품만 가지고 결론을 내는 건가요? 가족 관계, 교우 관계를 조사하거나 목격자 조사 같은 건 안 합니까?"

와타세는 반쯤 감은 눈으로 고테가와를 노려봤다. 처음 보는 사람 눈에는 위협하는 것처럼 보이겠지만 평소와 다름없이 상대의 진의를 더듬는 것에 지나지 않는다.

예상대로 와타세는 한 대 칠 것처럼 얼굴을 바싹 들이밀었다.

"요즘은 좀 나아지는가 싶더니 또 안 좋은 버릇이 나오는군."

"글쎄요."

"히메카와 순사부장이 뛰어내린 순간을 목격한 사람이 한둘이 아니야. 본부로 가던 세 사람이 동시에 현장을 목격했지. 말이 나온 김에 더 하자면 세 사람은 전부 경찰 채용 시험에 합격할 정도의 시력을 지녔고, 지금껏 사고와 범죄 현장을 여러 번 봐 온 베테랑들이다. 갑작스럽게 일어난 일이라 해도 증언에 착오가 있을 가능성은 낮지. 목격 시각, 히메카와 순사부장의 복장, 행동, 그 뒤 주변 반응까지 세 사람의 증언은 전부 일치했어. 철조망에서는 사망자의 족문도 나왔지. 타의로 끌려가 밀려 떨어진 게 아니라 본인이 직접 자기 의지로 철망을 기어오른 거다."

그러더니 와타세는 보란 듯이 눈앞에 놓인 증거품들을 가리켰다.

"유서는 본인이 직접 작성했다고 감식반이 결론 내렸어. 그와 더불어 같은 교통과 반원들도 조사했는데 그녀가 직장에서 특별히 고민을 품을 만한 일은 없었다더군. 유서에 적힌 불륜에 의한 자살이라는 걸 부정할 재료는 하나도 없어."

"부모 앞으로 보낸 유서에는 뭐라고 적혀 있었습니까?"

"직장 사람들에게 보낸 것과 별 차이 없어. 사랑해서는 안 될 사람을 사랑해 버렸다. 자신의 죽음은 그것이 원인이다……. 나머지는 미안하다는 말이 더 길고 애절하게 표현돼 있더군. 궁금하다면 직접 보겠나?"

"아뇨……. 괜찮습니다."

"뭐가 불만이지?"

"히메카와는 허심탄회하게 고민을 나누던 동기입니다. 그런 그녀가 불륜을 저질렀다는 게 아무래도 와 닿지 않아서요."

"어제 보인 행동으로 배후 사정도 대략 밝혀졌지."

"어제 행동이요?"

"히메카와 순사부장은 어제 연차를 냈어. 그 전날 급하게 신청한 거라더군. 평소에는 그렇게 쉰 적이 없어서 과장도 좀 이상하게 여겼던 모양이야. 그런 사람이 연차까지 써서 대체 어디를 간 걸까. 그 대답이 이거다."

울퉁불퉁한 손가락이 사망자의 유품 중 하나로 향한다.

"진찰권…… 산부인과?"

"병원에 조회해 보니 바로 나오더군. 히메카와 순사부장은 그곳에서 낙태 수술을 받았어. 수술 종료 시각이 오후 5시. 그 후 두 시간 남짓 침대에서 휴식을 취하고 집에 돌아간 시간이 오후

7시 30분쯤. 병원과 기숙사의 거리를 고려하면 중간에 따로 어디를 들른 것 같지는 않아."

그저께 얼굴을 마주했을 때 유키에의 모습에서 왠지 모를 위화감을 느낀 건 낙태를 고민하고 있어서였나. 고테가와는 더욱더 자신의 관찰력 부족을 통감했다.

"하지만 그것만 가지고……."

"도리에 맞지 않은 사랑을 한 끝에 낙태를 선택했다. 분명 그것만 가지고 자살 동기로 삼기에는 근거가 약하겠지. 하지만 낙태를 선택한 건 다른 윤리적 이유에서였어. 아니, 윤리적이라기보다 생물학적이라 해야겠군. 그녀의 자궁에서 숨 쉬고 있던 아이는 불행히도 기형아였으니."

고테가와는 말문이 턱 막혔다.

"15주차였으니 초음파 검사에서 나왔겠지. 물론 초음파 검사로 백 퍼센트 판명되는 건 아니지만 이 아이는 영상으로 충분히 알 수 있었어. 머리 절반이 없는 아이였다니까."

"머, 머리가?"

"무뇌증이라더군. 본인 희망으로 낙태를 하고서 확인해 보니 정말 그 말대로였어. 대뇌 대부분이 결함돼 있어서 그대로 태어났어도 생존율은 지극히 낮았을 거라더군. 불륜 상대의 아이를 임신한 그녀를 자살로 몰아넣기에 충분한 이유라고 생각하지 않나? 허심탄회하게 고민을 나누는 사이였다면 히메카와 순사부장이 어떤 사람인지는 대략 알고 있겠지. 그녀는 책임감이 매우 강해서 이따금 실수를 범하거나 할 때 필요 이상으로 본인을 책망하고는 했어."

와타세의 한 마디 한 마디가 비수가 되어 가슴에 꽂혔다. 필요 이상으로 본인을 책망했다는 말은 틀림없는 사실이다. 후배의 실수나 교통과 전체의 착오를 자기 일처럼 받아들여 걱정했다. 평소의 호탕한 모습은 그런 자신의 약한 일면을 부정하는 거울 같은 것이었다. 그런 그녀가 건강하지 않은 태아를 임신했음을 알게 되었다면 스스로를 저주하며 절망에 빠지는 것도 당연하다.

"실제로 초음파 영상을 보여 줬을 때 그 자리에서 정신을 놓은 것처럼 울부짖었다고 하더군. 그리고 수술이 끝난 뒤에는 유령 같은 얼굴로 병원을 나섰다지."

"……이제 됐습니다. 차고 넘칠 만큼 이해했습니다."

이렇게 증거가 갖춰졌다면 사실을 인정하지 않을 도리가 없다. 고테가와는 언제나처럼 새삼 눈앞의 상사에게 약간의 혐오감과 함께 거대한 경외심을 느꼈다.

"차고 넘칠 만큼 이해했다? 그렇게 쉽게 납득해서야 되겠나? 언제부터 그렇게 온순한 양이 됐지?"

"자살이란 건 명백하지 않습니까?"

"자살이었다, 동기는 이러이러했다. 고작 그런 걸로 사건을 종결 지을 생각인가? 참으로 믿음직하지 못한 동기로군. 히메카와 순사부장이 땅속에서 한탄하겠어. 상대 남성이 누구일지, 같은 것들이 궁금하지도 않나?"

와타세는 히죽 웃으며 말했지만 이 역시 모르는 사람이 보면 위협적으로만 보일 것이다.

"사건은 이제부터 시작이다."

경찰관도 사람이고, 여성 경찰관도 여성이라는 점은 변함없다. 일반인과 똑같이 연애를 하고 심약한 사람처럼 자살을 생각할 때도 있다.

그러나 경찰 조직 안에서는 그런 상식이 통하지 않는 것 같다. 사건 발생일로부터 본부에는 사건 정보를 외부에 누설하지 말라는 본부장의 엄명이 떨어졌다. 각 담당 부장이 문서가 아닌 구두로 전달했는데, 문서로 남기지 않은 점이 오히려 중요도와 기밀성을 강조하는 모양새였다.

수사 1과에는 구리스 과장이 본부장의 지시를 전달했는데, 수사원들 사이에서는 벌써부터 자조하는 분위기가 퍼져 있었다.

"여성 경찰관의 자살이 그렇게까지 내보이기 부끄러운 일인가요?"

고테가와의 말에는 날이 서 있었다.

"과장님이 하는 말만 들으면 꼭 불상사 취급하는 것 같습니다."

"불상사지."

와타세는 지시를 전달받는 동안 구리스에게 눈길조차 주지 않았다.

"이번 건은 불륜과 한 세트로 묶여 있어. 주간지 기자들이 냄새라도 맡으면 그 즉시 화살이 내부로 향할 거다."

"내부 말입니까?"

"머리를 장식으로 달고 다니나? 경찰은 근무지에 있는 시간이 길어. 비단 경찰과 공무원뿐 아니라 회사원도 마찬가지겠지만, 그런 시간이 길수록 교류하는 이성도 당연히 직장 관계자로 좁혀지지 않겠나?"

와타세가 무슨 말을 하려는 건지 알 것 같았다.

"히메카와의 불륜 상대도 경찰관이라는 말입니까?"

"사실이 어떻든 간에 윗선에서는 그럴 가능성을 염려하고 있겠지. 경찰관 사이의 불륜과 자살이 겹친 사건이 외부에 누설된다면 매스컴이 가만있겠나? 일이 더 커지기 전에 수사를 종결짓고 싶은 게 본심일 거야."

그리고 얼마 되지 않아 와타세가 한 말은 현실이 되었다.

그날 중 히메카와 순사부장의 죽음은 자살로 처리되어, 별다른 조사도 없이 수사 종료가 선언됐다.

그녀가 소속된 교통과는 물론 사건을 맡은 수사 1과에서도 당연히 불만이 터져 나왔다. 고테가와도 그중 한 명이었다.

"낙태한 여자 쪽은 자살로 마무리 짓고 임신시킨 남자한테는 책임도 묻지 않는 겁니까?"

고테가와는 방금 수사 종료를 선언한 구리스에게 공격적으로 물었다. 감정이 고조된 탓에 보신과 상명하복 원칙은 머릿속에서 사라지고 없었다.

"뭘 그리 흥분해서 따지고 들지?"

구리스는 일순 미간을 찌푸렸지만 곧 냉소를 지었다.

"검시에서도, 감식에서도 자살 사실을 뒤집을 수 없었다. 경찰이 이 이상 조사할 건 없어."

"상대 남성은 어떻게 되는 겁니까? 압수한 히메카와 순사부장의 스마트폰으로 상대를 특정할 수 있을 겁니다."

"상대 남성이 히메카와 순사부장에게 어떤 태도를 취했든 형사가 그걸 추궁할 수는 없지. 그거야말로 남이 간섭할 필요라곤 없는 치정 같은 거니까."

구리스의 이죽거림은 일단 이치에 맞는다. 경찰의 임무는 행위를 단속하는 것이지 마음의 선악을 규탄하는 것은 아니다.

그러나 고테가와는 자신을 제어할 수 없었다.

"자살이면 변사 아닙니까. 적어도 사법해부는 해야 하지 않을까요?"

"천지 분간 못하는 어린애 같은 발언이군. 모든 변사체를 부검할 수 없는 사정 정도는 자네도 알 텐데. 특히 이번 커렉터 일 때문에 불필요한 부검이 늘어 예산은 이미 바닥난 상황이야. 그리고 애초에 검시를 담당한 후루야 검시관이 사법해부는 필요 없다고 판단했다. 일개 형사일 뿐인 자네가 그 판단에 이의를 제기하겠다고?"

이 말 역시 이치에 맞다. 사법해부 여부를 결정하는 권한은 검시관에게 있다. 형사소송법 조항에 적힌 그대로다.

"아무튼 더는 관여할 생각 마. 이 이상 일을 복잡하게 만들지 말라고."

이야기하다가 자기도 모르게 진실을 말해 버린다는 게 정확히 이런 경우다. 현 상황에서도 히메카와 유키에의 죽음을 단순한 자살로 처리하기에는 어려움이 있다. 그러니 침묵을 지키라는 취지다.

명분으로도, 상황을 봐도 다른 대책이 없다. 일개 형사가 수사본부 방침에 반기를 들 근거도 없다. 게다가 윗선의 결정은 절대적이다.

그래도 여전히 고테가와는 납득이 되지 않았다. 이대로는 언젠가 부주의한 발언으로 구리스의 역린을 건드릴 게 뻔하다. 머리로는 이해해도 몸과 입이 먼저 나가는 게 자신의 성격이다.

머릿속에서 또 하나의 자신이 그만두라고 경고하는 것과 거의 동시에, 입이 열렸다.

"잠깐만 기다려 주십쇼, 과장님."

굵직한 와타세의 목소리에 막혀 고테가와의 말은 입 밖에 나오지 못했다.

"분명 이번 일은 사건성이 희박하고 검시관이 내린 판단도 타당하겠죠. 하지만 이 녀석 말에도 일리는 있습니다. 변사체는 부검하는 게 타당하다, 이 말이 틀립니까? 물론 검시관의 판단을 무시할 생각은 없지만 적어도 원칙은 그렇게 돼 있습니다."

"아니, 하지만 와타세 반장. 방금도 말했다시피 사법해부에 할

당된 예산이 바닥난 상황이야. 원칙, 원칙 하지만 모든 게 원칙만으로는 원활하게 돌아가지 않는다는 것쯤은 반장도 잘 알잖나."

"아아, 네. 물론 잘 알죠. 비슷하게 억울한 죽임을 당해도 타이밍에 따라 진실이 밝혀지는 자와 묻히는 자로 나뉜다, 다시 말해 돈이 있느냐 없느냐 따위로 성불 여부가 정해진다는 걸 말입니다. 예산 분배에 연관된 사람들은 매일 잠자리가 뒤숭숭하겠어요. 머리맡에 한 맺힌 귀신들이 떠돌아다닐 테니."

와타세의 말에 구리스는 노골적으로 불쾌한 표정을 지었다. 그럴 만도 하다. 본부에 부검 관련 예산을 요청하는 건 수사 1과장인 구리스의 직무이기 때문이다.

"또 재수 없는 소리를 하는군. 아무튼 이야기는 이걸로 끝. 히메카와 순사부장 건은 자살로 결론 났다."

"다른 의견도 있습니다."

"와타세 반장. 수사본부를 혼란에 빠트리는 행동은 엄중히 삼가 달라고 그토록 말했건만……."

"아쉽지만 의견을 제시한 건 내가 아닙니다. 권위 있는 전문가의 의견이죠."

"전문가? 설마."

"설마가 사람 잡는다죠. 법의학의 권위자로 칭송받는 인물에게 시신 사진을 보내 봤습니다."

고테가와는 즉시 귀를 쫑긋했다.

이미 그쪽으로 손을 쓴 건가. 조금 전까지 반장에게 느꼈던 약간의 혐오감이 순식간에 날아갔다.

“대답은 아주 빠르고 명쾌합니다. ‘사법해부 필요성 있음.’ 후루야 검시관 판단도 중요하겠지만 학계 최고 권위자인 미쓰자키 도이치로 교수 의견을 그냥 무시하고 넘어갈 순 없겠죠?”

미쓰자키의 이름을 듣자마자 구리스는 벌레 씹은 표정이 되었다.

3

“오! 아이 시[I see]. 형사님의 보스에게서 느닷없이 시신 사진이 전송된 게 그런 이유였군요.”

법의학 교실에 들어온 고테가와가 사정을 설명하자 캐시가 활기차게 대답했다. 부검을 할 수 있게 되어 매우 기쁜 모양이었다.

“현경 예산 때문에 부검 요청이 뚝 끊겨 곤란하던 참이었는데 역시 우리 보스와 형사님의 보스는 간단히 상조하는 사이인가 봅니다.”

마코토는 간담상조[肝膽相照]를 잘못 말한 것이려니 싶었지만 굳이 정정하지 않았다. 그리고 가만히 생각해 보면 캐시가 하는 말도 아주 틀린 착각은 아니다.

"그래서 보스 의견으로 현경 입장이 뒤바뀐 겁니까?"

그러나 캐시의 물음에 고테가와는 미적지근한 반응을 보였다.

"미쓰자키 교수님의 권위와 사이타마 현경에 미친 공헌도는 그 누구도 부정하지 못합니다. 하지만 윗선에서는 어쨌든 예산이 부족하다고 끝까지 주장해서요."

"결국 머니, 머니, 머니입니까. 정말 이 문제에 한해서만큼은 인종과 국경을 뛰어넘는군요. 제가 공부한 의대에서도 비슷한 문제가 있었습니다. 주 단위로 예산이 달라서 부검할 수 있는 건수에 차이가 생기는 겁니다."

캐시는 어깨를 움츠렸다.

"사인 규명은 모든 죽음에 공평하게 이뤄져야 하는데, 결국 가진 쪽과 못 가진 쪽 사이에 격차가 생깁니다. 돈만 있으면 귀신도 부릴 수 있다는 건 이럴 때 쓰는 말이겠지요."

이 말은 얼추 맞게 쓴 것 같다.

마코토는 와타세가 미쓰자키에게 보낸 사진을 다시 꺼내 봤다.

사진은 전부 아홉 장이다. 파란 시트 위에 누워 있는 시신의 전체 사진부터 각 부위를 근접 촬영한 사진이다. 평소에도 몸 관리를 열심히 했는지 군살이 거의 없다. 스물여덟이니 마코토보다 연상이지만 이 모델 같은 체형은 조금 부러웠다. 옆구리 쪽에 습진 같은 붉은 애교점이 있는 것만 빼면 생전에는 피부가 새하얐을 것이다. 머리 부분의 참혹한 손상이 더욱 애석하게 느껴졌다.

고테가와의 말에 따르면 사망자의 이름은 히메카와 유키에.

교통과에 속한 여성 경찰관으로 고테가와와 흉금을 터놓은 사이였다고 한다.

이제는 세상에 존재하지 않는 여성이 내가 모르는 고테가와를 알고 있었다. 그렇게 생각한 순간 적대심 같은 것이 살짝 고개를 들어 마코토는 당황했다.

내가 왜 이 사람에게 이런 감정을.

불현듯 얼굴이 달아올라 서둘러 질문을 던졌다.

"교수님은 이 아홉 장의 사진만 보시고 사법해부가 필요하다 판단하신 거죠? 혹시 구체적 의문점은 말씀하지 않으셨나요?"

"내가 직접 들은 게 아니라서. 반장님 말로는 사진을 메일로 보낸 지 5분 만에 전화가 왔다고 해. 그러고선 '부검하겠네'라고 딱 한 마디 하셨다고……. 우리 반장님은 미쓰자키 교수님을 전폭적으로 신뢰하니 그래도 되겠지만 잘 모르는 사이에서 이런 태도로는 싸움 나기 십상이지."

"서로 속속들이 아는 사람들끼리는 언어 따위 필요 없습니다."

"……캐시 교수님. 그 표현은 묘한 오해를 부를 수 있으니 삼가 주시겠습니까."

"하지만 고테가와 형사님. 현경이 사법해부에 소극적이라면 시신의 처분은 대체 어떻게 되는 겁니까?"

"그 부분에서는 반장님의 위협이랄까, 협박이 먹히고 있습니다. 미쓰자키 교수님 의견도 있어서 현 시점에 시신은 서에 안치돼 있습니다. 소식을 듣고 달려오신 부모님에게 넘겨드리지 못한 건 참으로 죄송스러운 일이지만요."

"시신은 있다. 대의도 있다. 하지만 돈이 없다. 머니, 머니, 머니."

캐시의 말에는 가시가 돋쳐 있었다.

"저 같은 외국인이 이런 말을 하는 건 다소 건방지게 들릴 수 있겠지만, 일본은 세계 유수의 경제 대국 아닙니까? 100조 엔에 가까운 국가 예산이 있지 않습니까? 그런데 시신 한 구당 고작 25만 엔 하는 부검 비용을 왜 대지 못하는 겁니까? 이 나라의 관료들은 죽은 자에게는 권리가 없다고 생각하는 건가요? 솔직히 말해 죽은 자에 대한 존중이 아주 얄팍하다고 생각합니다."

캐시의 지적에 틀린 말은 없어서 마코토와 고테가와 모두 입을 다물었다.

'모든 것을 공평하게'는 훌륭한 이상이지만 사회 체제와 부의 쏠림이 그것을 허용하지 않는다. 수익성이 낮은 일, 목소리가 작은 자들이 항상 손해를 본다. 목소리를 완전히 잃어버린, 죽은 자들이라면 더욱 그렇다. 투표권이 없는 죽은 자를 신경 쓰는 정치가가 존재할 리 없다.

분위기가 가라앉아서 마코토는 화제를 바꿔 보기로 했다.

"이 히메카와라는 여성 경찰관 분이 비밀리에 만나던 사람이 있었던 거죠? 혹시 스마트폰에 통화 기록 같은 게 남아 있지 않나요?"

"그래. 남아 있었어. 자주 통화한 건 아니고 사흘에 한 번꼴로 연락했던 것 같아. 하지만 상대 연락처는 '그'라고만 등록돼 있을 뿐이야. 혹시나 싶어 그 번호로 전화를 걸어 봤는데 받지도 않더군. 수사본부에서는 아마 불륜용으로 별도의 휴대폰을 가지고 있었던 게 아닐까 추측하고 있어."

"왜 그런 짓을……. 휴대폰은 매우 프라이비트한 도구 아닙니까? 그런데 왜 상대의 신원을 숨겼을까요."

"그게 바로 일반 기업과 경찰관의 차이겠죠. 현경 본부에서는 이따금 신체검사를 합니다."

중학생 시절에나 들었던 단어가 갑자기 나와서, 의미를 바로 이해하지는 못했다.

"요새 경찰들의 불상사가 이어졌잖아. 그래서 한 달에 한 번 꼴로 직장에 혹시 위법한 물건을 들이지는 않는지, 반대로 직장 비품을 반출하지는 않는지, 반사회적 세력과 접점이 있지는 않았는지 등을 확인해. 보급품인 휴대전화와 사적으로 쓰는 스마트폰도 확인 대상이야. 히메카와가 상대 이름을 익명으로 등록한 건 신체검사에 대비해서라고 봐. 물론 남자 쪽에서 그렇게 지시했을 수도 있겠지만."

"그럼 그 상대는……."

"우리 반장님이 그러더군. 근무지에 있는 시간이 길수록 아는 이성은 주로 직장 동료에 한정된다고. 히메카와의 경우에는 그것이 불륜이 되어 버렸지만, 상대 이름을 숨긴 게 밝혀지자 의심이 더욱 짙어졌어. 상대는 직장 동료들에게 얼굴이 알려진 녀석이야. 그래서 히메카와는 이름을 숨길 수밖에 없었고."

“그렇다면 그가 직접 나설 가능성은…… 없겠군요.”

“흔히 죽은 자는 말이 없다고 하지. 하물며 죽은 자가 그전에 이름까지 숨겨 줬으니. 불륜이라면 상대는 당연히 유부남이겠지. 굳이 가정의 평화를 깨뜨리면서까지 죽은 자에게 의리를 지킬 생각은 없을 거야.”

몸 안에 깃든 생명은 환영받지 못한 채 그대로 어둠에 묻혀 버렸고, 위험을 감수하면서까지 옹호해 준 상대는 한 번 돌아봐 주지도 않는다.

그야말로 비통한 인생이라고 생각했다.

마코토는 출산 경험이 없지만 그래도 임신 소식을 들은 사람의 심정은 상상할 수 있었다. 그건 아마 모성이 불러일으키는 원초적 기억일 것이다.

새로운 생명, 자신의 분신을 향한 애정은 다른 것과 비교할 수 없다. 분명 자신의 목숨보다 귀하게 생각했을 것이다. 세상 모든 이들을 적으로 돌려도 지켜 주고 싶은 존재였을 것이다.

그런 생명이 살아날 가능성이 낮다고 들었을 때의 충격과 비통함은 어느 정도일까. 히메카와 유키에가 병원에서 미친 듯 울부짖었다는 이야기가 가슴을 옥죄어 왔다. 자신이 그런 상황에 놓이는 걸 상상하니 공포와 슬픔으로 호흡이 가빠졌다.

그러자 상대 남성의 이기심이 한층 두드러졌다. 고테가와와 와타세의 예상대로 경찰관이라면 유키에의 비보뿐 아니라 낙태 사실도 알고 있었을 것이다. 그런데도 그 남자는 지금껏 입을 다물고 있다.

"통화 기록으로 추적할 수는 없는 건가요?"

"요새는 대포폰을 구하기도 쉬우니까. 상대가 끝까지 자신을 숨길 심산이었다면 전화번호만 가지고 개인을 특정하는 건 거의 불가능에 가까워. 그리고 또 하나 발목을 잡는 건 후루야 검시관이 사법해부가 필요 없다고 판단했다는 점이야. 아무리 미쓰자키 교수님이 한마디 했다고 해도 검시관의 판단을 뒤집는 건 쉽지 않아."

고테가와의 목소리가 점차 비통해졌다. 마코토는 이 남자도 자신과 비슷한 심정이라고 생각하자 초조하던 마음이 조금은 가라앉았다.

"그보다 마코토 선생. 정작 미쓰자키 교수님은 어디 가셨지? 오늘도 강의?"

"실은 저도 아침부터 뵙지 못했어요."

마코토와 고테가와는 거의 동시에 캐시를 쳐다봤지만 붉은 머리 조교수 역시 곤란하다는 듯 고개를 흔들 뿐이었다.

"저도 마코토처럼 아침부터 뵙지 못했습니다. 원래 우수한 인간은 항상 바쁜 법입니다."

"이거 곤란하군. 오늘 여기 온 것도 사진에서 미심쩍게 느낀 부분이 뭔지 직접 여쭈러 온 건데."

"쏘리, 고테가와 형사님. 그러나 보스는 언제 어디서든 신출귀몰합니다. 저와 마코토가 관리할 수 있는 분이 아닙니다."

"굳이 사자성어까지 쓰지 않아도 충분히 알고 있습니다. 혹시 두 분은 이 사진들을 보고 뭔가 이상하다고 느낀 점 없나요?"

캐시와 마코토는 머리를 맞대고 함께 사진을 확인했다. 그러나 몇 번을 봐도 검시 소견이 맞아 보이고 특별히 이상한 부분은 눈에 띄지 않았다. 캐시도 사진을 뚫어져라 봤지만 의문점은 발견하지 못한 듯했다.

애초에 미쓰자키의 지적 자체가 납득이 잘 가지 않는다. 목격자의 증언과 시신의 손상 정도는 완전히 일치한다. 낙하 전까지만 해도 살아 있던 사람이 지상 8층 옥상에서 뛰어내려 두개골 골절로 뇌좌상을 일으켰다. 두부 손상 정도로는 즉사로 판단할 수밖에 없다. 굳이 사법해부할 것도 없이 사인은 명백하다. 그런데도 왜 미쓰자키는 사법해부를 주장했을까.

미쓰자키의 말과 행동이 확고한 신념에서 비롯된 것임은 잘 안다. 이번 건 역시 나름의 생각이 있어서일 것이다. 하지만 의도가 조금도 짚이지 않아 불안했다.

그런 마코토와 다르게 캐시는 꼭 그렇지도 않은 모양이었다. 그녀는 잠시 후 포기한 듯 사진에서 눈을 떼더니, 고테가와에게 천진난만한 미소를 지어 보였다.

"조금도 감이 안 옵니다."

"……좀 더 아쉬워하셔야 하는 거 아닙니까?"

"아쉽지 않습니다. 덕분에 제 지식이 아직 미쓰자키 교수님의 수준을 따라잡지 못한다는 게 확인됐으니까요."

"그게 기뻐할 일인가요?"

"오브 코스. 허들이 높을수록 점프력이 상승하는 법입니다."

이 긍정적인 태도는 국민성 덕분일까. 아니면 캐시의 개성일까. 마코토는 둘 다일 것이라고 생각했다.

"그보다 고테가와 형사님. 이제 슬슬 진심을 털어놓는 게 어떻습니까?"

"네?"

"미쓰자키 교수님과 오래 알고 지낸 형사님이라면 보스가 시신을 확인하기 전까지 결론 같은 것을 내지 않는다는 건 이미 알고 있을 겁니다. 그럼에도 불구하고 이곳을 찾아온 건 다른 목적이 있어서 아닙니까?"

그러자 고테가와는 겸연쩍어 하며 머리를 긁적였다.

캐시의 말이 정곡을 찌른 모양이었다.

"캐시 교수님께는 당할 수 없네요."

"노. 형사님이 너무 단순한 겁니다."

잊고 있었다. 캐시의 긍정적인 태도는 모든 사안에 솔직한 성격과 한 세트다.

"음, 실은 말이죠. 부검 비용 건으로 우라와 의대 법의학 교실 분들께 부탁이 있어서……."

묘하게 머뭇거리는 몸짓을 보고 있으려니 문득 학창 시절 친구가 돈을 빌려 달라는 말을 꺼내던 때가 떠올랐다. 그때 그 친구를 꼭 닮은 고테가와의 태도에 하마터면 웃음을 터뜨릴 뻔했다.

“아시겠지만 사이타마 현경에서는 사법해부에 할당된 예산이 바닥나 히메카와 순사부장의 부검을 요청한다 해도 법의학 교실에 비용을 드릴 수 없는 상황입니다.”

그러자 캐시가 오, 하고 목소리를 높였다.

“형사님은 설마 우리에게 봉사활동을 요구하는 겁니까?”

“아뇨, 봉사활동이라고 하면 조금 어폐가 있고요. 사건을 수사하게 된 계기가 미쓰자키 교수님의 지적 때문이라는 걸 고려해 주시면 현경 본부로서도 감사할 것 같다고…….”

어금니에 음식물이라도 낀 것처럼 말하다가 이윽고 한계에 도달했는지 그는 한숨을 푹 내쉬었다.

“휴, 그러니까 이런 교섭 역할은 맡기지 말아 달라고 그렇게 부탁했건만…….”

고테가와는 그렇게 말하더니 가면을 벗어던지고 평소의 고테가와로 돌아왔다. 캐시는 왠지 짓궂은 얼굴로 싱글벙글 웃고 있다.

“불리한 역할을 강요받으셨군요.”

“네. 서로 잘 아는 사이니 부탁하기도 쉬울 거라는 업무 지시로…….”

“그 후안무치하고 무책임한 지시를 내린 분이 예의 그 와타세 씨입니까?”

“아뇨. 한 단계 더 윗선에서 떨어졌습니다. 반장님은 아무 말 없이 자리를 뜨셨고요.”

“쏘리. 고테가와 형사님. 익숙하지 않은 미션을 받아서 힘들겠지만 우리 법의학 교실의 재정 상황도 그쪽과 비슷합니다. 커렉터가 활약해서 보통 때보다 부검 횟수가 늘었으니까요. 그리고 부검 비용은 한 구당 25만 엔이라 매번 적자입니다. 개인적으로는 부검이 늘수록 그보다 더 좋은 일이 없지만, 법의학 교실 예산도 비슷하게 바닥을 드러낸 상황이라 사이타마 현경의 부탁을 들어드릴 수 없습니다."

"아, 네, 그렇겠죠. 잘 알고 있습니다. 캐시 교수님이 굳이 말씀하지 않으셔도 현경과 법의학 교실 두 곳 재정 상황에 대해서는 자주 들으니까요."

고테가와는 이쯤에서 사과하고 물러나야 할지, 아니면 더 강하게 부탁해야 할지를 고민하는 듯했다. 그 모습을 보며 마코토는 왠지 동정심을 느꼈다.

"하지만 어떡하죠? 어디서든 예산을 끌어와야 할 텐데. 히메카와 씨의 시신도 조만간 장례를 치러야 할 테고요."

"25만 엔."

고테가와는 울분에 찬 목소리로 말했다.

"고작 그 25만 엔이 없어서 부검을 못 하는 상황이 참 서럽습니다. 이런 상황이 지긋지긋해서 그냥 제 월급에서 까려고 했는데, 그건 반장님이 제지하시더군요. 그런 전례를 만들어 버리면 조직은 그걸 방패 삼아 개인에게 책임을 떠넘기려 할 거라고요."

"매우 지당한 말입니다."

캐시가 조용히 손뼉을 쳤다.

“그게 바로 공과 사를 혼동한다는 겁니다.”

“서에 돌아가면 반장님께 전하겠습니다……. 그런데 양쪽의 주머니 사정을 잘 알고 계실 미쓰자키 교수님이 왜 자세한 설명도 없이 부검을 주장하셨을까요.”

“진실 추구 앞에서 돈 문제는 난센스입니다.”

캐시는 의기양양하게 말했지만 마코토는 의견이 조금 달랐다.

미쓰자키가 진실을 추구한다는 말은 틀림없을 것이다. 그러나 그렇다고 해서 그 노회한 교수가 금전적인 감이 없다고는 생각하지 않는다. 자신의 주장을 내세우면서도 마지막에 상황을 고려하는 지혜가 없었다면 지금껏 고집을 이어 오지도 못했을 것이다.

죽은 자의 마음을 헤아려 원통함을 풀어 주고 싶은 고테가와의 심정에는 백 퍼센트 동감한다. 또 경제적인 이유로 의사의 도움을 받는 환자와 받지 못하는 환자로 나뉘는 상황에도 강한 반발심이 들었다.

“……어느 집에 들어가든 오로지 환자의 이익만 생각하며 어떤 의도적인 비행이나 해악은 범하지 않겠습니다.”

지금은 보지 않아도 줄줄 읊게 된 「히포크라테스 선서」 속 구절을 다시 떠올렸다. 죽은 자든 산 자든 똑같은 환자다. 그리고 환자인 이상, 경제적 이유 따위 상관없이 공평하게 대처해야 한다.

자기도 모르게 목소리가 터져 나왔다.

"제가 학교 측과 교섭해 볼게요."

그럼 나도 같이 갈게, 하고 나선 고테가와와 함께 마코토는 학교의 경영 기획실 문을 두드렸다. 두 사람을 맞이한 사람은 경리를 맡고 있는 도코시마라는 남자였다.

마코토가 사정을 설명하고 고테가와가 옆에서 보충했다. 법의학 교실과 현경이 합동으로 교섭에 나서는 모양새지만 예상대로 도코시마는 시종일관 시큰둥한 얼굴로 반응했다.

"그런 이유만으로는 부족합니다, 쓰가노 선생님."

도코시마는 고개를 절레절레 저었다.

"저는 사인 규명이 그토록 숭고한 사명이란 것도 솔직히 잘 안 와 닿습니다. 살아 있는 환자를 위해 돈을 대는 것도 힘든 마당에 왜 죽은 자를 위해서 학교가 없는 살림을 쥐어짜야 한다는 말입니까? 저도 법의학의 중요성은 이해하고 있지만 우선순위라는 것도 있지 않나요?"

"의료에서 우선순위라는 건 병이 가볍냐 중하냐뿐이에요. 산 자와 죽은 자 사이에 우선순위 같은 건 없습니다."

"법의학에서는 그렇게 가르칠지 모르지만, 돈 문제는 냉정하게 봐야 합니다. 25만 엔이라고 쉽게 말하지만 결코 적지 않은 액수예요. 쓰가노 선생님의 한 달 월급도 그 정도 아닌가요? 즉 시신 한 구 부검 비용으로 선생님 한 분의 급여를 지급할 수 있다는 뜻입니다. 이해하시겠습니까?"

도코시마의 이야기가 불쾌감과 함께 몸에 들러붙었다.

"선생님도 아시겠지만 우리 대학의 학생 수는 매년 줄고 있습니다. 무자녀 가정의 증가와 의과 대학 난립이라는 더블 펀치 탓입니다만, 아무튼 그 영향으로 우라와 의대의 현재 재정은 매우 심각한 상황입니다."

"그건 저희도 알지만……."

"아뇨. 실례지만 선생님은 비용 대비 효과라는 개념을 전혀 염두에 두고 계시지 않는 것 같네요. 물론 교실에서까지 그런 걸 반드시 의식해야 한다고는 할 수 없지만, 학교 운영에서 금전 문제는 결코 간과할 수 없습니다. 이런 말까지는 하고 싶지 않았지만, 우리 학교는 국가의 지원이 없으면 이미 오래전에 문을 닫았을 겁니다. 쓰가노 선생님은 그런 사실을 아시면서도 아무 보상도 없는 부검 비용을 위해 다른 예산에서 돈을 빼 달라고 하시는 겁니까?"

의대 교직원이라고 해도 경리를 맡고 있는 자가 가장 염두에 두는 건 비용 대비 효과다. 학교 수익이 압박받는 현 상황에서는 더욱 그럴 것이다. 마코토의 요청을 민폐라는 듯이 거절하는 도코시마의 입장도 이해가 가지 않는 건 아닌 만큼, 듣고 있는 동안 괴로움이 앞섰다. 옆에 선 고테가와도 학교 운영 방침에 일일이 이의를 제기할 수는 없는 노릇이라 잠자코 고개를 숙이고 있었다.

"그리고 범죄 수사의 일환이라면 사이타마 현경에서 비용을 대는 게 원칙 아닙니까? 그것까지 학교 측에서 부담하라는 건 너무한 처사 아닌가요?"

도코시마의 말투가 점차 감정적인 기운을 띠기 시작했다. 조직의 살림을 맡은 자의 반응으로서는 당연할지 모른다. 고테가와도 그걸 의식했는지 평소의 위세는 온데간데없이 저자세로 일관했다.

의외로 어른스러운 면도 있구나. 그렇게 생각하자 그를 더욱 도와주고 싶어졌다.

"저, 이곳에 왜 고테가와…… 아니 현경 형사님이 계시는가 하면, 애초에 이번 건에서 부검 필요성을 언급한 분이 저희 미쓰자키 교수님이기 때문입니다."

미쓰자키라는 이름이 나오자마자 도코시마는 눈에 띄게 얼굴을 찌푸렸다.

"그럼 미쓰자키 교수님 또는 법의학 교실 이름을 걸고 자체 모금을 해 보는 건 어떻습니까? 우리는 경찰 조직과 달리 다른 분들의 도움을 받는 걸 딱히 막거나 하지 않으니까요."

그 말에는 역시 반발심이 고개를 들었다.

"말이 나온 김에 하자면 평소 법의학 교실의 폭주 때문에 늘 골치가 아픕니다. 다른 과들처럼 입원비, 치료비, 수술비 같은 수입도 없이 매년 지출만 늘고 있으니까요. 다른 과에서 힘겹게 모은 돈을 계속해서 그쪽에 들이붓고 있다는 걸 아십니까? 경영 기반을 흔드는 주범이에요. 학계 권위자라는 직함으로 평생

전횡을 부릴 수 있다고 생각한다면 대단한 착각입니다."

"전횡이라뇨. 말씀이 지나치시네요. 미쓰자키 교수님께 그런 의도는 없습니다."

"그런 의도가 어떤 의도인지 모르겠지만, 아무튼 미쓰자키 교수님의 행동이 학교 경영을 압박하는 건 틀림없는 사실입니다. 경영 기획과에서는 이미 누차 예산 청구액을 재검토하도록 부탁드렸는데, 매번 들은 척도 안 하시고 질리지도 않는지 매년 더 많은 예산을 청구해 옵니다. 의술은 인술이라고 흔히들 말하지만 우리가 구름 속을 노니는 신선처럼 매일 이슬만 먹고 지내는 것도 아니지 않습니까. 갈수록 법의학 교실 일이 바빠지는데 인원을 늘리지 못하는 이유도 아시겠죠? 아무리 일이 늘어도 예산을 펑펑 써 대니 인원을 못 늘리는 겁니다. 그런 부분은 조금 더 자각해 주셨으면 합니다."

그야말로 예의에 어긋나는 지적에 마코토의 인내심이 무너지기 일보 직전이었다.

그 순간 불현듯 문이 활짝 열리더니 공포의 대왕이 강림했다.

"내가 그 정도 산수도 못 하는 줄 아나?"

느닷없이 미쓰자키가 나타나 눈앞에 서자 도코시마는 대번에 얼굴이 굳었다.

"분명 법의학 교실의 직접 수입이라면 학생들로부터 갈취한 수업료 정도겠지만, 무형의 보상이라는 것도 있지. 내 명성이 벌레 꾀는 등불처럼 입학 희망자들을 끌어 모은다는 사실을 무시하면 곤란해."

"아뇨, 제, 제가 지금 교수님의 업적에 대해 왈가왈부하는 건 아니고……."

"이슬만 먹고 살 수 없다는 데는 나도 동감일세. 경영 기획과 인간들도 좀 더 영양가 있는 걸 먹고 싶겠지. 그럼 먼저 여기 있는 쓸데없이 호화로운 소파나 테이블부터 팔아치우는 건 어떤가? 인원수대로 장어 덮밥 한 그릇씩은 먹을 수 있을 것 같은데."

"아뇨. 저, 이건 학교 비품이라 그래도 수준에 맞는 걸로……."

"이렇게 그럴싸한 비품들을 갖추고 싶다면 그쪽 주머닛돈으로 사서 쓰는 게 어떤가? 직원이 갸륵한 마음씨로 부족한 학교 예산을 보전하는 거라면 아무 규제도 없지 않나?"

맥이 풀린 도코시마가 기막혀 하는 동안, 미쓰자키는 마코토와 고테가와를 노려봤다.

"흥. 반푼이 둘이 붙어 뭘 어쩌자는 거지? 어울리지 않는 옷을 걸친다는 말의 뜻을 아나? 지금 두 사람이 딱 그 짝이다."

"아닙니다, 미쓰자키 교수님. 마코토 선생은 현경 본부의 부탁을 어떻게든 들어 주려고……."

"그런 건 이미 오래전에 해결됐어."

그러자 두 사람은 동시에 "네?" 하고 외쳤다.

"잔말 말고 지금 당장 시신을 이쪽으로 가져오도록 해. 마코토 선생은 집도 준비. 꾸물대지 말고 얼른 움직여."

마코토와 고테가와는 거의 쫓겨나듯 방에서 나왔다. 미쓰자키의 뒤를 따라가며 마코토는 우선 물어야 할 것을 떠올렸다.

"저, 방금 비용 문제는 해결됐다고 하셨는데 어디서 마련된 건가요? 설마 교수님께서 자비로……."

"검찰청."

"네?"

"사이타마 지검의 오사카베라는 검사다. 이 녀석이 사법해부 필요가 있다고 판단해 우라와 의대에 부검을 요청했어. 따라서 부검 비용은 지검에서 나오지."

그러자 뒤에서 고테가와가 "그렇군……" 하고 중얼거렸다.

"고테가와 형사님, 이건."

"형사소송법 229조야. 변사체 검시는 보통 사법 경찰관인 검시관의 임무이지만 어디까지나 대행이고 조문에는 검사가 그 직무를 맡는다고 돼 있어. 다시 말해 검시관보다 결정권 면에서 위에 있다는 소리지. 그리고……."

"또 뭔가 있나요?"

"그 오사카베라는 검사는 우리 반장님과 절친한 사이라서 말이지. 이건 십중팔구 반장님이 쓴 시나리오야."

"하지만 검찰청까지 이 일에 끌어들였다는 게 신기해요."

"와타세 반장님과 오사카베 검사가 어떤 대화를 나눴을지 눈에 선하군."

고테가와는 한숨을 푹 내쉬며 말했다.

"분명 엄포를 놓았겠지. 히메카와 순사부장의 자살은 단순한 불륜을 넘어 최악의 재앙을 내포하고 있다고. 그걸 사법으로 해결하지 않으면 나중에 무시무시한 결과를 초래할 거라고……."

이야기를 정리하자면 교활한 와타세가 쓴 시나리오에 노회한 미쓰자키가 호응한 셈이다.

마코토는 그야말로 엄청난 콤비 아닌가 하고 쓴웃음을 짓고는 서둘러 법의학 교실로 향했다.

4

부검실 희뿌연 불빛 아래에 누운 히메카와 유키에의 몸은 부패가 진행되고 있다. 냉각 살균 장치 안에 보관해도 내부에 있던 토착 세균의 침식을 막기는 어렵다. 발견 당시에는 하얗던 피부도 지금은 수많은 토착 세균을 내포한 하복부부터 나뭇가지 모양으로 전신을 향해 변색되고 있다. 이는 부패망이라는 것으로, 세균이 증식하기 쉬운 혈관 내부에 생긴 용혈로 헤모글로빈과 황화 헤모글로빈이 혈관 벽을 침식해 굵은 피정맥이 갈색으로 변하면서 생긴다.

머리 부분의 참상은 여전했다. 흘러나온 피와 뇌 점액을 닦아 없애도 두개골이 산산조각 난 탓에 인간의 머리라기보다는 찌그러진 과일 같은 인상을 준다.

그녀와 허물없는 사이였다는 고테가와는 얼굴 절반을 마스크로 가리고 있어 표정을 읽을 수 없었다. 그러나 눈빛에서 비통한 심정이 묻어났다.

마코토도 친하게 지내던 사람이 눈앞에서 부검되는 모습을 봤다. 시신을 메스로 가르고 양옆으로 펼칠 때 분출된 부패 가스는 죽은 자와의 추억을 가차 없이 짓밟았다. 얼마 전까지만 해도 함께 대화를 나누던 이가 무생물이 돼 버렸다는 사실을 꼼짝없이 받아들이게 되는 순간이다.

고테가와는 그 상황을 견딜 수 있을까.

아마도 괜찮을 것이다. 이 안에 서 있다는 건 앞으로 펼쳐질 사실을 겁내지 않는다는 뜻이기도 하다.

캐시는 서둘러 부검 준비를 하며 미쓰자키가 나타나기만을 기다리고 있다. 기대에 가득 찬 모습이 눈치 없어 보이기는 해도, 그녀 역시 진실 추구를 목표로 한다는 걸 알고 있기에 비난할 마음은 들지 않았다.

플레이트 위에 부검 도구가 놓이자 부검실 안에서는 모든 소리가 끊겼다.

긴장감이 흘렀다. 들리는 것이라고는 세 사람의 숨소리와 에어컨 소리뿐이다. 가슴속이 차분히 가라앉았다.

이윽고 이곳의 주인이 모습을 드러냈다.

부검복을 입은 미쓰자키는 20대 젊은이처럼 뚜벅뚜벅 걸어왔다. 마스크 위로 보이는 두 눈은 날카로운 빛을 내뿜고 있다.

이 남자에게 부검복은 일종의 스위치 아닐까. 마코토는 매번 볼 때마다 감탄을 금치 못했다. 평소에는 툭하면 빈정대는 심술궂은 노인이 부검복을 몸에 두른 순간 준엄한 분위기를 내뿜는 의학자로 변신한다.

"그럼 시작한다. 시신은 20대 여성. 두개골은 후두부에서 측두부에 걸쳐 크게 파손. 상반신 몇 군데에 찰과상이 보이지만 이는 추락 직후 아스팔트와의 접촉으로 생긴 것으로 추정됨. 좌복부에 홍반 있음. 사후 강직은 이미 다소 풀린 상황. 가장 먼저 눈동자를 확인."

처음부터 허를 찌른다. 지금껏 여러 번 부검에 참여해 왔지만 가장 먼저 눈을 보겠다고 한 것은 이번이 처음이었다.

손상 정도가 극심하다고 해도 미쓰자키가 시신을 다루는 방식은 한결같다. 양손을 미끄러지듯 움직여 머리를 붙잡고 눈꺼풀을 연다. 혼탁해진 각막은 질 나쁜 유리구슬처럼 보였다.

마코토의 눈은 미쓰자키의 손끝에 고정됐다.

시신의 안구가 조금 충혈돼 있다. 그러나 두부 파손이 직접 원인으로 충혈됐을 리는 없다.

미쓰자키는 이미 다 예상했는지 납득한 것처럼 고개를 끄덕였다.

"다음으로 복부를 절개한다. 메스."

보조를 맡은 마코토에게 메스를 건네받자마자 미쓰자키의 손이 움직였다.

흉부 가운데서부터 Y자 절개. 메스를 든 손이 평소처럼 한치의 망설임도 없이 정밀기계처럼 빠르고 정확하게 움직였다.

신체를 좌우로 연 순간 부패 가스가 단숨에 확산됐다. 그러나 팔짱을 낀 고테가와는 조금도 반응하지 않았다. 구석에 우두커니 서서 세 사람의 움직임을 지켜보고 있다.

"늑골 가위."

다음으로 미쓰자키는 노출된 갈비뼈와 갈비 연골 사이를 빠르게 갈라 부분 절제했다.

요새는 마코토도 대학원생들 앞에서 늑골 가위를 잡는데, 실제로 해 보면 다루기 매우 까다롭다는 것을 절감하게 된다. 메스보다 미묘한 힘 조절이 필요한 데다 절단하는 곳에 따라 절단력도 달라지기 때문이다.

미쓰자키는 그것을 '결을 거스르지 말라'는 한마디로 정리했다.

조직에는 전부 결이 존재한다. 그 방향을 따라 칼날을 움직이면 힘을 적게 들이고 끝나지만 수직으로 집어넣으면 쓸데없이 힘을 낭비하게 된다. 또 같은 부위에서도 두께 차이에 따라 절단력이 달라진다.

미쓰자키의 손이 빠른 이유 중 하나도 여기에 있다. 쓸데없는 힘이 필요 없는 가장 짧고 빠른 절단 방식. 힘을 적게 들여 짧은 거리를 절단하니 당연히 소모 시간도 줄어든다. 그러려면 머리끝부터 발끝까지 어느 근육과 조직이 어떤 결을 지녔는지를 정확하게 파악하고 있어야 한다.

그렇게 생각하자 불현듯 등골이 오싹해졌다.

인간의 몸에 얼마나 많은 근육과 조직이 존재하며, 어느 방향을 따라 조성되어 있는가. 그런 정보는 의학서에도 나와 있지 않다. 모든 것은 의사 개인의 경험과 실적에 따른다. 미쓰자키 정도의 식견을 얻으려면 얼마나 많은 시신을 해부해야 할지 생각해 보자 정신이 아득해졌다.

이윽고 갈비뼈 몇 대를 절제하자 부패한 냄새가 더욱 짙어졌다. 마스크 너머로 냄새가 치고 들어와 마코토의 위장을 자극했다. 내성이 생겨서인지 예전보다는 구토감이 덜하지만 아마 외부인들은 견디기 힘들 것이다.

고테가와는 그래도 두 눈을 크게 뜨고 유키에의 몸에서 시선을 떼지 않았다. 대단한 자제심에 탄복할 수밖에 없다.

갈비뼈를 절제하자 장기 대부분이 노출됐다. 미쓰자키의 손은 마치 처음부터 목적지를 정해 둔 것처럼 빠르게 위장으로 내려갔다.

"위 점막에 울혈."

그랬다.

미쓰자키가 가리킨 점막 부분에는 울혈 증상이 확연히 보이고 부종이 생겨 있다.

"이게 대체 무슨……" 하는 말이 저도 모르게 입 밖에 튀어나왔지만 미쓰자키는 집도 중 질문은 용납하지 않는다는 듯이 연신 손을 움직였다.

"메스."

다음으로 미쓰자키의 손은 소장으로 향했다. 이 부분은 아직 변색이 진행돼지 않아 희미한 분홍빛을 띠고 있다.

그러나 소장은 묘하게 부풀어 있었다. 다른 장기와 비교해도 팽창 정도가 범상치 않다. 미쓰자키의 메스는 명태 알처럼 변해 버린 소장을 소리도 없이 잘라 갔다. 안에서 나타난 것은 쌀뜨물 같은 상태의 변이었다.

"소장 안에서 혈성액이 확인됨."

미쓰자키의 손은 멈추지 않았다. 그대로 소장 점막의 일부를 절제해 스테인리스 접시에 올린다.

"캐시 선생. ICP-MS(유도 결합 플라즈마 질량 분석)을 부탁하네. 그리고 모발과 손톱을 시료로 채취."

ICP-MS라는 단어가 나온 순간 비로소 마코토도 미쓰자키의 생각을 이해했다. 모든 확인을 마쳤는지 미쓰자키는 곧장 복부 봉합 작업에 들어갔다.

그때 더는 참지 못하겠다는 듯이 고테가와가 다가왔다.

"미쓰자키 교수님. 그 IC 뭔가 하는 게 뭡니까? 저도 이해할 수 있도록 설명 부탁드립니다."

미쓰자키는 고테가와를 노려봤다. 이런 순간에 분란이 생기면 안 된다. 당황한 마코토가 둘 사이에 끼어들려고 하자 미쓰자키가 입을 열었다.

"그럼 자네 머리로도 이해할 수 있게끔 다양한 것들을 생략하고 설명해 주지. ICP-MS는 비소 검출법 중 하나다."

"비소요?"

"그 옹이구멍으로도 부검 과정을 전부 지켜봤겠지. 복부의 홍반, 결막염, 위 점막 울혈, 소장 안의 혈성액. 이것들은 모두 비소 중독에 의해 일어나는 증상이다. 그것도 만성이 아니라 비교적 급성이지."

미쓰자키는 설명하면서도 손으로는 복부 봉합을 멈추지 않았다.

"비교적 급성이라는 것은 최근 몇 개월에 걸쳐 조금씩 비소가 축적됐다는 것을 의미한다. 분석 결과로 자세한 것들이 밝혀지겠지만 만약 만성이었다면 피부에 색소 침착이 일어났겠지. 하지만 그 소견이 이 시신에서는 보이지 않아."

비소는 몸에 쌓이는 독이다. 입으로 섭취하면 체내 조직과 효소의 SH기와 결합해 가라앉는다. 그 결과 복합 장기 부전을 일으키는 원인이 된다.

"이 경찰관과 최근 만난 적이 있다고 했지? 그때 뭔가 이상한 점 없었나?"

"구역질을 하는 것 같았습니다. 그리고 요새 설사 증세가 있다고……."

"둘 다 비소 중독 증상이지. 낙태를 택할 수밖에 없었던 이유도 대략 이해가 되는군."

"비소가 낙태와 무슨 관련이 있습니까?"

"15주차 낙태였지. 임신 기간에 비소를 섭취했으면 당연히 태아에게도 영향을 끼쳤을 거야. 무뇌아 발생 원인은 아직 정확히 밝혀지지 않았지만, 모체의 중독이 이 정도 진행됐다면 기형이 일어날 확률도 높지."

"살해당한 거야."

고테가와는 누구에게랄 것도 없이 중얼거렸다.

"스스로 뛰어내리기 전에 이미 살해당했어."

"그 말이 백 퍼센트 정확하지는 않지만, 스스로 목숨을 끊지 않았어도 언젠가 중독 증상이 악화되었겠지."

고테가와는 유키에의 몸이 봉합되는 과정을 말없이 지켜봤다.

봉합을 마치고 미쓰자키는 손상된 머리 부분을 정중하게 수복하기 시작했다. 메스를 댄 부분만이 아니라 모든 곳을 최대한 생전 모습으로 되돌린다. 그것이 미쓰자키의 방식이었다.

미쓰자키를 제외한 세 사람은 작업이 끝날 때까지 한 번도 입을 열지 않았다.

그로부터 이틀 뒤 와타세와 고테가와, 그리고 마코토가 기다리는 형사부실에 그 검시관이 찾아왔다.

"히메카와 순사부장 사건을 해결하셨다고요?"

그의 물음에 와타세가 평소의 무뚝뚝한 얼굴로 답했다.

"네. 바로 조금 전 과학 수사 연구소에서 분석 결과가 나왔습니다."

“그거 다행이군요. 그런데 왜 저를 부르신 겁니까?”

“어떻게 해결됐는지 관심 없습니까?”

“물론 관심이야 있죠. 하지만 해결이라고 해도 스스로 몸을 던진 자살이에요. 그걸 왜 새삼…….”

와타세는 미쓰자키가 직접 작성한 사법해부 보고서를 펼쳤다. 얼마 전 나온 ICP-MS 분석 결과는 히메카와 유키에가 비소 중독 상태였음을 똑똑히 증명했다.

“비소라는 건 그야말로 편리한 독극물이더군요. 특히 독성이 강한 무기 비소는 무미 무취. 맹독임에도 흰개미 구제약이나 쥐약에 쓰이니 구하기도 쉽습니다. 히메카와 순사부장이 상대를 몰래 만날 때마다 몸 안에 조금씩 독이 쌓였겠죠. 상대는 카페에서 그녀가 자리를 잠시 비운 사이 음료수에 비소를 주입했을 겁니다. 소량인 데다 무미 무취이니 들킬 걱정도 없었습니다. 그것이 반복되는 동안 비소는 점점 그녀의 몸에 쌓여 기관과 장기를 좀먹어 갔습니다.”

“참담한 이야기군요. 하지만 그녀는 자살했습니다.”

“히메카와 순사부장은 상대의 아이를 임신한 상태였습니다. 그러나 체내에 쌓인 독소가 자궁에까지 퍼져 15주차 태아는 기형아로 판명됐습니다. 그녀 입장에서는 사형 선고와 마찬가지였겠죠. 그래서 낙태 수술을 마치고 기숙사에 도착한 뒤 유서를 쓰고 다음 날 아침 옥상에서 몸을 던졌습니다. 직접 사인은 추락에 의한 두개골 골절. 그러나 그전에 살인 미수가 성립합니다.”

"그야말로 안타까운 사례군요."

"우리는 어떻게든 상대 남성의 정체를 밝혀내려고 했지만 도통 잘 풀리지 않았습니다. 그녀는 여자 기숙사에서 살았으니 남자를 데려올 수는 없었죠. 어지간히 경계했는지 업무 시간 외에 그녀가 남자와 함께 있는 모습을 목격한 사람도 없습니다. 임신 중절 수술을 할 때는 동의서에 상대 남성 서명이 필요하니 그걸로 단서를 얻을 수 있지 않을까 싶었지만, 초음파 검사에서 기형아로 판명된 다음에 한 긴급 수술이어서 그 사인도 존재하지 않았습니다."

그는 짧게 탄식을 내뱉었다.

"히메카와 순사부장은 필사적으로 상대 남성을 숨겨 주려 했군요."

"아마도 그렇게 지시받았겠죠. 하지만 아무리 주의를 기울였다고 해도 남녀의 밀회입니다. 설마 상대 몸에 손가락 하나 안 댔을 리는 없죠. 그래서 감식반에 수고를 끼쳤습니다."

"수고라면?"

"그녀의 모든 옷을 조사했습니다. 그러자 마침내 나오더군요. 외출용 재킷에서 그녀가 아닌 다른 사람의 지문이요. 어깨를 감쌀 때 자기도 모르게 손을 댔겠죠. 우리는 처음부터 상대 남성이 직장 동료라고 예상했습니다. 그리고 아시다시피 경찰관은 모두 지문을 등록하죠. 덕분에 단번에 덜미를 잡을 수 있었습니다. 그녀의 재킷에 남아 있던 지문은 바로 당신 것이었어요, 스미 검시관."

그 순간 스미의 안색이 변했다.

“스미 검시관. 지금 당신은 필사적으로 머리를 굴리고 있겠지? 교통과에서 근무하던 히메카와 순사부장과 검시관인 자신이 직장 밖에서 만날 만한 일이 무엇일지에 대해서. 그렇다면 걱정하지 않아도 돼. 변명할 필요가 없게끔 미리 다 손을 써 놓았으니까. 그녀가 지운 태아가 당신의 아이였다는 게 증명됐어.”

“이, 이미 낙태하지 않았습니까?”

“히메카와 순사부장이 중절 수술을 받은 산부인과에 수사원들이 달려간 게 수술 바로 다음 날이었는데, 아직 태아를 처분하기 직전이라 천만다행이었지. 거기서 재빨리 샘플을 채취해 뒀어. 나중에 당신한테도 직접 샘플을 받아야겠군. DNA 감정을 마치면 비로소 부자 상봉이네.”

“거, 거절한다.”

“뭐 그래도 상관없어. 말하는 걸 깜빡했는데, 당신 집을 수색할 영장도 이미 받아 뒀거든. 서재에 들어가면 바닥에 떨어진 머리카락 정도야 수도 없이 많겠지?”

“아무리 내가 비소를 먹였다고 해도 그녀는 스스로 몸을 던져 자살했어!”

“그게 그쪽 오산이라면 오산이지만 뭐 흡족한 오산이겠군. 그녀가 자살해 준 덕에 살인이 살인미수로 한 단계 낮춰진 꼴이니. 어떤가? 기쁘나?”

그러더니 와타세는 그야말로 험악한 얼굴을 스미에게 바싹 들이댔다.

"하지만 그걸로 끝날 거라고 생각하나? 가택 수색에 들어가면 물론 네놈의 컴퓨터도 압수한다. 감식반과 경찰청 사이버 범죄 대책반이 만반의 준비를 하고 기다리고 있어. 네놈이 매일같이 현경 홈페이지에 접속한 증거를 찾고 싶어서 말이야. 두 번째 커렉터는 바로 네놈이다."

와타세는 뭉툭한 검지 끝으로 스미의 가슴 언저리를 툭 쳤다. 스미는 꼬챙이에 꿰인 것처럼 꿈쩍도 하지 못했다.

"'모든 죽음에 부검이 이뤄지지 않는다는 건 나에게 잘된 일이다'라고 썼었나? 그 한 문장에 네놈의 계획이 고스란히 반영돼 있지. 넌 불륜 관계가 원만히 이어질 리 없다고 생각했을 거야. 배 속에 아이를 임신한 그녀가 무리한 요구도 했을 테고. 그래서 넌 히메카와 순사부장에게 조금씩 비소를 먹여 마침내는 중독사시킬 계획을 세웠어. 그러나 모처럼 그녀를 독살한다고 해도 사법해부가 이뤄지면 계획이 탄로 날 가능성이 높지. 거기서 넌 2, 3월에 걸쳐 올라온 커렉터의 글에 주목했어. 만약 현경 관할에서 일어난 모든 변사 사건을 사법해부로 돌리면 어떻게 될까. 끝내 예산이 바닥을 쳐서 현경과 각 대학의 법의학 교실이 업무 마비 상태에 빠질 게 틀림없다. 그렇게 생각한 넌 첫 번째 커렉터에 이어 다시 커렉터를 자처하며 괴 정보를 연이어 홈페이지에 올렸어. 변사에 관한 상세한 정보도 검시관인 네놈이야 쉽게 얻었을 테고."

옆에서 이야기를 듣던 마코토는 어느 시점부터 묘한 감각에 휩싸였다. 마치 와타세가 범인을 미리 알고 있었던 것처럼 보여서다.

스미도 비슷한 생각을 했는지 겁먹은 눈빛으로 그를 쳐다보기 시작했다.

"설마. 처음부터 날 의심하고 있었던 건가."

"두 번째 커렉터가 올린 글에는 당연히 네놈이 검시를 맡은 건도 포함돼 있었고, 넌 부검 현황을 알고 싶다는 등의 이유를 대며 우라와 의대를 몇 번 찾아가기도 했어. 그때부터 왠지 좀 수상쩍더군. 아마 네가 가장 두려워한 건 미쓰자키 교수가 메스를 쥐는 상황이었겠지? 너는 사이타마 현의 사법해부 시스템이 마비돼 가는 실태를 파악하면서 그녀에게 비소를 계속해서 주입했어. 그리고 드디어 더는 부검이 불가능해진 상황에서 그녀에게 마지막 비소 한 모금을 먹이려던 순간, 그녀가 자살해 버렸지. 네 입장에서 보면 예상 밖의 일이었겠지만 이쪽은 히메카와 순사부장이 그런 최후를 맞이한 덕에 간신히 최종 목적을 깨달은 셈이야. 너무 늦었지만."

와타세는 스미의 가슴팍에 갖다 댄 손가락을 그대로 꾹 눌렀다.

"이건 단순히 위계에 의한 공무집행방해 수준이 아니야. 살인 미수와 한 세트이니 판사들이 받는 인상도 더 안 좋겠지. 아무튼 직장에서는 해고. 연인에게 독을 먹인 건 사실이니 사회적 제재도 널 기다린다. 기대하도록. 아무튼 여기까지 행차해 준 덕에 이런저런 수고를 덜었군. 그것만큼은 감사를 표하지. 어이, 데리고 가."

와타세의 지시로 대기 중이던 수사원이 스미의 양팔을 붙잡아 끌고 갔다. 스미는 이미 저항할 마음이 없어 보였다.

"좋아, 고테가와. 이제 그 중딩 꼬맹이는 풀어 주도록. 좋은 경험이 됐겠지."

"……알겠습니다. 그런데……."

"뭐야. 뭔가 불만 있어 보이는 얼굴이군."

고테가와를 보니 확실히 부루퉁한 표정을 짓고 있다.

"마지막에 좋은 건 반장님이 다 가져가시네요."

"넌 아직 사람을 보는 눈이 부족해."

"어떻게 기를 수 있을까요?"

"일단 가정을 꾸려 보는 게 어떨까. 함께 사는 이가 생기면 자기도 모르게 관찰력이 길러지는 법이니."

다음 순간, 마코토는 저도 모르게 고테가와와 눈을 마주쳤다.

탄탄한 토대 위로 가지를 뻗어 가는 다채로운 법의학 미스터리의 세계

『히포크라테스 우울』은 법의학과 미스터리를 절묘하게 융합했다는 평가를 들으며 TV 드라마로도 제작된 나카야마 시치리의 법의학 미스터리 『히포크라테스 선서』의 속편입니다. 『히포크라테스 우울』에서는 콘서트 도중 추락사한 인기 절정의 아이돌 가수, 무더위 속에서 베란다에 방치된 채 열중증으로 사망한 아이, 교회 안에서 홀로 불탄 시신으로 발견된 사이비 종교 교주, 부인에게 학대당하다가 거리에서 미심쩍은 죽음을 맞이한 노인, 씩씩한 여성 경찰관의 느닷없는 자살 등 전작보다 더욱 다채롭고 기이한 사건을 다룹니다. 시신 부검을 통해 죽은 자의 마지막 목소리를 듣고 죽음 이면에 감춰진 진실을 끌어내는 이야기 형식은 이번에도 그대로 이어집니다. 또 작품 전체에 그림자를 드리우는 정체불명의 존재 '커렉터'가 등장함으로써 처음부터 독자의 호기심을 자극하는 동시에 각 단편 사이에 더욱 강하고 뚜렷한 연결 고리를 이은 연작 단편집이기도 합니다.

『히포크라테스 우울』은 등장인물이 기본적으로 전작과 같지만 분위기는 사뭇 다른 것이 특징입니다. 전작 『히포크라테스 선서』에서는 법의학의 열악한 현황, 피해자에 대한 이해, 검시관과의 대립 등 부검에 이르기까지의 좌충우돌 과정을 이야기의 주축으로 끌어갔습니다. 그러나 이번에는 각 단편마다 관계자들만 아는 정보를 이미 쥐고 있는 '커렉터' 라는 존재가 등장함으로써 자세한 설명을 생략하고 보다 속도감 있게 부검에 돌입합니다. 그러면서 언뜻 보기에 단순한 사고사로만 보이는 사건의 진상이 얼마나 놀랍고, 기존의 견해를 뒤집는지에 주안점을 둡니다. 전작 『히포크라테스 선서』가 시리즈 전체의 토대가 되는 무대와 캐릭터 설정을 탄탄하게 쌓는 데 중점을 둔 느낌이라면, 『히포크라테스 우울』은 1편에서 쌓은 토대를 바탕으로 흡입력 있는 이야기와 독자에게 놀라움을 선사하는 의외성에 더욱 방점을 찍으며 미스터리 소설로서의 완성도를 높였습니다.

『히포크라테스 우울』에서는 속편답게 작품 속 등장인물의 미묘한 관계 변화 및 성장도 눈에 띕니다. 날카로운 메스로 시신에서 진실을 끌어내는 작품 속 탐정 미쓰자키 도이치로 교수의 카리스마는 여전합니다. 푸른 눈의 캐시 펜들턴 조교수는 다양한 죽음과 시신, 부검 장면 등이 끊임없이 묘사돼 자칫 무거워질 수 있는 작품 속에서 이번에도 감초 역할을 톡톡히 하며 작품에 활기를 불어넣습니다. 특히 전작에서는 불쑥 투입된 연수의였지만 이번에는 법의학 교실의 정식 구성원이 된 주인공 쓰가노 마코토의 성장이 눈에 두드러집니다. 그녀는 전작에서 법의학의 문외한으로 시종일관 좌충우돌하며 수난을 겪는 데 반해 『히포크라테스 우울』에서는 혼자 많은 임무를 수행하고 과감한 도전과 결단을 이어가 당당히 미쓰자키 도이치로 교수의 인정을 받아 냅니다. 서툴러서 더욱 미소를 자아내는 마코토와 고테가와 형사의 미묘한 애정 전선도 이야기를 더욱 풍부하게 하는 흥밋거리 중 하나이며, 와타세 반장 등 개성 강한 조연 캐릭터의 전면 등장 역시 독자에게 새로운 즐거움을 선사합니다. 이렇듯 『히포크라테스 우울』은 잘 쌓은 토대 위로 탄탄한 기둥을 세우고 여러 갈래로 나뭇가지를 뻗으며 시리즈 전체의 기틀을 잡은 훌륭한 속편이라고 할 수 있습니다.

나카야마 시치리의 '히포크라테스' 시리즈는 『히포크라테스 우울』의 성공을 디딤돌 삼아 앞으로도 계속 이어질 듯합니다. 2016년 일본에서 출간된 이래 속편 치고는 이례적일 만큼 독자 반응이 좋은 편이며, 전편처럼 드라마로 만들어지면 더욱 완성도 높은 작품이 나올 거라는 의견이 많습니다. 전편보다 나은 속편이 없다는 통설을 훌륭하게 깬 사례라는 서평도 많이 눈에 띕니다. 나카야마 시치리는 장르와 소재를 가리지 않고 빠른 속도로 소설을 써 내며 '이야기의 장인'으로 인정받는 작가입니다. 그리고 일단 한 번 도전한 새로운 소재의 작품 속편은 더욱 완성도 높게 만들어 내는 재주가 있어 보입니다. 앞으로도 '이야기의 장인' 이 탄탄한 법의학 지식의 토대 위에서 직조해 내는 다채로운 미스터리의 세계를 여러분과 함께 기대하며 지켜보고 싶습니다.

2017년 여름
이연승

히포크라테스 우울

1판 1쇄 인쇄 2017년 8월 31일
1판 1쇄 발행 2017년 9월 10일

지은이 나카야마 시치리
옮긴이 이연승

발행인 송호준

발행처 블루홀식스
출판등록 2016년 4월 5일(제 2016-000100호)
주소 경기도 파주시 회동길 483-1(본사)
서울시 마포구 동교로 27길 53 지남빌딩 201호(서울사무소)
전화 031-955-5777(본사) 02-3142-5777(서울사무소)
팩스 031-955-5781(본사) 02-3142-5778(서울사무소)
전자우편 blueholesix@naver.com

ISBN 979-11-961234-1-3 03830

* 이 도서의 국립중앙도서관 출판예정도서목록은 서지정보유통지원시스템 홈페이지(seoji.nl.go.kr)와 국가자료공동목록시스템(nl.go.kr/kolisnet)에서 이용하실 수 있습니다. (CIP제어번호: CIP2017019957)